LE VIN DES NAZIS

DU MÊME AUTEUR

COMMENT LA FRANCE A RÉVOLUTIONNÉ LE MONDE DU VIN, Paris, Dunod, 2019.

LE VIN ET LA GUERRE, *Comment les nazis ont fait main basse sur le vignoble français*, Paris, Armand Colin, 2017 ; Édition EKHO, 2019.

LE PINARD DES POILUS, *Une histoire du vin durant la Grande Guerre (1914-1918)*, préface de Jean VIGAEUX, Dijon, Éditions universitaires de Dijon, 2015.

LES NÉGOCIANTS EN VINS DE BOURGOGNE, *De la fin du XIXe siècle à nos jours*, Féret, 2011.

CHRISTOPHE LUCAND

LE VIN DES NAZIS

Comment les caves françaises
ont été pillées sous l'Occupation

BERNARD GRASSET
PARIS

Couverture : Archives de l'auteur

ISBN 978-2-246-82493-0

« Un bon Allemand à défaut d'aimer les Français, aime boire le vin français.»

Johann Wolfgang von Goethe,
début xixe siècle.

« Les sociétés françaises ne fournissent pas du tout à contrecœur. Comme dans le Bordelais, ici, presque toutes les maisons jouent le jeu. »

Otto Klaebisch, délégué du IIIe Reich
pour les achats de champagne, 1940 à 1944.

« Les lieux de plaisirs sortaient de terre comme des champignons à Montmartre ; le vin, le champagne et l'amour passaient à l'offensive et devaient emporter rapidement une victoire complète sur les intrus lourdauds et timides venus de l'Est. »

Rudolf Rahn, diplomate nazi,
conseiller d'ambassade allemand à Paris en 1940.

« Le vin est l'un de nos puissants moyens de troc, puisque nous en produisons beaucoup et que les consommateurs allemands l'apprécient. On le voit par les troupes d'occupation. »

Émile Servan,
négociant en vins du Midi, 1941.

« Il faut vous transformer en chiens de chasse, être à l'affût de tout ce qui peut être utile au peuple allemand (…) Tout ce qui m'intéresse, c'est ce qu'on peut tirer du territoire que nous avons actuellement entre les mains. »

Hermann Göring,
ministre et maréchal du IIIe Reich, 1942.

PROLOGUE

Enquête au « Clos Lupé »

Quelques documents abandonnés depuis des décennies peuvent combler l'historien lorsque, aussitôt mis au jour, ils le transforment en détective. Ce jour-là je découvrais, prisonniers d'un curieux carnet de cuir couleur cognac, ridé, éclaté par endroits, marqué aux coins et teinté d'une épaisse couche de poussière, un cliché noir et blanc, accompagné d'une étrange étiquette de vin frappée de l'aigle nazi et du sceau de la SS.

De toutes mes excursions parmi les fonds d'archives explorés depuis des années, cet ensemble s'imposait sans hésitation comme une trouvaille d'exception. Depuis des mois, je traquais tout ce qui se rapporte au vin en France durant la période de l'occupation allemande. Avec l'autorisation du propriétaire des lieux, cette descente dans le dédale des archives privées d'une maison de négoce de Nuits-Saint-Georges s'avérait payante. Le lieu n'est pas anodin, c'est un petit château niché à l'entrée de la ville, jouxtant un clos viticole et son chai, autrefois propriété d'une vieille famille d'aristocrates.

L'ensemble n'a rien d'exceptionnel. Aux trois quarts désaffecté, il abrite des enfilades de salles hautes de plafond, perchées sur trois étages. Les méandres de souterrains, caves et celliers, et les centaines de mètres carrés de salles, de galeries, de couloirs et de greniers emprisonnent pourtant des trésors inattendus pour le commun des visiteurs. Ce sont des coffres, des caisses, des boîtes, autant d'armoires, de bureaux et des amoncellements de livres, de registres, de cahiers, de brochures, de répertoires, de liasses, sans ordre apparent ni fonction. Tout est resté là, figé, pétrifié, comme saisi par le temps à la suite d'une grande catastrophe. Plongé dans ces catacombes obscures, j'enquête sur une période demeurée taboue de l'histoire de France. C'est le temps d'une tragédie, celui de la défaite et de l'occupation allemande, qui n'a pas épargné le monde du vin. C'est aussi celui des petits et des grands arrangements, des réussites sensationnelles et d'une connivence parfois sans pareille avec les nazis. Dans les domaines viticoles, au cœur des plus grands vignobles, sur les tables des grands restaurants et des somptueux palaces parisiens, la défaite française a bien souvent été oubliée, comme noyée dans le vin.

Ces quelques jours dans le dédale de cette propriété viticole sont une étape que j'attendais. La petite ville au centre de mes attentions fourmille en effet de traces, de signes, de pistes sur le vin durant cette période sombre de notre histoire.

« Heil Monseigneur Nuits-Saint-Georges ! »

Le cliché tiré du livret m'interpelle. C'est un portrait. Bien que pris en légère contre-plongée, l'homme d'environ soixante-dix ans qui apparaît semble plutôt grand, mais un peu voûté. Son crâne est dégarni, dévoilant de rares cheveux blancs qui surplombent ses larges oreilles. Un grand nez en bec d'aigle prolonge un regard rapace perforant son visage aux traits émaciés. Plus curieux, le personnage porte une soutane sombre à boutonnière tendue par une fascia de soie moirée, un manteau de cérémonie en forme de cape, attaché au col par deux rubans, laissant surgir la croix de commandeur de l'ordre du Saint-Esprit, le cordon tressé supportant un crucifix orné, une croix pectorale en or ou en argent, et une impressionnante collection de médailles militaires. On distingue facilement la médaille de la Légion d'honneur, ornée du macaron d'officier, la croix de guerre 14-18 avec sept étoiles, celles des Opérations extérieures et du Combattant, avec palmes et étoiles, des médailles et insignes des Évadés, de la Victoire, des Colonies. Le fier religieux est aussi un illustre combattant.

Quelques recherches rapides suffisent à confirmer l'identité de l'individu. Jean Marie Pierre Louis de Mayol de Lupé est un prêtre hors normes. Autorisé à porter le titre de « Monseigneur », cet ardent défenseur de la cause légitimiste en France est aussi un héros de la Grande Guerre. Parmi les aspects connus, mais beaucoup moins reluisants, couvrant l'étrange itinéraire de ce « serviteur de Dieu », apparaissent d'autres décorations décernées à « Monseigneur » après 1940. Elles se distinguent d'ailleurs sur un second portrait, encrassé et barbouillé de toiles d'araignées, au milieu de colonnes de classeurs enfermant une fourmillante correspondance, dans l'un des appendices d'un autre grenier jouxtant le bâtiment que j'explore. Le prélat est là, encore en soutane, cette fois le regard dirigé droit vers le témoin. L'homme est bardé de décorations, l'anneau épiscopal bien en vue mais pourvu d'une stupéfiante chevalière SS platine à l'annulaire, associée à une Croix de fer de l'armée allemande bien visible sur sa poitrine. Après son rôle actif au sein de la Ligue des volontaires français contre le bolchevisme, « Monseigneur » s'est en effet vite perdu dans l'horreur de la guerre. Par sa haine de la République, ses convictions de droite radicale, son antisémitisme féroce, et sa croyance obsédante dans une déchéance advenue du monde qu'il transpose du message biblique, Jean de Mayol de Lupé se vautre dès 1940 dans la collaboration politique la plus abjecte avec les occupants nazis.

Lui se considère comme l'un d'entre eux. L'officier en soutane devient en effet l'aumônier de la Ligue des volontaires français contre le bolchevisme en 1941, avant d'être celui de la « Waffen-SS Charlemagne ». Il y décroche la Croix de Fer sur le front de l'Est. Les voies du Seigneur sont décidément impénétrables. On le retrouve à la une du second numéro d'octobre 1943 du magazine de guerre allemand *Signal*, sous le titre : « De la Légion d'honneur à la Croix de Fer[1] » ! Sur les routes de la perdition, en direction de la Russie, « Monseigneur » alterne les extrêmes-onctions et les faits de guerre, jusqu'à être élevé au rang de chevalier de la Croix de Fer « avec épées », et recevoir l'insigne SS des blessés au combat. En France, Mayol de Lupé côtoie les jusqu'au-boutistes les plus accomplis de la collaboration avec les nazis. Il tutoie Jacques Doriot et Joseph Darnand. Il se lie d'amitié avec le chef de la SS et de la police allemande en France, le général SS Obergruppenführer Carl Oberg, le représentant désigné de Himmler dans le pays. Il fascine surtout l'ambassadeur de Hitler à Paris, Otto Abetz, qui tombe sous son charme politique. Chaque événement du collaborationnisme parisien est l'occasion pour ces hommes de se retrouver. Ils partagent vite un même destin, funeste et incertain.

Le fournisseur d'Abetz et des « vizirs sanguinaires »

J'observe le cliché, tiré du livret de cuir, exhumé de parcelles d'archives familiales, perdu dans un coffre-fort, noyé sous des centaines de classeurs, boîtes et registres. C'est une copie tirée de la photographie signée par André Zucca à l'occasion d'une réunion de la Légion des volontaires français contre le bolchevisme au Vélodrome d'Hiver, le 16 avril 1944. L'original du négatif est référencé à la Bibliothèque historique de la Ville de Paris. Vingt et un mois, jour pour jour, après le sinistre épisode de la rafle des juifs de Paris, la rencontre à laquelle participe Jean de Mayol de Lupé, au premier rang des ultras de la collaboration, aux côtés des dignitaires du commandement militaire allemand en France et des chefs de la SS à Paris, a lieu dans un « Vél d'Hiv » plein à craquer, sous les ovations d'une foule fanatisée. Au dos de la photographie, une dédicace, d'une écriture cursive : « Au plus fidèle de mes amis Français. Monseigneur, vous avez été pour moi d'une bonté admirable. Soyez remercié encore une fois pour les grands vins que vous m'avez fait parvenir à l'ambassade. En signe d'estime et de sympathie confondues, recevez un témoignage de ma profonde reconnaissance. Otto Abetz. »

J'examine ensuite l'étiquette de vin, d'un format ordinaire pour une bouteille bourguignonne, teinte paille, écriture noire et grenat. Tout cela n'est pas courant à une époque où l'on rationne tout, le papier comme l'encre. Des mots brefs : « BOURGOGNE. COMTE DE LUPÉ (Monopole). LUPÉ-CHOLET, PROPRIÉTAIRES ET NÉGOCIANTS À NUITS-SAINT-GEORGES, CÔTE-D'OR (France). » Le cadre est fait d'enchevêtrements aériens de feuilles serpentant, rameaux et sarments mêlés. Deux couronnes surplombent l'ensemble, celles du comte de Lupé et du vicomte de Cholet, les deux fondateurs au seuil du siècle, séparées par une fleur de lys centrale, couleur or. On distingue l'estampille « WAFFEN-SS – Berlin », en haut à droite, frappée de l'aigle nazi à croix gammée, doublée d'un sceau à tête de mort marqué « Totenkopf », pour un vin réservé à une clientèle désignée, à destination de l'ambassade du IIIe Reich à Paris, où Abetz a été rappelé après la fin de sa disgrâce au sein du pouvoir nazi[2].

Quoi qu'il en soit, son soutien peut lui valoir quelques bouteilles offertes par la maison Lupé-Cholet, le domaine familial de « Monseigneur ». Car celui que Patrick Modiano désigna quelques décennies plus tard dans son roman *La Place de l'étoile*[3] comme « Mgr Nuits-Saint-Georges » est un grand apôtre de la collaboration, plongé dans le Tout-Paris mondain aux côtés des brutes du régime, dont les « vizirs sanguinaires » Bonny et Laffont. Il participe activement au grand effort de « renouveau » qui associe activement l'Église de France au monde de la collaboration. Le missionnaire exalté cultive alors avec soin ses réseaux et emboîte le pas des nazis les plus retors. À Paris, il côtoie les pires crapules de la collaboration, les opportunistes les plus corrompus et les fanatiques les plus violents. Il prêche également le châtiment et la pénitence, sources de régénérescence d'une nation qui se serait abîmée. Les bouteilles offertes entretiennent alors un vaste réseau, de Nuits-Saint-Georges aux tueurs de la Gestapo française à Paris, en passant par les officines nazies et les organisations commerciales militaires allemandes.

Une vieille histoire unit le prélat à son vin. Il est l'héritier de la maison de négoce en vins Lupé-Cholet & Cie à Nuits-Saint-Georges, fondée par son père le comte Alexandre en association avec un ami et parent par alliance le vicomte de Cholet. Mais « Monseigneur » n'est pas concerné par la direction de l'établissement qui est laissée à son frère aîné. Pour autant, c'est là que se trouve une partie de l'héritage familial. De la vie de la maison de négoce, imbriquée dans l'itinéraire familial, il demeure encore des fragments inertes. Ce sont ceux d'un fonds dispersé dans des celliers et des salons abandonnés ici et là. Ce sont des dizaines de kilos de documentation, de « mètres linéaires » disent les archivistes. Il y a là plus de quatre cents volumes et des centaines de liasses, de registres de comptes, de factures et de correspondance faits d'accumulations de pièces dont chacune d'entre elles recèle une part de vie qu'il faut saisir, avant qu'elle ne disparaisse en poussière.

De septembre 1940 à l'été 1944, ce sont plusieurs dizaines de commandes, sollicitées ou passées directement par « Monseigneur » pour ses amis royalistes, ducs, comtes, héritiers et bienfaiteurs de la couronne de France et de la cause des Bourbons, quelques prélats de la « sainte Église », cardinaux, archevêques et évêques, des représentants des autorités françaises et allemandes durant l'Occupation, dont Pierre Laval, ministre d'État, puis chef du gouvernement français et ministre de tout ce qui compte et Jacques Doriot, dirigeant du Parti populaire français, un ultra de la collaboration, fondateur de la Légion des volontaires français contre le bolchevisme. On retrouve Otto et Carl-Heinrich von Stülpnagel, tous deux généraux, des cousins devenus chefs des forces d'occupation allemandes en France, le fameux Militärbefehlshaber in Frankreich domicilié à l'hôtel Majestic à Paris, et surtout Otto Abetz, ambassadeur de Hitler, homme de main de Ribbentrop, le ministre des Affaires étrangères du Reich nazi, grand francophile et francophone, amateur de la culture française, de champagne et de vins de Nuits-Saint-Georges. Beaucoup de choses lient d'ailleurs les deux hommes. Abetz et « Monseigneur » se souviendront longtemps de ce fameux 12 mars 1942, jour où ils scellèrent leur amitié indéfectible lors d'un déjeuner mémorable chez Maxim's, au milieu d'une foule d'officiers allemands et de la fine fleur de la collaboration parisienne. Abetz y était venu pour fêter sa récente promotion au grade SS de Brigadeführer, l'équivalent de général de division. Quel spectacle ce jour-là ! Dans ce grouillement festif s'affichaient sans retenue les conséquences du gigantesque pillage orchestré depuis 1940 par les vainqueurs nazis. On observait aussi l'incroyable compromission d'une frange collaborationniste, ivre de puissance, qui avait pris possession d'une France exsangue, comme saignée par les flots inouïs de vin emportés par l'ennemi.

INTRODUCTION

Un butin si précieux

L'histoire projetée à travers cette enquête répond à une étrange absence. Elle est celle d'un produit, le vin, qui a tant obsédé les nazis et leurs complices. Dès les premiers jours ayant suivi l'incroyable percée allemande dans les Ardennes, en mai 1940, l'envahisseur est assoiffé. Il capte tout ce qui lui est livré, s'enivrant de champagne, de cognac, d'armagnac, de grands bourgognes, de côtes-du-rhône ou de bordeaux, dans des proportions jamais vues. Cette prise d'assaut de la France se transforme alors en une ahurissante ruée sur le vin. Durant le premier été de l'ère allemande, un gigantesque dispositif de captation s'organise à partir d'un modèle conçu avec rationalité et méthode. En quelques mois, la France inonde le IIIe Reich d'un océan de vin puisé dans les stocks d'un demi-siècle de surproduction. Des milliers d'intermédiaires patentés et des centaines d'officines civiles et militaires prélèvent et vendent sans limite. La rapacité infinie des grands dirigeants nazis fait le reste. Ils boivent et collectionnent les plus grands vins du monde, se constituant des stocks colossaux à l'abri de leurs caves privées. Des principaux ministres du Reich aux officiers supérieurs jusqu'au plus petit fonctionnaire du parti nazi, tous en bénéficient. En France, on festoie dans les plus grands palaces et dans les meilleurs restaurants de la capitale. Des intermédiaires, courtiers et revendeurs improvisés, deviennent millionnaires, des négociants milliardaires. Le vin irrigue les réseaux du pillage nazi. L'incroyable marée rouge et or, entretenue par une longue chaîne de complicités et d'innombrables circuits occultes, finit par gangréner l'armée, puis toute la société allemande.

L'enquête présente propose donc de renouveler l'analyse de la France à l'heure allemande en retenant le vin, première production du pays à la veille du conflit, comme clef de compréhension d'un monde profondément bouleversé par la défaite. Le vin est en effet alors un produit éminemment convoité par les nazis, d'abord pour les volumes ordinaires destinés aux troupes, à la population civile allemande et aux alcools de carburation. Les nectars les plus précieux entretiennent quant à eux les réseaux mondains nazis, leurs cercles de courtisans et le monde de la collaboration en France. Le vin rappelle à quel point le projet de conquête et de soumission porté par les nazis durant cette période est motivé par une dimension économique fondamentale [1]. Hitler et ses complices ont en effet voulu vaincre et anéantir leurs adversaires afin d'asseoir un ordre économique pensé comme le plus profitable possible.

C'est au moment où la France vient d'être vaincue, alors que le Reich allemand est, lui, totalement ruiné, que se déroulent les conversations sur la place que la puissance défaite pourrait prendre dans la nouvelle Europe. On en trouve l'écho dans les propos tenus par Hans Hemmen, délégué allemand à la commission spéciale des Affaires économiques auprès de la commission allemande d'armistice à Wiesbaden. Ce personnage clef des relations économiques franco-allemandes durant la guerre dresse les grandes lignes d'une politique continentale qui doit permettre au Reich d'extraire sans attendre le maximum de l'économie française, en particulier de ses productions agricoles. « Herr Doktor » Elmar Michel, chef de la section économique des services de l'administration militaire allemande en France, prolonge cet objectif en ordonnant que l'on utilise au maximum les ressources du pays en faveur de l'effort de guerre nazi. La France figurant alors comme la première puissance agricole d'Europe, le vin en représente sa première richesse et un butin considéré comme éminemment stratégique. Politiquement, il s'avère utile à l'entretien du puissant système de dons et d'échanges qui structure le système hitlérien. Économiquement, sa valeur garantit des fortunes sûres et rapides au temps des incertitudes.

Nous voilà donc conviés à assister à une stupéfiante libation. Elle est celle d'une grande orgie menée par le Reich et ses complices durant quatre ans. Quatre années durant lesquelles le cynisme commercial déchaîné et la soif de profits illimités ont côtoyé l'opportunisme le plus infâme. C'est le temps des réseaux occultes et des personnages troubles, souvent oubliés de l'Histoire et de la Justice. C'est surtout celui de l'incroyable volonté de jouissance, enivrante et infinie, qui s'est emparée de tous ceux qui, propulsés à des sommets vertigineux, ont cru, un moment au moins, tenir la France dans leur verre.

Avril 1945. Montagne de l'Ehrsberg

Quelque part, à une trentaine de kilomètres au sud de Fribourg. Deux hommes lèvent leur coupe de champagne. C'est un Pommery Brut 1934. Les verres s'entrechoquent. On imagine le plus grand des deux alimenter le feu de leur tanière de fortune. Longiligne, une allure d'aristocrate dans ses habits de bûcheron, crinière argentée, les yeux larges, gris-vert, inexpressifs, nez long, Otto Abetz a beaucoup vieilli. Il n'aura pourtant que quarante-deux ans dans quelques semaines. Les clichés que l'on possède de lui durant cette période le montrent le teint jauni et les traits tirés par la fatigue accumulée après plusieurs semaines de cavale. À quatre-vingts pas de là, il a enterré, quelques jours plus tôt, avec son compagnon d'infortune, trois caisses de vins rares ; les restes épargnés du plus incroyable butin de guerre soutiré à la France après la défaite nazie. Sur cette période, les pièces d'archives sont rares et lacunaires. Si l'on se fie aux seuls notes, courriers et menus issus des bureaux de l'ambassade allemande à Paris, ou aux factures de négociants à l'attention de « Son Excellence Otto Abetz », les vins emportés sont parmi les plus exceptionnels : Margaux 1938, Mouton-Rothschild 1939, Lafite Rothschild 1934, Romanée-Conti 1941 ou Ruinart et Pommery millésimés. Le Pommery Brut 1934, justement. La dégustation improvisée entre les deux fugitifs les a peut-être conduits à ouvrir l'une de ces bouteilles de Bourgogne Clos de Lupé 1923, à moins que ce ne soit ce Nuits-Saint-Georges Château Gris 1929 « Tête de cuvée » où ce Clos-de-Vougeot 1911 « Tour du Monde », de cent cinquante à deux cent soixante francs la bouteille, soit soixante-dix-huit mille francs la pièce bourguignonne de deux cent vingt-huit litres, prix facturés tirés des trois dernières commandes expédiées par la maison Lupé-Cholet & Cie à l'ambassade allemande, rue de Lille, dans l'été 1944.

Ce sont là des armes pour séduire les cœurs. Des trophées d'un temps où l'Allemagne s'était enivrée de victoires avant de s'effondrer sous le poids de la guerre. Lui, Otto Abetz, le petit professeur de dessin du lycée de Karlsruhe devenu ambassadeur de Hitler en France, sait plus que quiconque ce que les nazis doivent aux précieux nectars d'une France si longtemps convoitée avant d'avoir été soumise.

1934 était peut-être son millésime de prédilection. Car c'est bien cette année-là que tout a réellement commencé. Au pouvoir depuis un an, Hitler et le parti nazi avaient conquis toute l'Allemagne. La mort de Hindenburg durant l'été et l'élimination méthodique de toute opposition avaient laissé le champ libre au programme mortifère de régénération politique et biologique d'un peuple devenu « race », marquant par son sang le projet d'une expansion infinie et inassouvie. Durant cette année 1934, Abetz entre au service de Joachim von Ribbentrop, ministre des Affaires étrangères. Il n'est encore presque rien dans l'appareil nazi. Mais l'ancien étudiant de Karlsruhe s'est rapidement distingué par son incroyable zèle particulièrement utile aux ambitions du moment.

La coqueluche du Tout-Paris

Devenu nazi par opportunisme, puis par adhésion, Abetz cautionne la politique de réconciliation franco-allemande chargée de camoufler la propagande venimeuse qui doit investir les clubs et les salons de la capitale française. Abetz est en terre de mission lorsqu'il s'introduit à Paris la même année, à la conquête des esprits bourgeois plus que jamais apeurés par le péril rouge. Il organise ses premiers salons au Claridge, festivités mondaines auxquelles assiste un cercle de fidèles dont Fernand de Brinon, Paul Morand, Jules Romains, Bertrand de Jouvenel, Jean Luchaire et « Monseigneur » Jean de Mayol de Lupé, évêque *in partibus* et grand pourvoyeur de vins de Bourgogne.

Avant même l'effondrement militaire de la France, au printemps 1940, Otto Abetz est devenu depuis longtemps la coqueluche du Tout-Paris. Le personnage est alerte, bel homme, séducteur, charmeur. Son discours tient en peu de chose. Un seul mot d'ordre : l'amitié des peuples. C'est le pouvoir de convaincre par la manière douce. Son influence politique est circonscrite au champ culturel. Le grand auxiliaire à ses brillants services rendus au Reich est le vin, ou plutôt les vins. Car Monsieur Otto a table ouverte à Paris. Jusqu'en 1939, date de son expulsion de France en raison de ses menées politiques, le fidèle conseiller du ministre de Hitler puise dans l'énorme budget qui lui est attribué par Berlin pour collectionner les crus de renom, non pas pour lui, mais pour ses invités. Nombreux sont ceux qui sont troublés, convertis, puis conquis par les somptueux mets servis à sa table en toutes occasions et par les vins qui les accompagnent. Des vins blancs et secs d'Allemagne, pour établir le lien, créer la proximité, et les plus grands crus de France, portés par les noms les plus sonores, pour frapper l'attention, s'assurer le bouche à oreille, garantir l'attrait par le luxe et le prestige à chacune des réceptions, entretenir les connaissances, flatter, convaincre, convertir et finalement soumettre.

Ribbentrop, son ambitieux ministre de tutelle, le sait mieux que quiconque ; le vin mène à tout. Lui-même ancien représentant en vins de Champagne s'était uni à l'héritière de l'empire Henkell, le plus grand vendeur de vin mousseux d'Allemagne, avant de devenir le représentant de la firme de ses beaux-parents. Ses premières transactions lui avaient permis d'atteindre la haute bourgeoisie cosmopolite et hédoniste qui détenait le pouvoir dans l'Allemagne d'après-guerre. Le marché du vin fit sa fortune. La France consacra sa réussite. Il devint le plus important importateur de grands bordeaux, de bourgognes d'exception, et le représentant exclusif des cognacs Meukow et des champagnes Pommery pour toute l'Allemagne. À sa table, on ne manquait jamais de rien et Ribbentrop s'enorgueillissait de pouvoir dénicher les meilleurs crus français dans sa cave de Berlin, ainsi que les plus grands cognacs et les Chartreuses jaunes et vertes les plus rares. C'est avec le vin et les liqueurs de France que le futur chef de la diplomatie nazie s'est d'abord fait un nom. C'est encore le vin qui sera par la suite le lien le plus direct pour l'introduire au cœur du cercle des familiers de Hitler.

Otto Abetz a beaucoup appris de Ribbentrop. La diplomatie par le vin est l'une de ses plus grandes leçons. Dans le Paris de la fin des années 1930, déjeuner « chez Otto » est un honneur ; y dîner est une consécration, un adoubement du Tout-Paris en vue, du Paris à la mode. L'hôte s'attache à rendre ses déjeuners et ses dîners extraordinaires. C'est l'art de tromper les yeux par les saveurs. Pour les convives, l'image des grandes étiquettes de vin est fascinante. Les grands champagnes, cognacs, bordeaux et bourgognes, tous produits d'exception, charment, estompent les craintes, étourdissent les plus récalcitrants. Les lendemains des réjouissances chassent vite les appréhensions. Chaque jour, Otto donne à Paris d'autres soupers et de nouveaux plaisirs. Autour des tables, dans ces cercles de la mondanité parisienne, de nombreux esprits pacifistes sont étourdis. Une si grande hospitalité les convertit à l'évidence d'une nécessaire et indispensable amitié franco-allemande. La « cinquième colonne » est déjà en marche vers la victoire. Levons tous notre verre à la paix et à l'amitié entre nos peuples ! Prosit ! La défaite de la France, rêvée par Berlin, a d'abord été mise en bouteille.

RETOUR SUR LA CHUTE

La grande catastrophe

13 mai 1940. L'offensive militaire allemande perfore les frêles lignes françaises dans le massif des Ardennes. Il faudra plusieurs heures avant que l'information ne soit finalement confirmée en France. Sur place, elle stupéfie l'état-major. Le haut commandement avait anticipé tous les plans, sauf celui relevant d'une telle audace. Deux jours plus tard Paul Reynaud, chef du gouvernement français, confirme la situation par téléphone auprès de son homologue et allié britannique Winston Churchill. La route de Paris est ouverte. La bataille est perdue. Le triomphe allemand est étourdissant. Le 19 mai, le gouvernement français se rend en corps constitué à Notre-Dame de Paris pour solliciter une intervention divine. Une procession solennelle des reliques de sainte Geneviève, menée pour protéger la capitale, est conduite par le cardinal Suhard, archevêque de Paris et, depuis lors, protecteur de la République. De nombreux prélats sont présents. Parmi eux, au sein de cet ahurissant cortège, Jean de Mayol de Lupé voit là, peut-être,

le signe d'un châtiment divin qu'il n'a cessé, avec d'autres, de prophétiser.

Le lendemain, les troupes blindées allemandes atteignent l'estuaire de la Somme, achevant ainsi le plus grand encerclement de l'histoire militaire. Il s'en faut de peu que le symbole de la France victorieuse, le maréchal Pétain, ne soit lui-même capturé. Tout le pays est saisi par la panique. L'onde de choc jette sur les routes des millions de personnes qui fuient vers le Sud, écartant encore un peu plus l'hypothèse d'un miracle. Dans cette hallucinante retraite, des femmes, des enfants, des maris, leurs frères et sœurs, fils et filles, tous en pleurs, à pied, voient sous leurs yeux se décomposer leur patrie et toute sa civilisation, au milieu de colonnes infinies de vélos, de charrettes à bœufs et de carrioles fourbues, de torpédos et de berlines extravagantes transformées en roulottes improvisées. C'est un chaos incroyable et stupéfiant.

La glorieuse armée française de Verdun n'est plus qu'une gigantesque débâcle. On compte bientôt plus d'un million et demi de prisonniers français. Plus de cent mille hommes ont déjà été tués en Belgique et dans le nord du pays. L'armée française, la plus grande depuis Napoléon, n'est pas seulement vaincue, elle s'est liquéfiée. Dans les campagnes et les vignobles, les témoins décrivent les innombrables pillages de maisons abandonnées par des familles en fuite, de boutiques, de magasins, d'entrepôts et de caves, parfois mis à sac dans une frénésie de vols par des armées de fugitifs ou par leurs voisins. On rafle tout, de quoi manger et de quoi boire surtout, quelques conserves et des bouteilles de vin, d'eaux-de-vie et d'apéritif, parfois des bidons ou des tonnelets entiers. Les chais et les domaines laissés sans défense sont rares. Lorsqu'ils le sont, à la suite de la fuite des vignerons ou des gardiens emportés par la peur, la mise à sac est complète, à moins que l'avant-garde des premières colonnes allemandes ne finisse la besogne en se livrant à quelques pillages de demeures abandonnées. Mais pour l'heure, toute l'attention est portée sur la capitale.

À l'assaut des palaces parisiens

À l'aube du 14 juin, plusieurs unités motorisées allemandes sont signalées dans les rues de Paris. Avant huit heures, le général von Studnitz, yeux perçants, arcades proéminentes, menton saillant haussant son étonnante raideur, l'archétype de l'officier prussien, fraîchement nommé commandant militaire de la capitale française, s'installe dans l'hôtel Crillon. Un étrange cliché noir et blanc de petit format égaré dans un lot d'archives de la Wehrmacht le montre dans le hall, entouré d'officiers. Les silhouettes de deux membres du personnel semblent accueillir le nouveau maître des lieux. Elles sont comme pétrifiées. L'une d'entre elles, peut-être un membre de la direction, marque le pas afin de faire entrer les autorités militaires victorieuses dans le hall de l'établissement.

Le Crillon était l'une des bases arrière d'Otto Abetz avant son expulsion par le gouvernement français en 1939. Il y recevait en grande pompe ses invités les plus utiles en vue d'infiltrer la haute bourgeoisie parisienne. Le palace redeviendra vite son havre de paix. Bâtiment monumental, chef-d'œuvre d'architecture du XVIIIe siècle, façade néo-classique, frontons grecs sur colonnades corinthiennes et pierres de taille, l'hôtel abrite l'une des meilleures caves à vins de la capitale, reconnue pour ses grands cognacs et ses crus classés du Médoc. Après avoir envoyé une escouade motorisée aux Invalides pour saisir les drapeaux allemands pris lors de la dernière guerre, le commandant de la place fait investir les lieux par une centaine de ses hommes. Le bar est réquisitionné, la cave également. Vins blancs secs de carafe pour la troupe, sauternes, barsac et champagne pour les sous-officiers et officiers.

Dès le premier jour, l'occupation allemande de la capitale française ressemble à une grande tournée des palaces. Dans le prestigieux Meurice s'installe le commandement du Gross Paris. Le Plaza-Athénée accueille l'état-major de la Kriegsmarine, alors que ses sous-officiers sont logés au Carlton de Pigalle, libérant celui des Champs-Élysées pour les services de la Deutsche Arbeitsfront Verbindung. Le Ritz devient le siège de la Luftwaffe. Le George-V est attribué à l'état-major et le Raphaël à l'administration militaire. Le Continental abrite le tribunal militaire du Gross Paris et l'Astoria les inspecteurs de l'Armement. À l'hôtel du Louvre, en face de la Comédie-Française, Helmut Knochen, représentant de Reinhard Heydrich, s'installe avec toute son administration. Mais pour l'heure, les SS se font plutôt discrets. L'avantage est donné à l'armée victorieuse et non aux unités politiques. Le Lutetia est pris par l'Abwehr, les redoutés services secrets militaires. Avenue Kléber, le Majestic est occupé par le haut commandement militaire allemand en France, le Militärbefehlshaber in Frankreich, dirigé par le général Otto von Stülpnagel. Mince, légèrement voûté, toujours sanglé dans un corset qui fixe sa nuque, cheveux en brosse, une figure marquée par les années, le commandant suprême des forces d'occupation en France supervise, le stick au poing, les premières réquisitions et l'organisation du ravitaillement des soldats en vivres et en boissons aux côtés de Helmut Rademacher désigné stadtkommissar de Paris, lui-même installé à l'hôtel Prince de Galles, sur l'avenue George-V. Tous ces établissements de luxe servent de résidences, de locaux administratifs, de bureaux, de mess et de lieux de repos pour l'armée d'occupation.

Dans chacun d'entre eux, le bar et les salles de réception mettent à disposition les plus grands crus extraits des plus belles caves de la capitale. À eux seuls, les souterrains du Lutetia rassemblent plus de soixante-quinze mille bouteilles de prestige entreposées dans le dédale des artères rebaptisées aux noms les plus retentissants : « rue de Margaux », « rue Lafite », « rue de Barsac », « rue de Vouvray » ou « rue du Chambertin ». C'est dans ce labyrinthe que l'amiral Wilhelm Canaris, chef de l'Abwehr, puise abondamment pour entretenir son cercle d'influence à Berlin. Chaque vendredi, cinq de ses hommes et deux pilotes embarquent pour la capitale du Reich. L'appareil chargé d'une trentaine de caisses de grands vins sous l'estampille de l'Abwehr livre des intermédiaires qui répartissent le précieux chargement auprès de destinataires désignés, tous hauts représentants du IIIe Reich. À Paris, les propriétaires de ces prestigieux établissements, aussi astucieux soient-ils, ne cherchent pas à dissimuler leurs meilleures bouteilles. Les cartes des vins sont à disposition et tous sont convaincus du grand intérêt qu'il y a désormais à bien recevoir leurs invités d'honneur, devenus leurs plus sûrs protecteurs dans cet environnement nouveau.

L'invasion feldgrau

Bientôt la ville est tout entière noyée dans une marée vert-de-gris. Dans la capitale si brusquement conquise, les artères principales sont rapidement traversées par d'innombrables motos side-car Zündapp, camions bâchés et transports de troupes, auto-mitrailleuses, tanks et engins tirant leurs lourdes pièces d'artillerie, dans un concert inouï de moteurs fumant et pétaradant, mêlant aux rugissements des mécaniques une épouvantable odeur d'huile et de gaz d'échappement. Les soldats sont revêtus de leurs uniformes de parade, arborant leurs armes éclatantes, assis dans des véhicules aux carrosseries rutilantes. Des camions munis de haut-parleurs circulent dans les rues pour ordonner à la population de rester calme et d'obéir aux nouveaux maîtres de la ville. C'est une invasion sonore, assourdissante et olfactive. Durant tous ces premiers jours, le ciel est comme encombré par un voile de deuil. L'air empeste. C'est l'odeur du carburant. Au loin, les grands dépôts de pétrole et d'essence brûlent encore. Ils rappellent les incendies du début du mois durant lesquels les ministères ont fait jeter leurs archives en vrac par les fenêtres afin de les brûler au plus vite dans les cours et les rues, laissant place nette aux envahisseurs arrivés à destination dans leurs hôtels et bâtiments. L'assaut de Paris montre la scrupuleuse préparation qui a précédé les opérations militaires, bâtie sur les plans du cadastre et un méticuleux recensement des immeubles haussmanniens à réquisitionner.

Paris est encore vidée des trois quarts de ses habitants. En quelques heures, les soldats allemands sont partout. Les « fritz » feldgrau investissent les rues à la recherche de pain, de viande, de fruits, de tout ce qui se mange dans cette ville à leur merci. Les hommes sont affamés, mais ils veulent surtout boire. Étourdis par l'événement qui les inscrit à jamais dans l'Histoire, ils portent un toast à la chute de Paris, au triomphe du Reich et au génie du Führer. Attablés aux terrasses des cafés les plus renommés, les officiers sont au Dôme, à la Rotonde ou à la Coupole. Ils saisissent dans leur correspondance l'instant inouï qui marquera le monde. Dans les salons, les paons bottés et monoclés, confortablement installés dans leurs fauteuils, dégustent, ici une coupe de Mumm Grande Cuvée, là un Château La Tour Blanche 1933, là encore une Fine de cognac Camus ou une Chartreuse verte épiscopale, tous « heureux comme Dieu en France [1] ».

« Wein ! Wein ! Wein ! »

Rapidement conquis par l'éclat de la capitale française, les soldats allemands abandonnent leurs armes pour de petits appareils photo solidement fixés autour de leur cou. Ils ne font plus la guerre en France mais du tourisme. On saisit d'improbables clichés de la vie parisienne, de l'architecture de la ville, de ses monuments. Chacun immortalise sa présence devant l'Arc de Triomphe, la tour

Eiffel ou les Invalides, là où partout flottent les bannières à croix gammée. Symbole de la disparition de la France, l'étrange faucheuse noire piquée au centre de ce drapeau blanc et rouge sang prend pour les habitants encore présents une dimension effrayante et cruellement agressive.

Par milliers, les envahisseurs débarquent d'autocars entiers devant les grands magasins, les parfumeries et les boutiques de luxe, les brasseries et les restaurants qui n'ont pas fermé leurs portes un seul jour. Plongés depuis des années dans une société de dénuement instaurée par l'État hitlérien, ils achètent tout et à n'importe quel prix, ou presque. Pour la première fois depuis trois décennies, les Allemands ont un pouvoir d'achat qui leur permet d'acquérir ce dont ils ont rêvé toute leur vie. La plupart des cafés ont déjà relevé leurs rideaux de fer et réinstallé leurs terrasses. C'est tout le secteur de la capitale compris entre l'Opéra et la porte Maillot qui renoue avec la vie. À Belleville, à Pigalle, à Ménilmontant ou aux Champs-Élysées, des dizaines de milliers d'hommes de troupe et d'officiers allemands consomment sans compter. Les soldats allemands se gavent de beurre, de viande, de vin. On s'étonne d'un tel appétit. Mais surtout, ils trinquent et boivent sans répit, des vins de soif, rouges, blancs, ordinaires et pétillants, de carafe et en bouteille. Dans les cafés, les soldats commandent des liqueurs, des eaux-de-vie, du champagne et des vins de toute la France. Ils interpellent les serveurs en braillant « Wein ! Wein ! Wein ! ». Le soir, ils avalent tout ce qu'on leur sert, cognac, Fine champagne, armagnac, calvados, Chartreuse, Bénédictine, Cointreau, Marie Brizard, avec une désinvolture vorace. Les officiers quant à eux préfèrent le champagne et la valse des étiquettes les plus prestigieuses, Moët, Mumm, Ruinart, Mercier, Lanson, Heidsieck, et d'autres ; tout y passe.

Tous paient avec des marks, bien que personne en France ne sache encore vraiment ce que vaut cette monnaie. Les billets fraîchement imprimés n'ont d'ailleurs cours qu'à l'intérieur des frontières du pays occupé. Ils concurrencent directement le franc dans n'importe quelle transaction commerciale. Dans un bar ou un restaurant, on peut payer indifféremment en marks ou en francs et se voir rendre de la même façon une monnaie ou l'autre. Quoi qu'il en soit, ces marks français octroient un pouvoir d'achat extraordinairement élevé aux soldats allemands partout dans le pays. D'autant que si dans le Reich ils touchent un mark par jour, en France cette paie est doublée, s'élevant à près de cinquante fois la solde des soldats français. Mais peu importe la valeur de cette monnaie de singe, puisque, au final, c'est la France qui règle la facture.

Un cliché parmi des milliers surgit des archives. C'est la photographie prise en juin 1940 d'une terrasse paisible, face au restaurant À la Mère Catherine, place du Tertre, dans le 18e arrondissement. Devant des femmes attablées consommant leurs boissons, trois soldats d'infanterie, flâneurs, étourdis par l'animation du quartier. À deux pas, une voiture découverte, transportant deux officiers allemands, rangée devant la brasserie. L'un d'eux, sourire aux lèvres, échange avec des passants. Il est peut-être en quête d'un renseignement, d'une adresse, où bien boire et bien manger, l'obsession du moment. Après l'atmosphère glaçante des premiers jours, les terrasses des cafés reprennent vie. Des promeneurs longeant les grandes artères croisent des compagnies allemandes vertes et grises qui défilent sur les grands boulevards en rythmant leurs pas sur des chants cadencés. La capitale se repeuple progressivement avec le flot des « revenants », tous stupéfaits de voir des cafés, des restaurants, des cinémas et des music-halls bondés. Les Parisiens mangent, boivent, s'amusent et recommencent à vivre comme si la guerre était terminée. Par le fait, elle l'est, pour la plupart d'entre eux.

Dans les restaurants de renom, les menus affolent ceux qui ont été si longtemps soumis aux restrictions et aux rationnements. Tous sont fréquentés presque exclusivement par des officiers allemands. Chez Maxim's, le Fouquet's ou la Tour d'Argent, là où sont servis les plus grands vins, sont les rendez-vous des très haut gradés. Les hommes de troupe n'échappent pourtant pas au mouvement. Ils dévalisent les boutiques de vin et consomment à l'envi pour fêter l'étourdissante victoire. Dans les cantines et les Gasthaus, dans les immeubles réquisitionnés et les logements de garnison, le vin est partout, exprimant l'audace récompensée, l'ardeur et le courage des soldats enfin gratifiés. L'animation la plus considérable atteint la vie nocturne de la capitale, celle des cabarets et des boîtes de nuit, des plaisirs fantasmés du « Paris la nuit ». Au cours de l'une des tournées à travers le nouveau Montmartre, ou au cœur de Pigalle, dans les quartiers les plus populaires parfois, les nouveaux maîtres découvrent l'atmosphère savoureuse des innombrables bistros, des centaines de cabarets, où se mêlent, autour de petites tables intimes, le tintement de la glace dans les seaux à champagne et la compagnie féminine tarifée pour tous les uniformes verts et gris.

Retour au 78, rue de Lille

C'est dans cette effervescence victorieuse, bâtie sur la ruine d'un pays, que Otto Abetz s'installe à son tour dans la capitale française, le lendemain de l'entrée des premières unités de la Wehrmacht. L'ancien militant de la Deutsch-Französische Gesellschaft, le correspondant outre-Rhin du célèbre et si efficace « Comité France-Allemagne » et ses collaborateurs s'établissent dans l'ancienne ambassade d'Allemagne, au 78, rue de Lille. La façade de l'ancien hôtel de Beauharnais est sobre mais imposante, exposant au fond de la cour d'honneur un large porche de style égyptien qui donne accès au grand hall. À l'intérieur, on a accroché au mur un colossal portrait de Hitler cerné par deux immenses bannières à croix gammée. Dans ce lieu, un officier allemand sert de premier attaché culturel, une position que connaît bien Abetz. Transformé de fait en véritable maître des banquets et sommelier, il devra surtout s'assurer des innombrables commandes de plats, livrés en flux presque continu par les cuisines des palaces, et des vins les plus précieux. Il s'agit de fidéliser un cercle d'influence le plus large possible, couvrant les élites parisiennes, dans un parfait esprit de collaboration, à travers une diplomatie culturelle et gastronomique entretenue par les nombreux dîners fins, cocktails et réceptions qui se joueront là, comme c'est le cas lors de la première réception d'honneur, le 20 décembre 1940.

C'est à cette occasion qu'est lancée dans l'ancien palais de la reine Hortense la première offensive de charme à l'attention du Tout-Paris de la collaboration. Deux mois après la rencontre de Montoire et l'officialisation de la politique de collaboration d'État par Philippe Pétain, tout le gratin parisien se presse au 78, rue de Lille afin de porter un toast à l'« Europe nouvelle » qui se construit. Présent sur place, le diplomate nazi Rudolf Rahn écrit qu'il y règne alors « une agitation proche de la Bohême. Des visiteurs arrivaient et partaient en foule, traînaient dans l'immeuble et dans le jardin ; ils mangeaient et buvaient quand ils en avaient envie et bavardaient du matin jusqu'à tard dans la nuit. Il fallait tout un art pour parvenir jusque chez Abetz à travers ce grouillement de foule », et il mit lui-même « deux jours avant de pouvoir lui parler seul et en toute tranquillité[2] ».

Dans les salles et galeries de tentures pourpres et de marbre blanc se ruent les adhérents de la première heure à la cause nazie, les opportunistes de tout poil, comme les revanchards amers et soucieux de revenir au plus vite dans le jeu, tel Adrien Marquet, éphémère ministre de l'Intérieur de Pétain et maire de Bordeaux. Admirateur du Reich nazi dès l'accession au pouvoir de Hitler, Marquet, élu de la gauche bordelaise avant d'être exclu de la SFIO pour « déviationnisme », avait profité de ses relations personnelles avec l'ambassadeur Abetz pour être propulsé au gouvernement en tant que ministre d'État, le 23 juin 1940. Quatre jours plus tard, il succédait à Charles Pomaret au ministère de l'Intérieur. Cette nomination répond clairement aux attentes du Reich. Elle est soutenue par Pierre Taittinger, financier cagoulard et propriétaire de la maison de champagne Taittinger. Son influence est grande, peut-être décisive même, lors du vote des pleins pouvoirs à Philippe Pétain, le 10 juillet. Le 24 juillet 1940, il est présent au 72, avenue Foch, siège du service du Reichsführer SS Himmler à Paris. Par la suite, il ne cesse de comploter afin d'étendre son influence, avec son chef de cabinet à la mairie de Bordeaux, Raymond Cousteau, et le docteur Jean-Marcel Peter, agent de liaison auprès du commandement militaire allemand à Bordeaux, auprès du chef de la Gestapo en France le SS Standartenführer docteur Max Thomas, délégué de Heydrich en France, et ses adjoints Helmut Knochen et Carl Bömelburg. Pourtant, ses intrigues en faveur de Jacques Doriot entraînent vite sa disgrâce à Vichy. Le 6 septembre 1940, Pétain l'écarte. Pour autant, l'influent maire de Bordeaux demeurera un soutien indéfectible à la collaboration et à la cause allemande qu'il défend notamment dans son journal *Le Progrès de Bordeaux*. Marquet restera sous les ordres de Bömelburg durant toute la période de l'Occupation. Sa fidélité en faveur de son ami et nouveau représentant de la diplomatie allemande à Paris, Otto Abetz, demeurera complète.

On ne sait pas si le choix approuvé par Hitler en faveur d'Abetz, ce courtisan très zélé et soumis, relève de ses grandes connaissances de la culture et des mœurs françaises, ou s'il ne s'agit que d'une revanche répondant à l'expulsion du diplomate nazi un an plus tôt pour espionnage. Désigné représentant du ministre des Affaires étrangères du Reich à Paris, il est secondé par le docteur Rudolf Schleier. Invalide de la Grande Guerre, nez longiligne et yeux tranchants, c'est un personnage tourmenté et inquiétant. Homme de chiffres, de comptes et de statistiques, il apparaît comme un exécutant qui ne brille pas. Ce dernier additionne, multiplie, planifie, commande et coordonne. À leurs côtés se distingue surtout le docteur Ernst Achenbach, un personnage habile, connaissant parfaitement la France, sa culture et ses vins. Dès le début, ces hommes prennent conscience de l'incroyable enchevêtrement des responsabilités de chaque représentation allemande dans la mise en œuvre de l'exploitation intensive de la France. Le 22 juin, ils assistent à Rethondes à l'humiliation du vaincu qui ouvre la voie au plus grand des pillages de l'Histoire depuis des siècles ; un pillage pour autant très singulier car légal et payé par les versements colossaux et infinis dus par la France à l'Allemagne[3]. Mais la rivalité la plus extrême fracture déjà les services allemands en France. Plusieurs corps militaires revendiquent leurs prérogatives dans la politique d'exploitation du pays. Il importe d'employer et d'exploiter toutes les ressources que la France peut offrir. À ce jeu-là, le choix de l'interlocuteur et des moyens est capital.

Nommé responsable de la colonne du baron von Künsberg, secrétaire de légation à l'Auswärtiges Amt, constituée en unité militaire chargée de capter les archives françaises identifiées comme stratégiques, Abetz forme parallèlement une unité militaire disposant d'uniformes et de cartes de la Gestapo. Ce second commando est missionné pour la collecte de très importantes quantités de vins, d'alcools et de produits de luxe français, parfums, lingerie, susceptibles d'entretenir un vaste réseau clientéliste à Paris, en France et en Allemagne. Leur entreprise, la première du genre, concerne tous les grands champagnes, les bordeaux et les bourgognes les plus renommés, ainsi que tous les alcools, apéritifs, eaux-de-vie et liqueurs jaunes-or de réputation mondiale. Contrôlées par Abetz, ces opérations sont déléguées à l'un de ses plus proches collaborateurs, Karl Epting. Son unité rassemble au total une cinquantaine de spécialistes et un corps motorisé pour le transport en camions et sous escorte de la précieuse marchandise, identifiée, captée et acheminée dans des dépôts réservés à Bercy et à Charenton. Tout au long de l'été, Abetz étend progressivement les fonctions de captation des vins et des liqueurs du commando à tous les vignobles. Pendant ce temps-là, au cœur des premières nuits parisiennes, dans les rues plongées dans l'obscurité la plus complète, les feldgrau embarquent d'autres trésors, dont les tableaux du Louvre encore présents et qui filent à toute vitesse de l'autre côté du Rhin à bord de camions militaires.

Noyer la honte de Compiègne

Le 28 juin 1940, quelques jours après la visite éclair de Hitler, le Reichsminister Hermann Göring passe la soirée à Paris. À l'opposé des habitudes du Führer, il y dîne somptueusement chez Maxim's, ingurgitant tout ce qu'il peut dans une boulimie frénétique. Il est surtout venu noyer l'affront du « Diktat » signé vingt et un ans plus tôt, jour pour jour. Cinq ans après le drame de Sarajevo, le 28 juin était devenu dans tout le Reich l'anniversaire d'une abominable honte. Désormais triomphant dans la capitale française, Göring est assoiffé. La carte des vins du célèbre établissement n'y suffit pas. Comme à son habitude, il a fait établir scrupuleusement la liste de ce qui lui sera servi. Il s'agit des bouteilles de Château Lafite Rothschild bien sûr, son vin préféré, et des meilleurs millésimes ; d'autres des Châteaux Margaux, Malescot Saint-Exupéry, Léoville Barton Saint Julien, Beychevelle, La Mission Haut-Brion, quelques grands bourgognes, Romanée-Conti, Clos-de-Vougeot ou Chambertin, des champagnes d'exception et des cognacs introuvables.

Durant le premier séjour d'une très longue série pour lui en France occupée, Göring s'intéresse avant tout à l'installation des services économiques qui auront en charge le pillage du pays, à celle des services de la Luftwaffe au Quai d'Orsay, et plus encore, mais tous les sujets sont liés dans son esprit à ses profits personnels, son obsession permanente. La guerre a pour priorité selon le Reichsminister de soumettre l'adversaire afin de mieux l'asservir économiquement, de le piller et, finalement, de le ruiner. Son passage le soir même au Ritz n'a sans doute laissé personne indifférent. Son physique stupéfiant, son extrême vulgarité, son style de vie incroyablement fastueux, son goût immodéré pour tous les articles de luxe, pour les bijoux et les pierres précieuses, ses uniformes colorés et ses toilettes extravagantes, souvent grotesques, et sa passion pour les grands vins et spiritueux français ; tout contribue à en faire le symbole de la prédation qui s'annonce déjà.

Pour l'heure, dans la capitale du Reich, on s'enivre de gloire. L'humiliation de 1918 et la honte de Compiègne sont définitivement effacées. Le 19 juillet 1940, tous les chefs militaires allemands sont convoqués afin d'assister à la séance du Reichstag au cours de laquelle Adolf Hitler annonce la fin de la guerre. Le discours est retransmis en direct par radiodiffusion au Palais-Bourbon à Paris, symbole de la défunte République, dans l'ancienne Chambre des députés conquise et peuplée d'uniformes vert-de-gris dans laquelle préside désormais à la tribune le buste en bronze du Führer. L'*hubris*, né de la victoire éclair sur la France, ne lâchera plus Hitler convaincu d'être porté par la providence. Sans retenue, le dictateur en profite pour nommer une fournée d'une douzaine de maréchaux et d'un grand amiral, provoquant l'effarement des autres chefs militaires méritants, mais non promus. Plus stupéfiant encore, Hermann Göring, l'enfant chéri, l'ami de la première heure des combats politiques, est élevé au rang de Reichsmarschall et propulsé, au passage, grand-croix dans l'ordre de la Croix de Fer, reléguant directement le chef de l'armée allemande et celui de la marine à un rang subalterne. C'est une distinction unique qui fait de lui le supérieur hiérarchique de tous les militaires du Reich. Le plus vaniteux, corrompu et assoiffé de tous les chefs nazis est désormais hissé au sommet du pouvoir politique et militaire du Reich, devenant par le fait le second personnage le plus puissant après Hitler. Les officiers politiques ne sont pas en reste. Ribbentrop, Lammers et Bormann sont nommés Obergruppenführer, le plus haut rang de la SS après le Reichsführer. Le vieil état-major prussien de la Reichswehr et l'État allemand lui-même ont laissé la place à une polycratie féodale, une vaste galaxie de pouvoirs, tous concurrents et jaloux, où seule demeure la capacité de chaque chef à se tisser et à entretenir des chaînes d'influence et de protection susceptibles de conforter leur position et leur soif de richesse.

LA RUÉE VERS L'OR ROUGE

Le miracle… de la défaite

Il n'aura fallu que quelques jours pour que la défaite de la France ne soit totale. La rapidité et l'ampleur du désastre stupéfient les généraux allemands et provoquent parmi la population française un double état d'affolement et de sidération. Dès juin 1940, dans les vignobles de Bordeaux, de Champagne et de Bourgogne, comme dans tout le pays, plus personne ne songe sérieusement au renversement du cours des événements. Depuis le 18 juin, toutes les localités françaises de plus de vingt mille habitants sont d'ailleurs déclarées « villes ouvertes ». Le constat est brutal et implacable.

Une ambiance de siège prend possession de Bordeaux, devenue la capitale du désarroi. Dans une ville où grouillent parlementaires en exil et réfugiés hagards, une foule de canailles et de petits escrocs traquent les affaires faciles. Le vin est leur première obsession, la promesse de profits faciles et rapides pour les plus habiles. Comme c'est le cas en Charente, en Champagne ou dans toute la Côte bourguignonne, l'arrivée des troupes allemandes aiguise les appétits.

Durant tout l'été, Châteaux et domaines sont pris d'assaut par la multitude d'acheteurs étourdis par leur victoire. Officiers et soldats de l'armée devenue occupante, intermédiaires véreux et crapules fraîchement converties aux intérêts du Reich, partout un spectacle insensé dévoile l'exacerbation des cupidités. Persuadés qu'en vendant au plus offrant ils servent leurs affaires, et par là même celles de la France, les négociants et vignerons livrent leurs vins sans limite dans la plus absolue des confusions.

En quelques semaines, avec l'armistice signée et le régime de Vichy établi, la ruée vers le vin dépasse l'entendement, prenant de court tous les plans de captation imaginés par le Reich. L'incroyable engouement allemand pour les vins français ne faiblit pas durant l'été 1940. Partout, dans tous les vignobles du pays soumis à l'invasion, les troupes allemandes achètent dans les propriétés et chez les négociants. Les prélèvements sont massifs. Dans les grands vignobles, les ventes s'envolent à des niveaux inconnus jusqu'alors. Les unités de passage achètent de gré à gré, chargent les vins sans même les estimer. Les domaines les plus illustres et les grandes maisons vendent en quelques jours l'équivalent de plus d'un an de leur commerce d'avant-guerre.

À Pommard, en Bourgogne, les premiers motocyclistes arrivés dans le village en side-car sont accueillis par une poignée d'habitants décontenancés et curieux. Personne n'a pourtant cru bon d'évacuer les stocks de vin. La rumeur prétend que les Allemands achètent, et toujours à bon prix. Deux négociants du village, Marius et Raoul Clerget, le père et le fils, propriétaires de la maison Les Grands Crus de Bourgogne, s'engouffrent dans la brèche. Les Allemands paient bien et vite, c'est un fait, sans pièce de régie, ni facture. Puisqu'ils sont là pour au moins trente ans, dit-on, il vaut mieux s'adapter. Les Clerget s'accommodent sans modération du nouvel élan commercial qui s'offre à eux. Ils vendent plusieurs caisses de vins de choix et empochent aussi vite les billets. Les dés sont jetés. Deux jours plus tard, ils concèdent une première grande campagne d'achat, cinq mille bouteilles de mousseux, instantanément revendues comme champagne à cent vingt-cinq francs l'unité. Le prix est stupéfiant. C'est du jamais vu de mémoire de négociant. La faillite larvée de leur maison s'éloigne brusquement. Les affaires décollent. En quelques semaines les chais et les caves du domaine sont vidés et il faut se réapprovisionner très vite auprès de la viticulture[1]. Les deux hommes sauront faire valoir leur grand sens du pragmatisme. Mieux encore, le fils veut sa revanche sur une vie professionnelle vouée jusqu'alors à l'échec. Tout le monde n'a pas perdu la tête durant l'été 1940. Pour certains, il est même permis de rêver. C'est une évidence, la défaite paie mieux que la victoire ! L'effondrement du pays n'en est peut-être pas un. C'est plutôt un sentiment d'abandon progressif de la France, de sa population, de son histoire et de tout ce qui l'a constituée ; la sensation d'un monde qui se décompose. Les Clerget, comme beaucoup d'autres, sont vite convaincus que Hitler étendra ses conquêtes sur le monde entier, y compris sur les États-Unis.

Dans un village voisin, plusieurs habitants saluent l'arrivée des envahisseurs, deux motocyclistes grenades à la ceinture. Une femme et un homme leur ont offert un bouquet de fleurs et une bouteille de vin du cru, sous les applaudissements nourris des voisins. Quelques instants plus tard, une longue berline Mercedes vert-de-gris décapotée transportant deux officiers allemands se range devant un domaine viticole. Leur arrivée suscite un petit attroupement et l'un des officiers demande dans un français maladroit s'il peut acheter du vin, exhibant une liasse de billets tout neufs de cinq cents francs encore sous bande. En quelques instants l'affaire est conclue.

Plus au sud du pays, dans le vignoble bordelais, des scènes identiques se répètent, relayées par les représentants des bureaux d'intendance de nombreuses unités militaires qui grouillent dans toute la zone occupée. Des observateurs rapportent que des officiers allemands, dans plusieurs villages des environs de Saint-Émilion, visitent des caves et des châteaux, suivis de près par des nuées de camions et d'équipées de soldats feldgrau, tous transformés en manutentionnaires. Parqués devant les chais, les troupiers allemands enchaînent les chargements sous les regards bienveillants des maîtres des lieux. Les chefs nazis se délestent vite de leurs billets et signent des bons de commande à répétition, montrant à quel point le pillage a du bon. À la fin du compte, les négociants et vignerons des lieux ont sans aucun doute gagné leur année en quelques jours.

Partout, les uniformes vert-de-gris raflent en masse. On charge des centaines de milliers de caisses et de fûts, des millions de bouteilles dans des camions bâchés. D'incroyables convois ferroviaires partent des gares de Bordeaux, de Dijon, de Reims, emportant le précieux liquide dans des centaines de wagons-réservoirs. Tout part pour l'Allemagne. Quel que soit le vignoble, il n'existe presque aucune violence. Les vins sont payés aux propriétaires de la main à la main, indifféremment avec des francs ou des reichsmarks. Pour les négociants déconcertés par deux décennies de crise, l'arrivée des Allemands est une aubaine. Les stocks sont si importants. Ces dernières années, il n'était parfois même plus possible d'entreposer la nouvelle récolte. Si la misère menace le monde du vin depuis des décennies, il semble qu'elle soit consubstantielle à celui de la vigne depuis toujours. Dans ces conditions, l'arrivée des feldgrau est si inespérée qu'elle apparaît devoir tenir du miracle.

Le commerce des vins avec l'occupant est alors d'autant plus aisé que si le gouvernement français avait interdit toutes relations économiques avec l'ennemi à la suite de l'attaque allemande sur la Pologne, le 1er septembre 1939, le décret-loi publié plus de dix mois plus tard, le 16 juillet 1940, rétablit de plein droit le commerce avec le Reich en supprimant toutes les mesures antérieures contraires. Vendre des vins et des alcools à des acheteurs allemands, voire aux autorités militaires nazies elles-mêmes, est donc depuis tout à fait légal. Mais il faut pour autant distinguer la situation de chacune des deux grandes zones établies par l'occupant. Au sein de la zone occupée par le Reich, au Nord et à l'Ouest, sur les deux tiers du pays qui rassemblent tous les vignobles les plus prestigieux et reconnus de France, chaque professionnel placé sous l'emprise nazie peut, de fait, faire valoir l'état de nécessité qui s'impose à lui. La pression que constitue la force militaire allemande est indéniable. En zone non occupée, en revanche, plus au sud d'une ligne de près de mille deux cents kilomètres, coupant le pays du Jura jusqu'à la Touraine, puis à la frontière espagnole, la France de Vichy offre une situation plus ambiguë. Elle est celle d'un État vaincu mais non envahi, conservant les apparences d'une souveraineté nationale préservée et reconnue par l'Allemagne victorieuse, mais aussi par une large partie des autres nations. On ne compte d'ailleurs pas moins de quarante représentations diplomatiques présentes à Vichy en juillet 1940.

C'est dans ces conditions que Philippe Pétain publie des lois, décrets et ordonnances exprimant toutes les formes de son autorité sur le territoire directement placé sous son commandement. Le chef de l'État laisse alors libre cours à sa politique de neutralité bienveillante à l'égard de l'Allemagne puis, à partir de l'automne, à celle d'une franche collaboration avec Hitler. Pour autant, chacune des mesures adoptées par Vichy n'est pas circonscrite à la seule zone Sud. Elle est de fait également transposable et applicable à l'ensemble de la zone occupée avec le consentement de Berlin. Dans le domaine des livraisons de vins et d'alcools accordées au Reich, celui des contingents fournis et des licences d'exportation délivrées, le gouvernement de Vichy conserve donc toutes ses prérogatives et assume sa pleine et entière responsabilité pour l'ensemble du pays. Par le fait, dans tous les vignobles, toutes les opérations commerciales initiées par les professionnels entrent dans le cadre des règlements publiés sous le couvert des pouvoirs publics et donc des autorités légales. Voilà ainsi tracé le cadre d'un commerce des vins ouvertement tourné vers le nouveau maître du pays.

Un négociant « tüchtig und brauchbar » (efficace et utile)

À partir de la fin de l'été 1940, les demandes excèdent largement les offres et cette frénésie ne peut pas se poursuivre sans mettre gravement en péril l'équilibre de la filière tout entière. Si la France viticole occupée produit la plupart des vins de grande réputation, c'est bien la France de Pétain, en zone non occupée, qui fournit presque tout le vin courant. À Bordeaux, les négociants des Chartrons s'inquiètent de l'accélération des prélèvements. Si rien ne change, l'occupant aura vite englouti toute la production des meilleurs crus locaux alors que le Reich recherche avant tout des vins ordinaires, à gros volumes, dans des quantités excédant largement toute la production des vignobles occupés.

Pour l'heure, c'est Roger Descas qui prend en charge la question. Président du Syndicat national des négociants en vins, l'homme d'une quarantaine d'années est mince, toujours élégant et d'un naturel avenant. Héritier d'une maison bordelaise établie depuis trois générations, Descas est surtout un boulimique des représentations dans tous les domaines [2]. Officier de la Légion d'honneur, maire d'Audenge en Gironde, il est aussi conseiller du commerce extérieur, ancien consul d'Autriche, administrateur du port autonome de Bordeaux, président de la Confédération nationale girondine, secrétaire de la chambre de commerce de Bordeaux, expert au sein de la Commission franco-allemande du commerce extérieur, président du

Syndicat des vins de Bordeaux et de la Gironde, président de la Fédération des vins du Sud-Ouest, vice-président du Comité international de propagande du vin, vice-président de la Commission d'exportation des vins, etc. S'il domine le haut négoce bordelais, il n'appartient pourtant pas à l'élite du « pavé des Chartrons », les familles Calvet, Kressmann ou Eschenauer qui ont leurs hôtels particuliers rue des Chartrons à Bordeaux. Son ambition commerciale a souvent mené sa maison à pratiquer de savants maquillages des vins, par d'astucieux assemblages au « goût Bordeaux », à partir de produits de coupage venus du Midi ou d'Algérie, autant de mélanges qui ont fait sa réussite et sa fortune.

Par son appétit pour tous les titres et pour tous les pouvoirs, Roger Descas n'est pas dépourvu de relations. L'une des plus solides est celle qu'il noue très tôt avec Heinz Bömers, patron de la firme Reidemeister & Ulrichs à Brême, le plus grand établissement d'importation de vins français en Allemagne. Pour Descas, Bömers n'est pas une simple relation d'affaires. C'est un ami et un fidèle partenaire. Les deux hommes se sont connus dans leur jeunesse alors que Descas était apprenti chez Reidemeister & Ulrichs, le principal client de Descas Père & Fils. Ils s'apprécient. Ils se respectent et s'accordent une confiance réciproque. Lorsque au mois de juin Bömers est désigné par Berlin pour se rendre à Paris afin d'apporter ses connaissances sur la situation du marché français du vin, Descas ne parvient sans doute pas à dissimuler sa joie. Il sait déjà qu'il fera partie des experts incontournables. Il comprend encore qu'il sera l'intermédiaire obligé entre le nouveau pouvoir occupant et les acteurs d'une filière désormais placée sous forte pression.

La France, « réservoir à vin » du IIIe Reich

C'est à Paris que Roger Descas retrouve son ami Bömers pour la première fois depuis la défaite. La rencontre a lieu le 29 juin 1940 au sein de l'hôtel Majestic, siège de la direction économique centrale dirigée par le docteur Elmar Michel, haut fonctionnaire nazi missionné pour soustraire les richesses de la France occupée[3]. L'exploitation est alors le corollaire de l'abaissement. Car si la France a été très tôt désignée premier fournisseur de produits agricoles du Reich, c'est pour mieux conduire le grand dessein historique soutenu par les nationalistes d'Outre-Rhin depuis Bismarck. L'Allemagne entend en effet transformer son grand concurrent continental en une nation soumise de petits paysans devenus simples pourvoyeurs de matières premières. La France, convertie en vache à lait du Reich. Mais elle sera aussi son grenier à blé et son parc à viande. À observer de plus près l'organigramme de la direction économique allemande, elle pourrait surtout devenir son réservoir à vin.

Dès son installation au sein du Majestic, cette tour de contrôle du pillage nazi en France s'est dotée d'un curieux département : celui d'une administration centrale des vins. Le choix n'est pourtant pas très surprenant. En soumettant son voisin et rival à l'ouest, l'Allemagne prend le contrôle du premier producteur et exportateur mondial de vin. L'économie française du vin représente alors entre soixante-quinze et cent millions d'hectolitres de production annuelle en moyenne, issus de plus de deux millions d'hectares de vignes, pour près de cinquante milliards de francs de revenus. La France est le pays du vin. Ce constat saisit d'autant plus l'attention des autorités nazies que ce trésor en bouteilles et en tonneaux représente une prise de choix pour une guerre qui pourrait s'annoncer plus longue que prévu.

Or, les vins les plus célèbres fascinent depuis toujours les hautes sphères de la société nazie. En choisissant de ne se priver de rien, l'élite du svastika entretient une mondanité effrénée où chaque personnalité d'importance jalouse, provoque, craint et défie l'autre. Sur leur table, la présence de grandes étiquettes en provenance de France est une marque de distinction. Elle est un argument de pouvoir. Elle signe leur toute-puissance. Göring est sans doute le premier à avoir manifesté la suprématie de son autorité par les vins qu'il fait servir. Dévoré par l'orgueil, d'une morgue et d'une suffisance inouïes, le ministre, président et maréchal du Reich est un formidable jouisseur qui aime tout ce qui a de la valeur, surtout si cela se boit. Au cœur de ses châteaux et domaines, dans sa monumentale propriété de Carinhall en expansion continue, Göring, le grand Borgia nazi, avec ses ongles vernis et ses costumes de soie, offre à ses hôtes éblouis et stupéfaits les témoignages de sa suprématie. Des Châteaux Lafite Rothschild Pauillac, devenus introuvables, des Richebourg, Domaine de La Romanée-Conti, 1934, le vin des vins, un incontournable, des Saint-Julien, Côte-Rôtie, Châteauneuf-du-Pape, Pommard et Chambertin rivalisent parmi les crus les plus exceptionnels. Tous attestent d'un pillage qui a déjà commencé. Dès l'entrée des Allemands à Paris, le maréchal dépêche lui-même un commando à son propre service qui fait main basse sur quatre-vingt mille bouteilles, toutes issues des réserves du restaurant La Tour d'Argent et payées rubis sur l'ongle avec l'argent fraîchement versé par la Banque de France. Un butin de choix pour un seigneur de guerre. Les vins les plus célèbres servis à la table de l'un des maîtres de l'Europe, et bientôt du monde. Dans ces temps qui deviennent très incertains, les flacons les plus rares sont autant de valeurs mobiles monnayables, en Europe et ailleurs.

Les volumes colossaux de vins courants exigés par le Reich sont en revanche clairement destinés à la population allemande et aux troupes dont l'ardeur au combat doit être solidement entretenue. L'ordinaire de la vie du fantassin, complété par les rations de vin mousseux et de schnaps, nécessite déjà un approvisionnement presque sans limite. Mais Berlin lorgne aussi les vins vinés et les sous-produits de la distillation qui pourraient utilement servir à la production en masse d'alcool de carburation, prolongeant le développement de l'industrie des essences de synthèse.

LES « WEINFÜHRER » PRENNENT LA MAIN

Discipliner et centraliser le pillage des vins

Les besoins du Reich pour la campagne de 1940-1941 exigent une mobilisation de tous les moyens à disposition. La première rencontre qui a lieu sur ce sujet au Majestic à la fin du mois de juin n'a pas d'autres visées que celle d'établir les grands traits de l'organisation et de la planification du prélèvement qui doit suivre. Dans son entretien avec Bömers et Descas, le docteur Michel s'étend longuement sur le point qui semble le plus le préoccuper. Le choc provoqué par les formidables prélèvements en cours dans les propriétés a conduit le marché français du vin au bord du gouffre [1]. Les ventes anarchiques et déchaînées des premières semaines ont aboli toutes les règles. C'est le temps des arrangements, celui des petites et grandes affaires, celui de la débrouille et des transactions discrètes. Chacun en a conscience, à ce jeu-là, il ne restera bientôt plus de vin clairement identifiable en France, ni plus aucun stock véritable. Pour Elmar Michel, le marché du vin doit être rapidement restauré et fermement discipliné. C'est la condition *sine qua non* pour la mise en place d'une planification et d'un contingentement des exigences du Reich.

La réponse à ce problème passe par la mise en place d'une administration centrale. Désignée « service des vins en France », le département chargé de centraliser les achats des vins et spiritueux au sein du Majestic est dirigé par Markus Goreski, personnage éphémère et sans relief apparent, qui laisse sa place en septembre 1940 au redoutable docteur Eich. Sur les photographies, c'est un gros gaillard trapu, blond et doté d'une mâchoire saillante. Le fonctionnaire nazi a le sens de l'arrangement. Porté par l'opportunisme il a, avec ses trois compères, les docteurs Reinhardt et Schoppmann associés au colonel Schroeckh, passé au peigne fin tous les établissements de la capitale pour leur assurer une protection administrative et militaire contre rémunération. La petite affaire fonctionne bien jusqu'à l'arrivée d'une concurrence dont il se serait bien passé. Dès l'automne en effet, les services de la Gestapo et de la SS commencent à infiltrer les commerces, boîtes de nuit, cabarets et débits de boissons avec leurs indics et pistent les fonctionnaires et militaires allemands véreux afin de mieux les remplacer.

Pour répondre au défi majeur des approvisionnements, le service des vins établit une carte. La France occupée y est divisée en grands ensembles viticoles dont chacun est mis en orbite par un représentant officiel désigné par Berlin. Chargés de centraliser et de coordonner l'ensemble des achats de vins à destination du Reich, ces « délégués officiels pour les achats de vins » sont tous des spécialistes bien connus en France. Ils reçoivent le monopole des achats pour le Reich dans leur zone d'attribution. Bömers approuve avec ferveur. Descas souscrit au plan qui doit sauver les vignobles de qualité de cet élan commercial fou qui risque de ruiner tout le monde. Mais qui sont donc ces « Weinführer » ?

Les « Führer du vin »

En Champagne, le nouveau maître désigné pour le vignoble est Otto Klaebisch. Officier de réserve, Sonderführer de la SS aux cheveux foncés plats et gominés, il porte au centre de son visage un nez formidablement long. L'air aristocratique qu'il se donne en toute occasion justifie la particule empruntée à l'une de ses tantes. Surnommé très tôt le « Führer du champagne », Otto Klaebisch est connu de tous les professionnels. Né à Cognac, il est le directeur de la fabrique de vins mousseux Matheus Müller établie à Eltville en Allemagne et agent général des marques françaises Lanson, Martell et Dubonnet. Beau-frère du ministre des Affaires étrangères nazi, Joachim von Ribbentrop, lui-même ancien représentant en champagne des maisons Mumm et Pommery, il fait nommer son frère Gustav en Charente, où leurs parents possédaient les établissements Meukow à Rouillac, une distillerie familiale saisie par la France au moment du déclenchement de la Grande Guerre. Si Otto Klaebisch passe une grande partie de son temps à Reims, au 3, boulevard Desaubeau, et à Paris au siège du Majestic, c'est son second, Frank Müller-Gastell, qui dirige les opérations de prélèvement durant ses absences [2]. Karl Barth, courtier en vins, complète le trio teutonique du champagne par sa fonction d'acheteur officiel à Épernay pour tous les autres vins mousseux principalement destinés à l'industrie et à l'hôtellerie allemandes.

Plus au sud, le négociant allemand Friedrich Doerrer débarque à Beaune au mois de septembre 1940. L'acheteur officiel se charge de tous les vins de Bourgogne, d'Auxerre et de Chablis, jusqu'à la côte bourguignonne. Mais il étend largement son influence au-delà de la ligne de démarcation où il contrôle les achats des vins du Chalonnais, du Mâconnais, du Beaujolais et même ceux des Côtes-du-Rhône et de Provence. Grand bonhomme au visage blanc, mince, presque monacal, Doerrer adopte l'air arrogant d'un vieux soldat sur les rares clichés retrouvés. Fortement courtisé dès son arrivée, le négociant devenu délégué du Reich va vite confondre son intérêt personnel avec celui de l'Allemagne. Pour compléter le dispositif de captation, on associe à ces négociants Karl Kloesser, patron d'une firme de schnaps, nommé délégué officiel pour les vins vinés et les « alcools jaune or ». À la fin du mois de septembre, les négociants Kaven, Becker et Opfermann sont à leur tour désignés acheteurs officiels pour les vins de vinaigre, vins de base, alcools de fruits et sous-produits transformés de la vigne, marcs, lies et pépins pour la distillation[3].

Pour le vignoble de Bordeaux, l'affaire est vite conclue. Bömers est bien évidemment l'homme de la situation. Dans le rapport établi par Elmar Michel, le négociant allemand est présenté comme le plus grand marchand de vins français du Reich. Représentant officiel en France de la Hauptvereinigung der deutschen Weinbauwirtschaft, la très puissante association des négociants allemands, il est propriétaire de plusieurs maisons de négoce, dont les établissements Reidemeister & Ulrichs à Brême. Il possède également des domaines viticoles en Allemagne et en France, en Gironde en particulier. Expert pour les vins de Bordeaux, c'est dans cette ville qu'il siégera, obtenant au passage une supériorité hiérarchique de fait à travers ses solides relations avec plusieurs ministres, dont Göring et Ribbentrop[4].

Les vignobles grands producteurs de la zone provisoirement non occupée, du Midi et d'Algérie, ne sont pas oubliés. Heinz Bömers les prend sous sa responsabilité personnelle en demandant à Roger Descas de réunir les principaux acteurs du négoce méridional. Il inaugure alors une mise sous tutelle quasi complète. Si avant 1940 le Reich était peu tourné vers les vins à gros rendements, rouges et colorés, venus du Sud, en dehors de quelques livraisons de vins de coupage pour l'industrie allemande des vins effervescents, la guerre a changé la donne. Elle place désormais ces vignobles de masse, socle du modèle vitivinicole français, dans le cadre même des accords franco-allemands qui définissent les contingents de vins exigés. C'est par l'intermédiaire de Roger Descas que Bömers passe ainsi ses commandes directement auprès des représentants des négociants du Midi et d'Algérie, dont Louis Huc, délégué de la Fédération des importateurs des vins algériens et Maurice Grande, dirigeant de la Société des Grands Vins du Languedoc, à Pézenas. Les vins attribués directement à la Wehrmacht sont achetés par l'intermédiaire des services de l'Intendance de Montpellier sous l'autorité d'Otto Klaebisch. Tous les négociants concernés remplissent leur contrat par le biais d'une foule de sous-traitants disséminés dans tous les vignobles du Midi. Lorsque certains d'entre eux voient leurs vins bloqués par l'administration du Ravitaillement, ils en informent aussitôt Heinz Bömers qui saisit le commandement militaire allemand à Paris afin d'obtenir leur déblocage immédiat. Parmi les négociants favorisés par les offres allemandes en zone Sud, ceux présentés par Descas gardent la préférence de l'acheteur allemand. C'est lui qui organise les collectes et s'assure des circuits de diffusion afin que les vins arrivent toujours à bonne destination.

Prélude à la grande razzia sur le vin

Chacun à leur poste, les « Weinführer » ne tardent pas à être submergés par les offres. Partout les secrétariats des syndicats font le relais dans le cadre d'une « collaboration franche, loyale et dans un esprit de bonne entente[5] ». Les achats sont faits à l'amiable, sans jamais faire usage de la force et des réquisitions. Les délégués officiels du Reich disposent en effet d'un pouvoir immense qui rend toute pression ou menace inutile. En déclinant librement les contingents retenus dans le cadre des accords franco-allemands, ils désignent les bénéficiaires qui parmi les négociants locaux profiteront de leur immense capacité d'achat, des bons d'attribution pour le cuivre, pour le soufre, le sucre, le fer, le verre, le liège, le bois et toutes les matières indispensables à la culture de la vigne et à la production du vin. Ils assistent et accompagnent la logistique, lèvent les contraintes administratives, délivrent les agréments, permis et autorisations de circulation pour franchir la ligne de démarcation et toutes les frontières extérieures sans encombre[6]. En somme, personne ne songe vraiment à contrarier ces personnages devenus d'autant plus incontournables dans les vignobles qu'ils sont les seuls acheteurs réellement solvables sur le marché.

Pour cette première campagne d'achats officiels, de l'automne 1940 au printemps 1941, le Majestic prélève près de trois millions d'hectolitres de vin, tous vignobles confondus, auxquels il faut ajouter un million d'hectolitres directement consommés en France par les troupes d'occupation. Ce sont des vins ordinaires, les plus recherchés dans le cadre des contingents imposés. C'est le cas d'un premier marché de cent mille hectolitres de vins blancs vinés à 22° en provenance d'Algérie pour le Reich, à destination officielle de la Suisse. Le marché, préparé par Roger Descas, est contracté par la maison Les Fils de Louis Huc, établie à Béziers, Oran et Mostaganem, associée à la maison Sénéclauze domiciliée à Alger et à Oran. Plusieurs intermédiaires, dont les négociants Paul Quié et Pierre Buchel et les maisons Gay, Savignon et Parlier, participent au transfert des vins et à leur transport entre Oran, Mostaganem, Alger et Sète, puis Nîmes, Lyon, Dijon, Nancy et Metz. Pour cette seule commande, les expéditions s'échelonnent sur cinq mois, à raison d'un cadencement par voie ferrée de cinq mille hectolitres par semaine. Aucun nom n'est rapporté au contrat passé entre Bömers et la maison Les Fils de Louis Huc. D'autres documents comptables portant sur un achat de soixante mille hectolitres et son complément de quarante mille hectolitres de vins blancs vinés pour la fabrication de vermouths en Allemagne, sont traités par la maison Gastaud et des filiales étrangères. Cette transaction est tenue secrète jusqu'à l'arrivée des bateaux-citernes, les cargos pinardiers, à Sète, afin d'éviter tout risque de torpillage ou de sabotage en Méditerranée. Des unités mobiles de la Wehrmacht et des Feldgendarmes assurent la sécurité des convois de vin jusqu'à leur destination. Les autres marchés suivent, à la même cadence et dans des conditions similaires.

En Champagne, Klaebisch considère les stocks des grandes maisons comme des prises de guerre entièrement réservées au IIIe Reich. Payés au prix fort, tous ces vins ne coûteront d'ailleurs rien au vainqueur. Comme toutes les autres productions captées par l'Allemagne durant la guerre, ils seront intégralement payés par la France sur le compte des créances enregistrées par l'Allemagne dans le cadre des négociations prévues par l'armistice entre les deux pays. C'est par ce mécanisme qui conduit la France à devoir reconnaître une dette de guerre sans cesse révisée à la hausse que l'Allemagne couvre son gigantesque pillage par un commerce légal, en bonne et due forme. Après avoir réuni au mois d'août les principaux représentants du négoce pour leur acheter sans délai deux millions de bouteilles de champagne, Klaebisch les informe de son intention d'engager une nouvelle campagne d'acquisition à hauteur, cette fois, de douze millions de bouteilles, livrables avant le printemps 1941, à la cadence de quatre cent quatre-vingt mille bouteilles par semaine. Afin de lever les contraintes qui pèsent sur la production, Klaebisch organise le retour de captivité en Allemagne de plus d'un millier de spécialistes[7]. Il répond aux besoins de matières premières, de sucre, de verre, de métal et de liège des maisons de négoce, livre le carburant, met à disposition des soldats de la Wehrmacht pour la logistique et accorde des avances de trésorerie aux firmes en difficulté. L'attribution de la certification « V. Betrieb », conforme à l'engagement pour l'effort de guerre allemand, accordée par la Feldkommandantur, permet aux maisons de négoce d'être livrées sans délai afin de répondre aux commandes du Reich.

Pour autant, tous les chiffres retenus dans les pièces comptables et les contingents fixés dans le cadre des accords franco-allemands sous-estiment la réalité. En prenant en compte les volumes vendus sans aucun contrôle, et sans aucune facture, on peut estimer à près de soixante millions de bouteilles les quantités vendues pour la seule campagne 1940-1941. Le chiffre est étourdissant. Si on le rapporte aux quatre cent mille hectolitres annuels exportés avant-guerre par la France vers le Reich, l'ampleur de la ponction opérée en quelques mois par l'Allemagne nazie est inédite. Pour autant, le IIIe Reich a méthodiquement organisé en amont toutes les conditions de ce colossal hold-up consenti et garanti par les autorités françaises elles-mêmes.

JEU DE DUPES ET MARCHÉ NOIR

La mule et le cocher

Les modalités de la défaite ont imposé à la France un pillage légal généralisé avec et grâce à la complicité de la collaboration française. L'idée est terrible pour le pays. En rejetant tout traité de paix, le texte de la convention d'armistice signé à Rethondes renvoie la question des réparations à la tenue d'une commission siégeant à Wiesbaden. Il s'agit d'entretenir une négociation permanente pour mieux écraser le vaincu [1]. Approuvé par Hermann Göring, ce choix permet à l'Allemagne de ne pas reproduire la « regrettable erreur » de 1871 qui n'avait conduit qu'à imposer à la puissance vaincue le paiement d'un lourd tribut, finalement acquitté en quelques années. Il faut dorénavant « casser les reins de la France ». Concrètement, le droit de souveraineté du pays occupé est suspendu aux conditions révisables imposées par le vainqueur. L'article 3 de la convention d'armistice précise à ce titre les conditions de cette soumission totale en imposant notamment la mise à disposition immédiate de toutes les autorités et de tous les services administratifs français dans un « parfait esprit de collaboration consentie ». Non seulement Berlin commande en maître les territoires qu'elle occupe, mais la chancellerie du Reich prend possession de tous les organes politiques, administratifs et économiques français.

La première institution visée par cette mesure est la Banque de France et le système bancaire national désormais entièrement mis sous tutelle afin d'accompagner l'entreprise de pillage. La collaboration évoquée est un jeu de dupes. C'est la collaboration de la mule et du cocher [2]. La France est en effet condamnée à verser un tribut de quatre cents millions de francs par jour. C'est la défaite la plus chère de l'Histoire depuis des siècles. La charge annuelle pour la France est d'à peu près cent cinquante milliards de francs, soit davantage que la totalité du budget de l'année 1939. Au coût moyen d'entretien d'un soldat, solde comprise, ce versement exorbitant permettrait d'entretenir dix-huit millions d'hommes. La France est donc condamnée à financer sans limite sa propre exploitation, car avec cet incroyable pactole le Reich dispose subitement de liquidités gigantesques qui lui permettent d'annexer l'économie française tout entière et de ponctionner le marché national avec de l'argent extorqué [3].

Pour asseoir davantage encore sa mainmise sur l'économie française, le Reich modifie la parité des deux monnaies nationales. Le franc français est brutalement abaissé à 0,05 reichsmark. Cette prodigieuse réévaluation de la devise allemande fournit alors aux troupes d'occupation qui dépensent leurs soldes sans compter un pouvoir d'achat inouï. Dans ces conditions, les vins enlevés par les

Allemands sont toujours payés largement au-dessus des tarifs jusqu'alors pratiqués, enrichissant au passage les vendeurs grassement rémunérés, indirectement par le budget de la France. « J'achèterai la moitié de la France et elle me vendra la seconde moitié », avait dit Hitler. La preuve en sera faite.

Le mécanisme de paiement qui gère l'énorme créance allemande sur la France est placé sous la haute main du docteur Schäfer, commissaire chargé du contrôle de la Banque de France et du système bancaire français. L'ensemble du dispositif financier en charge du transfert des fonds dus par la France est pris en charge par des organismes financiers allemands, la Wifo, puis la Roges, l'Aéro-Bank ou le Heereswaffenamt, tous placés sous le contrôle de hauts dignitaires nazis proches du Führer. Pour le premier d'entre eux, Hermann Göring, c'est le moyen d'abaisser l'économie française, de la corrompre et de l'ensevelir sous un déluge de billets, jusqu'à ce que le franc ne vaille pas plus « qu'un certain papier, pour un certain usage[4] ». Le Grand Reich achètera alors tout, pour presque rien.

La France saignée à blanc

En attendant cet ultime aboutissement, le vin prélevé par l'Allemagne sur le compte de la France coule à flots. Le résultat est prodigieux. À peine trois mois de livraisons sous ce régime de prélèvement ont suffi à assécher les stocks. Dès l'automne, on ne trouve plus rien à vendre parmi les vins de choix. Les ordinaires qui avant-guerre ne valaient presque rien, eux, ont vu leur prix exploser. En quelques semaines seulement, la France est passée d'une inquiétante crise de surproduction qui avait jeté des millions de vignerons dans la misère lors des décennies passées, à une incroyable situation de pénurie. C'est du jamais-vu depuis la crise du pinard en 1916, lorsque le dispositif de distribution massive mis en place pour des millions de poilus avait brutalement convergé vers l'effondrement des réserves et des récoltes [5].

Vichy tente de réagir vigoureusement durant l'été par la mise en place d'un rationnement et d'une fixation administrative des prix des vins courants. Il faut contenir la hausse, endiguer l'inflation pour conjurer le mécontentement social. En octobre, une charte des prix confirme et précise ce choix. Les vins ordinaires ne s'obtiennent plus que contre remise de tickets de rationnement. Pour répondre aux besoins de la population française estimés à près de soixante millions d'hectolitres, il faut organiser les réquisitions à la propriété et chez les négociants des vins les plus courants aux prix administrés. C'est le rôle du ministère du Ravitaillement. Face à cette puissante administration qui privilégie les livraisons intérieures, celle du ministère des Finances et de l'Office des changes soutient l'impérieuse nécessité de vendre à l'Allemagne, quoi qu'il en coûte, dans le cadre des accords conclus à Wiesbaden afin de rembourser l'énorme créance détenue par le Reich à travers le montant du tribut de guerre journalier. Le face à face durera tout le conflit.

Dès lors, les départs quotidiens de centaines de convois de wagons-réservoirs vers l'Allemagne seront sans cesse contraints, perturbés ou limités par d'innombrables innovations administratives, sous l'influence des nécessités du ravitaillement civil. Le zèle des fonctionnaires de Vichy opérant pour le ravitaillement civil n'a pas de limite. Après l'encadrement draconien des bons de voyage et des bons de livraison délivrés pour l'exportation des vins, les autorisations administratives sont brutalement suspendues pour une durée indéterminée. En août 1941, les sorties de vins sans appellation sont même déclarées interdites, jusqu'à nouvel ordre. Les vins de choix, vins fins ou vins d'appellation d'origine contrôlée, sont épargnés par ce frein administratif. Ils s'échangent librement, presque sans contrainte, en dehors des taxes qui les frappent à la sortie des caves, au moment de l'expédition et pour l'export.

Chacun comprend donc bien quel est son intérêt. Roger Descas le premier, au sommet du Syndicat national du commerce en gros des vins, cidres, spiritueux et liqueurs de France, pilote également le groupement national d'achat des vins et spiritueux dans l'objectif de répondre aux exigences allemandes tout en protégeant les capacités de production des vignobles. Un seul mot d'ordre l'emporte : l'Allemagne doit recevoir les contingents exigés. En retour, les professionnels prospéreront dans un rapport d'intérêts mutuels bien compris par tous. C'est une sorte d'association gagnant-gagnant présentée comme évidente. La France et les Français sont les grands oubliés de cette relation de complicités.

À partir de l'automne 1940, tous les organismes créés par Vichy dans le domaine vitivinicole ont pour principal objectif de tenter de gérer une pénurie croissante de vin, pourtant elle-même alimentée par la politique officielle de collaboration menée avec l'occupant allemand. Subtil travail donc que celui du Comité d'organisation des commerces en gros des vins d'appellations contrôlées, des eaux-de-vie, apéritifs, liqueurs, champagnes et mousseux. Dirigé par Gabriel Verdier, bras droit de Descas et président de la Fédération parisienne des vins, l'organisme est chargé de suivre les opérations d'approvisionnement et les conditions de livraison des vins partout en France et à l'étranger. Il immatricule, identifie et suit chacune des maisons de négoce. Il collecte les adhésions, identifie les capacités de production et les stocks, attribue et répartit les généreuses offres de l'occupant aux heureux bénéficiaires. Si le vin semble donc manquer partout, ça n'est qu'une illusion. Le tour de passe-passe ne relève d'aucun mystère. La population le sait bien, tout part en Allemagne, et c'est bien pour cette raison que la fièvre s'empare des vignobles français, à commencer par celui du vin le plus célèbre au monde, le champagne.

CHAMPAGNE !

Nouveaux temps, nouvelle organisation

Dans le vignoble de Champagne, le retournement de situation est aussi inattendu que brutal. En quelques mois, la demande a explosé. L'occupant allemand, pressé et assoiffé, comble tous les retards. Il efface toutes les barrières ; celles des frontières qui s'étaient brutalement abaissées, et surtout celles de la mévente, du dramatique effondrement des commandes, de l'incroyable et affolant trou d'air qui avait fait du vin de Champagne une boisson d'excédents et de surplus, devenue accessible et même bon marché. À la base de l'édifice champenois, les centaines de milliers de petits vignerons, principalement pourvoyeurs de raisins, voient subitement le temps des crises s'éloigner, à la condition de jouer le jeu de l'occupant.

En passant de l'abondance à la pénurie, le vignoble renoue avec son modèle, celui d'un vin rare et cher qui implique une étroite coordination de la filière. C'est tout le sens pris par la création du Comité interprofessionnel du vin de Champagne au printemps 1941, le premier du genre en France. Pour répondre à l'incroyable demande de vin, la profession doit en effet s'organiser. S'il faut s'assurer d'un approvisionnement vigneron régulier et concerté, il faut également pouvoir disposer des matières, produits, intrants et matériaux en quantité et en volumes suffisants. Cette coordination des énergies et du travail doit être assurée à l'échelle de toute la filière, du négociant aux courtiers, aux vignerons et à toute la main-d'œuvre disponible. Elle doit s'établir avec les nouvelles forces en présence, à partir d'un environnement dirigiste et exigeant mais ô combien rémunérateur, animé par des acteurs qui sont tout sauf des inconnus.

Pour cela, chaque semaine à Reims, les mercredis ou jeudis, un bureau exécutif de la commission d'achat se réunit sous l'autorité du Weinführer Otto Klaebisch dans les locaux de la Sektverteilungstelle der Wehrmacht, organisme en charge de l'achat des vins de Champagne pour l'armée[1]. Autour de la table, on retrouve Robert-Jean de Voguë, patron de Moët & Chandon, qui porte la parole du négoce, et Maurice Doyard, délégué général du comité interprofessionnel pour la viticulture[2]. Tous les sujets sont abordés, ceux du montant des contingents exigés, des prix, de l'attribution des matières premières, des permis et autorisations de circuler. On démine tout ce qui peut contraindre les circuits de collecte de vin, la phase d'élaboration, le stockage et les expéditions vers le Reich. C'est ici que se joue la répartition des engrais, des traitements de la vigne, en particulier du sulfate de cuivre, celle du soufre, du sucre, du bois, de la futaille, du fer, de l'aluminium, du verre, du liège, du papier, de la fourniture d'électricité et de carburants[3].

En ce qui concerne les expéditions de champagne, la Wehrmacht, qui avait au début de l'Occupation assuré les transports de marchandises par camions militaires, est vite dépassée en raison de l'augmentation prodigieuse des volumes collectés à livrer. Dès l'automne 1940, les établissements Schenker & Cie prennent le relais jusqu'à assurer à eux seuls plus des deux tiers de la logistique par route. Le N° 1 allemand du transport civil s'adapte vite. Devenu le premier déménageur de la France occupée, il charge, transporte et décharge des millions de tonnes de marchandises chaque mois et des millions de bouteilles de vin. Schenker est relayé dans le vignoble par les « ramasseurs » des maisons Plumet Migny & Vasseur, Walbaum et Leblanc qui travaillent en continu avec la SNCF pour le transport ferroviaire. En ce qui concerne les autorisations de circuler, Klaebisch délègue la fonction au Comité interprofessionnel qui se charge de la partie administrative et de l'octroi des précieux visas. Les faveurs accordées aux uns, plus qu'à d'autres, dépendent des liens qui se nouent, ou non, avec le Weinführer et de la disposition de chacune des maisons à répondre, tant en volume qu'en qualité, aux attentes du Reich. Parmi les bons élèves, placés sous la tutelle de Klaebisch ou menés par des dirigeants soucieux de répondre aux exigences du Reich, on distingue le palmarès des maisons les mieux cotées. Les noms les plus sonores résonnent aux oreilles de l'occupant bien affairé. C'est l'élite du champagne, couverte par des marques internationales telles que Moët & Chandon, Pol Roger, Bollinger, Taittinger, Veuve Clicquot-Ponsardin, Pommery, Heidsieck, Roederer, Mercier et Lanson. Ces maisons bien introduites dans les circuits de captation ravitaillent les plus grands entrepôts de champagne au monde[4]. L'une d'entre elles attire très tôt l'attention. Arrachée à ses propriétaires allemands par les conséquences du traité de Versailles, elle est appelée, avec la défaite française, à renouer au plus vite avec ses origines.

L'« aryanisation » de la maison Mumm

Placée sous séquestre le 27 septembre 1914, la maison G.H. Mumm & Cie avait été provisoirement contrôlée par le banquier Étienne d'Eaubonne associé à un groupe de négociants en vins de Bordeaux dont Nathaniel Johnson & Co[5]. Mais c'est au lendemain de la Grande Guerre qu'elle fut mise en adjudication définitive avec son stock de huit millions de bouteilles estimé au prix de quatre-vingt-cinq millions de francs. La vente fut alors expéditive et c'est la compagnie Optorg qui se porta acquéreur de l'établissement. La mystérieuse firme, dont le siège se situe au 63, avenue des Champs-Élysées, avait été fondée par un énigmatique investisseur finlandais nommé Frithiof Gustave Alarik d'Ornhjelm. Devenu propriétaire, il créa la Société vinicole de Champagne, une filiale en charge de la production et de la commercialisation des champagnes Mumm, rassemblant des investisseurs de tous horizons dont André Schwob et sa famille, Juifs et industriels du textile originaires du Nord, la famille Dubonnet, industriels en vins, apéritifs, vermouths et alcools, René Lalou, avocat à la cour d'appel de Paris, président directeur général de la société Dubonnet aux côtés d'Émile Dubonnet son beau-frère[6], et une foule de petits porteurs auxquels s'associa Georges

Robinet. Ancien fondé de pouvoir de G.H. Mumm & Cie, Robinet prit alors la direction générale de la maison alors qu'André Schwob en devenait le président.

Dépossédé de son bien, l'Allemand Hermann Mumm, héritier de la dynastie, revendiqua de son côté âprement la propriété de la firme en engageant une longue guerre judiciaire devant le tribunal mixte franco-allemand chargé d'arbitrer les conflits privés nés de l'application du traité de Versailles. En 1932, il fut autorisé par la justice à utiliser son nom, mais sous conditions. Il donna alors naissance à la compagnie Champagne Mumm & Co, une firme allemande concurrente de G.H. Mumm & Cie, et dont le siège social s'établit la même année au n° 30 de l'avenue de Champagne à Épernay. Il plaça à sa tête Jean-Robert Weiland, écrivain, traducteur, représentant en champagne et propriétaire du prestigieux hôtel Weiland à Reims. Membre du Comité France-Allemagne, le très germanophile Weiland est surtout un intime d'Otto Abetz et de Joachim von Ribbentrop. En ce qui concerne l'approvisionnement, Hermann Mumm signa aussitôt un contrat exclusif avec la maison Perrier-Jouët. La guerre était désormais ouverte entre les deux compagnies de champagne Mumm qui luttaient pour un même nom.

Après la mort accidentelle d'Hermann Mumm en 1937, c'est son fils Gottfried Hermann Mumm, membre du parti nazi depuis 1933, qui lui succéda. La défaite française lui fournit alors l'occasion de laver l'affront de 1914 et de replacer la maison dans le giron familial. C'est à l'automne 1940 que Gottfried Mumm est officiellement nommé commissaire en charge de la direction de la Société vinicole de Champagne par le général commandant de la place de Paris pour les affaires civiles. Le coup de force entend réparer l'injustice faite à la famille Mumm à la suite du « Diktat » de Versailles. Il s'appuie également sur une politique d'« aryanisation » justifiée par la présence dans le capital de la compagnie de la famille Schwob, « des Israélites qui placent la société sous influence juive[7] ». Abandonnée par un gouvernement français totalement impuissant à qui la direction avait pourtant demandé protection, la société est confrontée aux injonctions allemandes ordonnant le versement d'un peu plus de dix-sept millions de francs de réparations pour le remboursement des frais de justice antérieurs et pour le « grave préjudice » subi par la famille Mumm, la cession de 51 % des parts de la compagnie et de la majorité des sièges au sein du conseil d'administration, consacrant une fusion complète avec sa concurrente éponyme allemande.

Dans les faits, il s'agit donc bien d'une spoliation complète des actionnaires français qui doit être conclue par l'expulsion de la famille Schwob du capital de la société. Missionné par Gottfried Mumm, c'est René Lalou qui est alors à la manœuvre. Habile, associant la mise en garde au chantage, il se déplace à Vichy d'où il arrache à André Schwob, qui s'y était réfugié, la vente de la totalité de ses actions à Gottfried Mumm au printemps 1941. Après ce rachat expéditif, et en dépit du refus catégorique de la direction générale des Finances[8], G.H. Mumm & Cie redevient une compagnie allemande. René Lalou en est nommé président. Georges Robinet quant à lui est limogé et remplacé au poste de directeur général par Emilio Mazzuchi, ancien consul d'Italie, devenu directeur commercial des champagnes Perrier-Jouët en Amérique. Ancien associé d'Hermann Mumm, ce dernier est surtout un proche de Gottfried. Il accepte alors un poste doté d'émoluments très inédits, à hauteur de trente mille francs par mois auxquels s'ajoutent une participation de 4 % des bénéfices nets sur une base minimale annuelle de cent quarante mille francs, soixante mille francs de frais de représentation et deux cents bouteilles de champagne par an [9].

Dès l'automne 1940, Gottfried Mumm parvient à faire fonctionner son entreprise en marge de toutes les conditions communes imposées aux autres maisons. En tant que compagnie allemande, elle bénéficie d'une large liberté de fonctionnement qui la place à part dans le paysage champenois, rejointe à partir de 1943 par Heidsieck et Moët & Chandon, toutes deux placées sous la tutelle directe de Klaebisch. Lorsque le 8 juillet 1941 est créée la Ligue des volontaires français contre le bolchevisme, organisation chargée de réunir les volontaires français engagés pour combattre sur le front russe aux côtés des troupes du IIIe Reich, Gottfried Mumm apporte son soutien indéfectible à l'initiative. Il rejoint en cela son confrère Melchior de Polignac, ainsi que les personnalités représentant le comité d'honneur de l'organisation dont le cardinal Alfred Baudrillart, le chanoine Tricot, les académiciens Abel Bonnard et Abel Hermant, le président de la Fédération de la presse Jean Luchaire, le savant Georges Claude et l'écrivain Alphonse de Châteaubriant. Le 12 septembre de la même année, la maison Mumm livre trois mille bouteilles de champagne au siège national de la LVF, 19, rue Saint-Georges dans le 9e arrondissement de Paris. Faute d'en affirmer un parrainage officiel, la compagnie deviendra la bienfaitrice de l'organisation par le versement de quelques avantageuses contributions financières et vineuses au moment où la Champagne viticole est gangrénée par de nouveaux réseaux de captation.

Canailles et trafiquants de la bulle

Au cœur du dispositif, Lucien Douvier, brasseur d'affaires, intrigant et opportuniste sans scrupule. Engagé comme interprète de la Feldgendarmerie à l'hôtel de ville de Reims, il se lie très tôt avec l'officier allemand chargé du service du commerce, le docteur Martens. C'est sous sa protection qu'il gère dès l'été 1940 un magasin de vente de champagne et d'alcools réservé exclusivement aux militaires allemands. La petite affaire prospère vite et Douvier s'impose au centre d'un gigantesque dispositif de collecte et de revente qui irrigue tout le vignoble, puis bientôt toute la France. Chez Moët, Mumm, Heidsieck, Perrier-Jouët, Canard Duchêne ou Mercier, Douvier agit comme s'il s'agissait de ses propres affaires. Il s'active pour capter les plus grands volumes et les meilleurs lots, même si les offres sont souvent spontanées. Douvier reçoit, prospecte, convainc, menace, achète, vend et revend, et surtout il arrose, corrompt, soudoie, combine, truque et triche, mélange, coupe, assemble, pourvu que ça mousse. Des volumes extravagants de vins venus de tous les horizons deviennent, après être passés par les chais de « Monsieur Lucien », les meilleures cuvées écoulées sous les plus grands noms [10].

Un second réseau marque le vignoble de Champagne par son activité hors normes. Il est animé par Erich Bieber. Agent d'affaires autrichien, courtier, trafiquant notoire, Bieber est plus connu comme ancien joueur de football professionnel devenu entraîneur de l'équipe du Stade de Reims en 1938. Arrêté en 1939 pour espionnage, il est libéré en 1940 par les Allemands. Personnage très populaire dans la ville, Bieber amasse en quelques semaines une petite fortune dans le secteur de l'industrie textile en rachetant pour presque rien les biens juifs de la maison de bonneterie Ville de Troyes et des établissements de confection Le Carreau du Temple. Avec des amis et joueurs du Football Club Olympique de Charleville, Myrka et Feicht, l'ancien avant-centre forme une nouvelle équipe et muscle son jeu au sein de la Gestapo locale avant de devenir un agent appointé du Kommando des Sicherheitspolizei und des SD (KDS) de Champagne-Ardennes. C'est la consécration. En obtenant la carte barrée du cordon rouge de la Gestapo, il devient intouchable. Les affaires sont tellement démesurées qu'il doit embaucher une cinquantaine d'agents dès l'automne 1940. Rue Théodore-Dubois à Reims, ses grands entrepôts de champagne sont placés sous la responsabilité d'Ignace, un ami de Bieber, une ancienne star du ballon rond, lui aussi. Le célèbre joueur de football Ignace Kowalczyk, bien connu des supporters locaux, est l'un des attaquants vedettes du Stade de Reims et, plus tard, de l'équipe fédérale Reims-Champagne qui sera mise en place par le régime de Vichy. Bieber et Ignace deviennent des intimes de l'officier d'administration Goers de la Kreiskommandantur avec qui ils organisent l'un des plus juteux dispositifs de négoce de

France. Chaque samedi soir, les trois hommes se retrouvent dans un salon privé qui leur est réservé au Grand Hôtel de Reims. Sur place, ils oublient les affaires, leurs petites et grandes combines, et la guerre ; ils reçoivent des filles, fument, s'empiffrent, trinquent et boivent : champagne !

Autour d'eux gravitent des seconds couteaux, petits établissements et gros commerces, qui cherchent tous à se placer dans ce nouvel environnement commercial où tout est possible. À Reims, c'est le cas de Degermann, une maison d'alimentation générale transformée en un énorme centre d'achat et de revente de vins de Champagne. Le nouveau négoce, grossiste et intermédiaire en import et export, travaille avec Joseph Goulet, le patron de la taverne Le Palais du Champagne, place d'Erlon à Reims. L'établissement s'est spécialisé dans l'accueil des militaires allemands et de toute la crème de la collaboration locale. Le lieu a ses habitués, dont Klaebisch qui y a sa table et même ses habitudes. Ce « Monsieur Joseph » de Reims prend vite ses aises, s'affichant dans son établissement et dans les rues de la ville en grande tenue d'officier de la Kriegsmarine. C'est d'un chic très en vogue et, finalement, plutôt gratifiant.

Rue Martin-Peller, toujours à Reims, Gérard Courtot, marchand de boissons en gros, s'est spécialisé dans la revente à grands profits de vins de table, vins de carafe, liqueurs, élixirs et apéritifs toniques et détonants. Les affaires le portent en quelques mois à un niveau si inattendu qu'il décide d'ouvrir une petite auberge, puis un grand restaurant assorti d'un cabaret où le champagne coule à flots, jour et nuit. À Saint-Brice-Courcelles, à deux pas de Reims, un restaurateur, nommé Marcel Lelong, ancien voleur d'essence, plusieurs fois condamné, vend du champagne en grosses quantités à des taux de marché noir aux Allemands, grâce à des cargaisons qu'il va chercher lui-même en camion dans la Montagne de Reims. Ce dernier élargit son catalogue en proposant toutes sortes d'alcools et de spiritueux, des apéritifs et tout ce qu'il peut capter parmi les produits demandés par les soldats allemands. En marge de son commerce d'alcools, Marcel Lelong développe une succursale vendant du tabac et parvient ainsi à doubler son chiffre d'affaires tous les mois durant les deux premières années de la guerre.

Toute cette activité locale très effervescente n'écarte pas les nombreux professionnels, négociants et intermédiaires, qui débarquent bientôt à Reims et à Épernay en quête de lots de champagne. Nombre d'entre eux viennent de Paris. Certains y tiennent des établissements très en vue. Ce sont Pichon, avenue des Champs-Élysées, Vaudable, rue Royale à Paris pour le restaurant Maxim's, Forton, rue Greuze à Paris, Cardani, rue Saint-Marc, Van Hoolandt, rue de Villejust, Meurisse, rue de Berri, Capelli & Cie, avenue de l'Opéra, Bazoin et les célèbres et très sulfureux établissements Crucifix, aux halles de Bercy. À Épernay, Guinot, Fignerol, Roland Muls, Édouard Charbonnier et Vandenwahlen sont les plus actifs. Eux aussi sont concurrencés sur place par une foule de restaurateurs, cafetiers, cavistes et leurs myriades d'intermédiaires qui prospectent, scrutent, guettent, pistent tout ce qui se vend et s'achète, en Champagne, comme partout ailleurs en France.

LES AFFAIRES SONT LES AFFAIRES !

La défaite paie

Dans tous les autres vignobles, les affaires vont également bon train, déployant l'ardeur des plus opportunistes et des plus cyniques. En Bourgogne, Marius et Raoul Clerget reviennent de loin. En liquidation judiciaire en 1938, leur maison de négoce associée à un petit domaine à Pommard et à Volnay reprend du souffle. Il faut dire que depuis 1940 l'adresse s'est rapidement fait connaître des occupants allemands. En vendant à tout rompre aux troupes de passage, Marius et Raoul s'imposent vite parmi les plus actifs du vignoble. De deux à trois mille bouteilles vendues en une année à la veille de la guerre, les ventes s'envolent à des niveaux prodigieux, emportant chaque semaine plusieurs milliers de litres et des dizaines de fûts. Sur cela, les archives des contributions indirectes parlent toujours. Celles des services des finances publiques confirment.

Très vite, la maison Clerget devient l'une des plus importantes de la région. Impossible de dire à quelle hauteur se situent les quantités phénoménales qui s'écoulent sur un marché clandestin devenu abyssal. Autrefois, les secrets d'un domaine étaient précieusement consignés dans les cahiers de ses vinificateurs, conservant jalousement leurs méthodes de fabrication et d'assemblage des vins. Désormais, le mystère le plus absolu règne sur les comptes et les bilans de chacun. Le règne de la double comptabilité s'impose. Le trucage des bordereaux est la règle. Le cryptage des factures devient l'usage. Puisqu'on ne peut s'en tenir qu'aux déclarations faites, les profits révélés se hissent en données corrigées d'un à plus de deux cent cinquante millions de francs en quarante mois. Le chiffre d'affaires bondit de plus de 2000 % de 1940 à 1942. Dans les faits, il ne s'agit là que d'une infime partie des affaires réalisées. Après la guerre, les enquêteurs du Comité de confiscation des profits illicites pourront s'arracher les cheveux. Rien n'y fait. On ne pourra que constater que le volume réel des affaires traitées par les Clerget avec l'ennemi est impossible à estimer précisément[1].

Si de nombreuses maisons et beaucoup de petits domaines viticoles vendent à guichets ouverts aux occupants, c'est bien parce que le commerce du vin paie, et paie bien. C'est la grande nouveauté de l'époque. En tissant leur toile au cœur du vignoble bourguignon, les Clerget prennent position dans le grand dispositif de captation des vins développé par les nazis. Aux ventes au détail et à celles consenties au nouvel acheteur officiel Adolf Segnitz nommé en 1941, un confrère devenu par le fait ami de la famille, la maison surprend par ses implications dans l'ensemble des opportunités commerciales consenties par la multitude d'organismes allemands et de bureaux d'achat, appointés de la Wehrmacht et intermédiaires, officiers et groupements d'officiers de la Kommandantur de Chalon-sur-Saône et de la Feldkommandantur de Dijon.

Dans ce marché noir, environnement libre de toute contrainte réglementaire, éden de tous ceux qui promouvaient autrefois la liberté du marché, les caves et les chais de Pommard ont dû être réadaptés et en partie reconstruits. Comme c'est le cas dans la ville voisine de Beaune, l'armée allemande prête parfois main-forte et intervient pour assurer une partie du transport de matériaux, de livraisons des cuves, outils, futailles et équipements nécessaires aux professionnels associés à une politique de collaboration active. Ce sont des camions de la Wehrmacht qui assurent le transit des chais de Pommard jusqu'à destination des unités allemandes, de leur état-major ; jusqu'au front parfois. Marius Clerget comprend vite l'intérêt d'un positionnement en Alsace-Moselle. Il vend une partie de ses vins par l'intermédiaire de succursales établies dans cet espace géographique annexé de l'Europe nouvelle. Sur place, à Strasbourg ou à Metz, des bureaux établis en sociétés-écrans gèrent et accompagnent les commandes. Les affaires les plus profitables, Marius les mène ainsi avec la Westmarkische, l'organisme allemand en charge de la collecte de marchandises françaises de toutes sortes. En utilisant une armée de rabatteurs venus de partout, plus étoffée que la Feldgendarmerie elle-même, explique ironiquement le négociant, la maison de l'avenue Adolf Hitler à Metz s'impose comme incontournable. Qui ne traite pas avec la « West » n'existe pas sur le marché militaire allemand. Sur place, les transactions financières se déroulent sans encombre. Les opérations de gré à gré, en liquide, à la petite semaine, ne suffisent plus. En passant au niveau supérieur, Marius Clerget a dû recruter des experts-comptables d'un nouveau type, très discrets et peu sourcilleux, qui doivent parler l'allemand et être directement associés à l'esprit de bonne collaboration, marque de fabrique de la maison.

Jusqu'à plus soif

Le succès du négociant devenu homme d'affaires suscite pourtant de plus en plus de critiques. En janvier 1941, une information est ouverte par les autorités judiciaires beaunoises contre Clerget pour fraude fiscale et infraction à la législation sur les prix. L'homme n'est pas inquiet mais une enquête est tout de même diligentée par la brigade de la gendarmerie locale. C'est d'autant plus embarrassant qu'elle permet d'étayer largement les suspicions de fraude. Des témoins racontent que chaque jour des camions vert-de-gris bâchés entrent et sortent de ses magasins et bâtiments, emportant avec eux des produits rares, de la viande, du sucre, de la farine, des tonnes de boîtes de conserves, et même du café. L'ampleur du trafic est telle, d'après les rapports établis, que Clerget a dû embaucher des complices chargés de garder ses entrepôts, armes à la main. Évidemment, tout cela fait parler, et l'impunité supposée du personnage frappe les esprits.

C'est dans ce contexte trouble, qu'une perquisition est ordonnée par le procureur de Beaune. Le fonctionnaire est bien courageux car des témoignages révèlent la présence fréquente de soldats allemands et même d'officiers qui seraient les invités réguliers des Clerget. Le va-et-vient des véhicules motorisées, même civils, préjuge au minimum d'une certaine bienveillance accordée par les autorités d'occupation. Or, nul n'ignore les rapports étroits qui se sont établis avec l'acheteur allemand Adolf Segnitz. Plus préoccupant peut-être, l'un des témoins anonymes affirme qu'un officier de la SS est souvent présent au domaine et que Marius Clerget a établi de bons rapports avec des responsables du service de sécurité de cette organisation et de la Gestapo de Dijon. Le procureur ne se déplace donc pas en personne. C'est Roger Mermillon, un fonctionnaire issu de l'administration du Contrôle économique qui est mobilisé. À ces côtés, un groupe de huit gendarmes dirigés par le capitaine Delsol assure la protection du contrôleur en charge de la perquisition des bâtiments, au cas où cela tournerait mal.

À leur arrivée à Pommard, les Clerget ne sont pas présents et les fonctionnaires se font ouvrir les bâtiments sur présentation de leur mandat judiciaire. Dans le bâtiment principal, ils découvrent un incroyable stock de produits alors introuvables. Dans des caisses, ou empilés sur des plates-formes de plusieurs mètres de haut, ce sont des centaines de kilos de sucre, de riz, de pâtes alimentaires, de boîtes de pâté, de choucroute, de saumon, de crabe, de sardines, et même de langoustes qui sont mis au jour. Dans un hangar annexe, jouxtant la grande cour pavée, des centaines de sacs de farine sont amoncelés en piles de huit mètres de haut au moins, chargés sur des palettes d'expédition, prêts à partir. Un magasin entier est garni de centaines de caisses de savons entassés par boîtes de douze et coffrets de quarante-huit, toutes frappées de l'estampille de la Wehrmacht. À côté, une masse colossale de rouleaux de dizaines de mètres de tissu et d'étoffe complète la réserve. L'inventaire de la perquisition recense aussi un stock imposant de café, alors que la population en a perdu le goût depuis longtemps.

Prévenu de l'intrusion en cours par ses hommes de main, Marius Clerget, alors en déplacement à Chalon-sur-Saône, est fou de rage. Il joint par téléphone le fonctionnaire toujours présent sur les lieux. La communication est brève et unilatérale : « Que faites-vous chez moi ? Vous ne savez pas à qui vous avez affaire ! » Renseigné sur les intentions des fonctionnaires, il abat ses cartes : « Tous ces produits ne m'appartiennent pas. Ils sont la propriété de l'armée allemande. Décampez où vous aurez de gros problèmes. J'informe la Kommandantur qui va s'occuper de vous ! Vous comprenez bien ? » Le lendemain, le service du Contrôle économique est en effervescence. Un officier allemand, le commandant Hörstmayer, a téléphoné à la direction à Dijon. Dans un langage fleuri, il a invectivé les fonctionnaires avec morgue et mépris, leur intimant l'ordre de lâcher l'affaire sans délai, sous peine d'être tous mis en état d'arrestation, concluant avec force : « Pour qui vous prenez-vous ? N'oubliez pas que vous avez perdu la guerre et que nous sommes maintenant les maîtres de votre pays[2] ! »

Le surlendemain, la Kreiskommandantur de Beaune ordonne aux gendarmes de la ville de retourner sur place afin de retirer « sur-le-champ » tous les scellés et de « présenter des excuses aux messieurs Clerget qui ont été offensés » par cette « démarche stupide ». Le capitaine Delsol s'y rend accompagné de trois gendarmes et d'un officier interprète. Sur place, le comité d'accueil est à la hauteur. Un camion découvert de la Wehrmacht est stationné dans la cour et une dizaine de soldats sont là, arme au pied. Le commandant Hörstmayer et quatre autres officiers allemands sont en discussion avec Marius Clerget. Les seigneurs des lieux les dévisagent, à peine descendus de leur véhicule stationné à l'entrée du domaine. Précédant toute discussion, un des officiers, un jeune lieutenant, s'avance rapidement vers eux, et sans autre formule leur ordonne de remettre immédiatement à leur disposition tous les échantillons qui avaient été saisis dans les dépôts. Delsol s'exécute, une, deux, trois caisses sont restituées pendant que les gendarmes arrachent hâtivement les scellés des portes, sous les éclats de rire des observateurs qui leur criaient au passage « Schnell ! Schnell ! ». Au capitaine Delsol qui lui lance : « Vous faites un drôle de métier Monsieur Clerget », le négociant, narquois, réplique : « Que voulez-vous capitaine, c'est le commerce ! » Le lieutenant allemand, toujours présent, ajoute : « C'est le service ! » L'écho des rires s'amplifie dans la grande cour au moment du piteux départ des fonctionnaires français, humiliés par l'épreuve, et par le claquement des bouchons de champagne en provenance d'une pièce voisine.

Dépité, le capitaine de gendarmerie consigne à son retour dans son rapport le résultat de sa mission et le détail des propos tenus. Deux mois plus tard, une note du procureur général de Dijon interpelle le procureur de Beaune, le rappelant à l'ordre dans le cadre de la procédure engagée à l'encontre des messieurs Clerget. Finalement, l'affaire se conclut par un non-lieu prononcé le 11 septembre 1941. Désormais, clairement placés sous la protection de l'armée allemande, les Clerget ne peuvent plus s'arrêter en si bon chemin.

Les SS prennent la main

Depuis la fin de l'année 1941, les marchés les plus juteux sont désormais passés avec les unités de la SS. En prenant la main sur Paris et sur la France quelques mois plus tard, les SS deviennent voraces, à l'image de leur chef Heinrich Himmler. Si Marius Clerget n'a jamais rencontré en personne le haut dignitaire nazi, il traite cependant bien en sous-main avec l'un de ses fidèles représentants en France, un certain Max Simon. Dans un contexte où il est de plus en plus difficile de répondre aux besoins grandissants d'un Reich assoiffé de vin, répondre aux attentes de la SS implique une vraie mise à niveau. L'homme ne se désempare pas de son uniforme du Sicherheitsdienst, le service de la sécurité SS, qui lui accorde toutes les facilités. C'est avec Max Simon que Marius Clerget signe des accords de livraison avec la Waffen-SS pour plusieurs milliers d'hectolitres de vins de choix. Dans les mois qui suivent et jusqu'à la fin de la guerre, la maison de négoce bourguignonne livre à elle seule près de la moitié du contingent français de vins fourni à la SS, hors champagnes. Avec une telle couverture, rien ne peut plus lui arriver. L'affaire familiale se préserve désormais de toute contrainte administrative française, à commencer par celles issues du ministère français du Ravitaillement.

Au printemps 1942, ce sont pourtant quatre-vingt-dix-neuf pièces de Volnay et de Pommard qui sont enlevées au domaine Clerget par les services français du Ravitaillement. Les propriétaires n'ont rien vu venir. Marius est à ce moment-là retenu à Paris « pour affaires » et son fils, éloigné en zone Sud, prospecte pour le compte d'Adolf Segnitz avec qui il entend conclure un important contrat de vin de Côtes-du-Rhône. Les vins immédiatement saisis sont, comme la procédure l'exige, entreposés à Beaune sous la responsabilité du Syndicat des négociants locaux. Prévenu à temps, Marius Clerget est très opportunément en négociation avec les services de l'administration militaire allemande à l'hôtel Majestic pour conclure ses prochaines livraisons dans le cadre du contingent à livrer au Reich. La veille, il a été invité au dîner du Cercle européen, le club mondain des Champs-Élysées, dont il est membre, et a pu s'entretenir avec les adjoints d'Otto Abetz. L'information sur cette initiative de l'administration française le pique au vif. Par téléphone, il somme Maurice Duverne, président du syndicat beaunois, d'intervenir pour lui faire restituer sans délai les barriques. Dans le courrier qui suit, il l'interpelle vertement : « De quel droit es-tu en possession de mon vin ? Sais-tu seulement qu'il a été vendu à la Westmarkische ? » Informée, l'ambassade allemande adresse une note à l'attention de la Kreiskommandantur de Beaune. Mais c'est Adolf Segnitz qui intervient le premier auprès du directeur départemental du Ravitaillement. Le 4 juin, soit moins de deux semaines après l'enlèvement, les vins de la maison Clerget sont déclarés bloqués « dans l'attente d'une décision des autorités occupantes ». Le 20 juin, François Bouchard, nouveau président du syndicat, est convoqué par le major allemand Gemmer à son bureau, au 22 de la rue de la Préfecture à Dijon en compagnie d'un représentant du préfet et du directeur départemental du Ravitaillement. Mais c'est Maurice Duverne qui s'y rend. Gemmer n'y va pas par quatre chemins. Les tonneaux des messieurs Clerget doivent être remis sans plus tarder à leur disposition. À Duverne qui s'étonne de tant de bienveillance, le major lui rapporte que c'est ainsi avec les négociants qui font bon accueil aux Allemands. Il ne faut pas plus de quelques jours pour que la marchandise saisie soit rapportée. Marius Clerget enfonce pourtant le clou en exigeant davantage encore. Il ordonne et obtient le remboursement complet des frais de transport et le paiement du préjudice commercial enregistré, ainsi que celui des pertes occasionnées par les différentes manipulations. Comme à chaque fois, il reçoit des excuses pour la gêne occasionnée dans sa course à la collaboration et au profit.

Il faut dire que la réussite du négociant de Pommard est complète, et elle s'affiche de façon indécente. Le train de vie de Marius Clerget devient princier. Il voyage de palace en palace et obtient ses entrées dans les lieux les plus courus, à Paris, Deauville, Évian-les-Bains, Monaco ou Vichy. Le négociant dispose de toutes les autorisations ainsi qu'un permis de circuler et des bons d'essence pour sa Delage huit cylindres au pare-brise bardé d'ausweis. Les investissements immobiliers ne manquent pas, fixant dans la pierre une fortune impossible à chiffrer mais amassée en un temps record. Conscient de la nécessité de s'assurer des placements et des garanties pour l'après-guerre, il rachète un domaine viticole, un château dans le Midi et des biens immobiliers prudemment placés sous le nom de son épouse, Madeleine Clerget-Klein. Devenu l'un des plus riches négociants en vins de France, il multiplie les achats de plaisirs, décore et innove dans son domaine de Pommard. Il mène grand train, achète des tableaux de maîtres, des tapisseries et des bijoux qui consacrent pour lui les temps heureux de la défaite dans un contexte commercial hallucinant.

LES FRANÇAIS AU « RÉGIME SEC » ?

Le grand détournement des vins fins

Les fortunes rapidement bâties par des profiteurs de guerre saisissant toute l'opportunité du moment assèchent brutalement un marché du vin pourtant encore engorgé avant la guerre. Les Français stupéfaits assistent alors à une raréfaction sans précédent du vin. Dans les domaines, les châteaux et les propriétés viticoles les plus réputés, les vins fins ou vins d'appellation, c'est-à-dire ceux dont le nom est protégé par un édifice réglementaire, sont les premiers à disparaître, emportés par l'occupant allemand et les circuits entretenus par leurs complices. Dans les vignobles, l'évolution est si brutale qu'elle libère subitement les petits producteurs désormais conscients de leur nouveau pouvoir.

Ainsi, à Santenay, en Bourgogne, Jean Roux, propriétaire de vignes anciennement établi, a saisi tout le profit qu'il pouvait tirer de la défaite. Il n'a pas la trogne des vieux vignerons bourguignons mais cultive son apparence locale afin peut-être de mieux duper la nouvelle clientèle qui se presse à sa porte. En contact quotidien avec la kommandantur de

Dijon, il invite et reçoit ces messieurs pour des dîners très arrosés dans son grand chai reconverti en salle de spectacle. C'est là qu'il réjouit ses hôtes, officiers et sous-officiers allemands, leur offrant des banquets mémorables et des « petites femmes » livrées pour l'occasion dans une débauche de consommation d'alcools et de vins. Jean Roux se moque d'être perçu comme une figure de la Collaboration. Son argent et sa renommée n'ont pas de couleur pour le microcosme local et pour ceux avec qui il trinque.

Les rapports qu'il entretient avec ses meilleurs ennemis ont débuté à l'automne 1940. C'est la fin des contrats avec le commerce local. Place au commerce à la propriété. Place à « la vente au domaine ». Les vieux schémas enchaînant le monde vigneron à celui du négoce sont révolus pour tous ceux qui bravent les interdits et osent s'émanciper. Une fois par semaine, le vendredi, un camion de la Wehrmacht entre dans la cour de sa propriété. Les livraisons se font directement. Le chargement est emporté par trois ou quatre soldats. Pas de signature. Aucune facture. Jean Roux est toujours présent, en personne. Il veille aux accords conclus verbalement chaque mois précédent auprès des services de l'intendance militaire allemande, la Marketenderei, boulevard Voltaire à Dijon. Les ventes sont faites directement, « à l'ancienne », par une simple poignée de main, dans un bureau placé sous l'insigne nazi et le portrait du Führer. Pour le paiement, il a son contact. Le trésorier en chef, l'Oberleutnant Haaken, lui fournit toujours des coupures neuves, encore sous bande, extraites d'un coffre-fort bien garni. Le vigneron s'habitue vite. L'argent coule à flots. La vie devient facile. À chaque paiement, Jean Roux n'oublie pas de laisser une ou deux caisses d'un bon marc de Bourgogne en guise de gratification. Protégé par les autorités d'occupation, il est intouchable. Aucune trace dans sa comptabilité des volumes colossaux vendus sous le manteau. Jean Roux s'adapte. Il ne déclare que des volumes insignifiants à l'administration fiscale et ne livre depuis longtemps plus rien au Ravitaillement.

Dans cet environnement peu à peu emporté par la confusion, les Weinführer ne sont plus que des acheteurs parmi d'autres. Les délégués officiels sont débordés de tous les côtés, par tous ceux qui sont mandatés par une autorité allemande, quelle qu'elle soit. Au cœur du dispositif, les bureaux d'achat agissant pour le compte des unités militaires ou groupements nazis recrutent des nuées d'intermédiaires dans tous les vignobles. Sur place, des milliers d'aventuriers et d'intermédiaires véreux écument les villages à la recherche de vins pour les innombrables acheteurs allemands. Sans carte professionnelle ni aucune autorisation, des colonies de courtiers clandestins au pouvoir d'achat illimité visitent, guettent, flairent et pistent tout ce qui s'achète et se vend. Ils ne s'embarrassent plus de bons de livraison ni de déclaration, et paient pour moitié à la commande, en liquide, ou avec des titres du groupement ou de l'unité qui les missionne. Peu regardants sur la réalité des appellations avancées, sur le titrage et les conditions de vinification des produits qu'ils collectent, ils font flamber les prix comme jamais, achetant tout ce qui est disponible à des montants vertigineux.

Les vins fins, encore difficiles à vendre quelques mois avant le conflit, s'échangent désormais à prix d'or, par-dessus la tête des Français, ou du moins de la plupart d'entre eux. Des Saint-Julien s'échangent en coulisse de cinquante à cinquante-cinq mille francs le tonneau, les Château La Mission Haut-Brion, Château Léoville Barton, Château Palmer ou Château Malescot Saint-Exupéry, de 100 à 150 % plus chers encore, des Châteauneuf-du-Pape à soixante mille francs, des Musigny partent à quatre-vingt mille francs la pièce de deux cent vingt-huit litres, des Richebourg, Grands-Échézeaux, Clos-de-Bèze, Chambertin ou Charmes-Chambertin s'échangent dans les mêmes proportions. Partout, les propriétaires empochent des soultes de 25 à 30 % du prix réel, pour des commissions versées en cascades à chaque intermédiaire. Dans ces conditions, bien rares sont les propriétaires qui respectent les prix administrés. Plus rares encore sont ceux qui honorent leurs approvisionnements pour le négoce, d'autant qu'il n'existe que peu de contrôles. Les plus grands écarts se retrouvent pour les vins intermédiaires, ceux adoptant des appellations larges, bordeaux rouges et blancs, beaujolais, bourgognes, bourgognes grands ordinaires et aligotés qui voient leurs prix tripler ou quadrupler. À la manœuvre, des indics crapuleux, des rabatteurs appointés, des intermédiaires soudoyés et des milliers de petits courtiers improvisés forment le gigantesque secteur clandestin officiel du vin.

Vins troubles et vendeurs louches

Dans la capitale, les vins de choix « cachetés », c'est-à-dire lorsqu'ils sont supposés être d'appellation contrôlée, se vendent de cent à cent quatre-vingts francs. Chez les détaillants et dans les restaurants, les vins du Midi entrent sous un nom et sont servis sous un autre, presque sans aucun contrôle. Cette valse des étiquettes modifie l'attention qu'on leur porte, les saveurs et les qualités mêmes qu'on leur prête et, finalement, le prix qu'ils endossent. Voilà comment, par le jeu d'une étrange alchimie, un fût de vin de l'Hérault, lui-même peut-être en provenance d'Oranie, se transforme subitement en « Beaujolais », « Beaune », ou « Saint-Émilion ».

Dans un monde où manger et boire devient l'obsession quotidienne de tous les Français, on fait des repas de régime dans des brasseries ordinaires pour trente francs. Une tranche de jambon, quatre pommes de terre à l'eau et un fond de soucoupe de pruneaux cuits assortis d'une demi-bouteille d'eau d'Évian coûtent à peine la moitié d'une bouteille de gros rouge de provenance inconnue et râpant méchamment le fond de la gorge. Mais tout cela n'est rien au regard de l'espèce d'hallucination collective qu'engendrent les autres vins. Dans les lieux les plus huppés de la capitale parisienne, restaurants ou cabarets, de jour comme de nuit, Chez Maxim's, au Fouquet's, au Doge, à la Reine Pédauque ou au Shéhérazade, les prix s'envolent à plusieurs milliers, voire dizaines de milliers de francs pour des vins de prestige devenus introuvables. Un Dom Pérignon « Grande Réserve » 1929 ou un cognac Martell « hors d'âge » se retrouvent vendus à des prix astronomiques, de quinze à vingt mille francs la bouteille, parfois davantage.

Dans les restaurants, les bistrots et les cafés, les vins ordinaires n'existent plus en zone occupée à moins de trente francs la bouteille. Partout dans le pays les pénuries s'aggravent et les fraudes se généralisent. On raconte qu'il n'y a, à cette époque, plus que deux sortes de cartes de rationnement du vin en circulation, les fausses et les volées. Contre leur délivrance, on obtient des vins d'assemblages très douteux et de cépages hybrides qui se mélangent aux productions domestiques en tout genre. Dans les vignobles proches de Paris et dans l'ouest du pays se développe la fabrication de piquettes par macération et lavage des marcs. La population produit et vend sous le manteau des « vins de ménage », vin d'eau et de pépins, parfois produits à partir d'alcool frelaté, de fruits ou de tubercules.

En zone non occupée, dans le Languedoc et en Algérie, on produit en grandes quantités des vins de coupage très médiocres, faiblement alcoolisés mais très recherchés à partir de variétés à gros rendement, carignan, cinsault, grenache ou aramon de coteaux. Impossible ou presque de trouver une bouteille au nom authentique et de bonne qualité. Le vin annoncé « Moulin-à-vent » ou « Beaujolais » n'est souvent qu'un modeste pinard[1]. Le Comité national des appellations d'origine a de quoi s'inquiéter, comme le souligne Édouard Barthe, député de l'Hérault, élu du monde du vin et surtout ancien président de l'Office international du vin. Le Comité national des appellations d'origine va-t-il ainsi laisser galvauder les vins de France ? Va-t-on encore longtemps laisser se poursuivre ce scandale et l'exploitation de la clientèle ? Il y a urgence à mettre fin à ce désordre.

Vichy face à la « grande disette du vin »

En réaction à cette dangereuse dérive, Vichy ordonne l'accentuation des contrôles et établit une première liste de prix de certains vins à appellation d'origine contrôlée, bordeaux rouges et blancs, vins de Côte-d'Or, coteaux de Touraine blancs, rouges et rosés, Muscadet, Côtes-du-Rhône. On crée même des commissions de contrôle locales. Rien n'y fait. Aucun dispositif ne parvient à endiguer l'envolée des prix du printemps 1941, à commencer par celle enregistrée à la production. Dans le Bordelais, le négoce s'alarme de ne plus pouvoir se réapprovisionner à hauteur de leurs ventes. Il n'existe plus rien à moins de vingt-cinq mille francs le tonneau en bordeaux rouge ou blanc. Le Saint-Estèphe récolte 1940 est à trente mille francs la barrique de neuf cents litres. Le bourgogne grand ordinaire en pièces de deux cent vingt-huit litres se vend à plus de mille cinq cents francs, le bourgogne pinot, de trois mille cinq cents à quatre mille deux cents francs. Tous ces prix restent pourtant bien approximatifs au temps où le marché noir fait sa loi. Certains bourgognes pinot sont ainsi vendus à plus de cent cinquante francs la bouteille. Un Clos-de-Vougeot 1921 et un Chambertin 1923 sont repérés à cent quatre-vingts francs et deux cent vingt francs la bouteille. Pour les champagnes, des magnums de Lanson 1918 et de Moët & Chandon 1911 atteignent quatre cent trente francs et cinq cents francs la pièce. Une bouteille d'eau-de-vie de Voiron se vend de huit cents à mille deux cents francs pièce, une liqueur de Tarragone des Pères Chartreux, Grande Chartreuse verte, s'échange à plus de mille quatre cents francs pièce. Dès lors, la propriété ne cherche même plus à fournir le commerce. Il s'agit de vendre en direct aux plus offrants. Les bons d'achat délivrés aux négociants afin de s'approvisionner auprès de la viticulture n'y changent rien. La propriété spécule et joue la montée des prix. On veut vendre le plus cher possible, clandestinement, toujours au plus offrant et donc, toujours à l'Allemagne et à ses complices.

Au seuil de l'année 1941, alors que se font sentir les conséquences de l'effondrement d'une production française divisée par trois, les vins les plus courants s'échangent sous le manteau, à des prix étourdissants. Le « gros rouge » ou les vins blancs de carafe sont devenus des produits rares, surtout dans les villes, et davantage encore à Paris. On découvre sur les cartes des restaurants les plus modestes, à la fin de l'année 1940, des vins sans aucune identification vendus jusqu'à cinq francs en pichet de cinquante centilitres. Dans les campagnes, en particulier celles des régions de production, la rareté est moins évidente mais le prix du vin le plus grossier s'est envolé, triplant souvent les prix d'avant-guerre. Il faut dire qu'en instituant les prix administrés à partir des tickets de rationnement, Vichy a de fait imposé un « régime sec » à la population.

Ainsi, Philippe Pétain, le chantre du vin durant l'entre-deux-guerres, auteur du célèbre « hommage aux vins de France[2] » signé en 1935, combat désormais l'alcoolisme vu comme l'une des principales causes de la défaite[3]. Ce fléau a largement contribué selon lui au mauvais état de santé des soldats et de la population. Il s'avère que si le vin issu de la fermentation de raisins frais est toujours considéré comme une boisson hygiénique, digne d'intérêt par ses qualités naturelles, on buvait jusqu'alors beaucoup, et cela dans tout le pays. La quantité d'alcool absorbée atteignait le chiffre de 23 litres d'alcool pur par tête d'habitant en 1939, et 175 litres de vin. Refréner la consommation pour mieux promouvoir la sobriété, et pourquoi pas la qualité, constitue un nouvel enjeu qui prend progressivement possession du discours officiel associant la famille et la natalité à l'amélioration de la santé publique. Cette prise de conscience nouvelle à propos de la consommation du vin qui contribuerait à favoriser l'alcoolisme tombe à pic au temps des pénuries, des restrictions et du rationnement.

En durcissant les conditions d'accès aux boissons alcooliques, y compris au vin, la réglementation déploie un arsenal restrictif totalement nouveau. Avec la loi du 23 août 1940, la fabrication, la circulation et la mise en vente des boissons spiritueuses titrant à 16° d'alcool ou plus, sont interdites, hors celles produites pour l'exportation. Les autres boissons alcoolisées ne peuvent désormais être consommées que trois jours par semaine, les mardis, jeudis et samedis, dans les seuls débits autorisés, uniquement pour les consommateurs majeurs. Les publicités en faveur des alcools apéritifs sont interdites. Enfin, le gouvernement retire aux tribunaux la possibilité d'accorder les circonstances atténuantes aux délinquants ayant commis une infraction en état d'ivresse. Parachevant ces dispositions, la loi du 24 septembre 1941 soumet les débits de boissons à autorisation par l'obtention de licences accordées par les pouvoirs publics. Seule la licence IV dite « licence de plein exercice », aux conditions d'acquisition contingentée et très restrictive, autorise la vente de toutes les boissons alcoolisées, dont le vin. C'est dans ces conditions que la consommation de vin courant enregistre une chute vertigineuse, de près de la moitié, pour tomber à 82 litres par habitant en 1941. Elle tombe à 60 litres environ par an et par habitant entre 1942 et 1943.

Face à cette « grande disette du vin », l'émotion est vive pour tous ceux qui rapportent le mécontentement d'une population accoutumée à boire, et à boire beaucoup, subitement plongée dans un contexte de restriction incompréhensible pour elle [4]. Si on évoque couramment le manque de main-d'œuvre dans les vignobles et les pénuries croissantes de matériaux et de matières nécessaires à la culture et au traitement de la vigne, rien n'est jamais écrit à propos de ce que tout le monde sait : le vin manque, parce qu'il a été emporté et consommé ailleurs.

« OTTO », LAFONT ET CONSORTS

Les grands vins du « bel Otto »

Au premier rang de cette gigantesque entreprise de pillage opérée sur le marché noir, les hommes de l'Abwehr s'imposent bien comme incontournables. Les services secrets militaires de l'amiral Canaris s'appuient pour cela sur une officine commerciale, le fameux « bureau Otto » dirigé par un certain Hermann Brandl. De type gentleman teuton et mythomane majestueux toujours tiré à quatre épingles, Hans-Hermann dit « Otto » s'est fait la main chez Schenker & Co, transporteur allemand bien connu, où il a rencontré Waltraute-Ann-Mary Jacobson, une Anglaise naturalisée allemande. Parlant quatre langues, la « belle Mary » est devenue sa secrétaire et l'une de ses maîtresses régulières. Chez Schenker, Otto acquiert une solide expérience lorsque la défaite française accorde à l'entreprise une large partie de la logistique du pillage de la France. Hans-Hermann apprend vite. Son ambition fait le reste. Devenu espion appointé par l'Abwehr, il se transforme en approvisionneur attitré de l'hôtel Lutetia pour l'armée allemande. Son rôle consiste à livrer n'importe quel type de produit, dans n'importe quelle quantité, toujours en un temps record.

En s'établissant dans les locaux plus spacieux des 23-24 square du Bois-de-Boulogne à Paris, son officine s'émancipe. Le « bureau Otto » recrute des centaines d'employés, ouvre une succursale rue d'Astorg, investit des hectares de quais, de docks et de magasins à Saint-Ouen, Saint-Denis, au fort de Satory, dans toutes les gares de la région parisienne et à proximité des dépôts, caves et chais des services de la SS, à Bercy, Charenton et La Villette. Otto achète tout ce qui est recherché, tout ce qui rapporte gros, bien sûr des vins ordinaires et des vins de cru, des spiritueux, des eaux-de-vie, des liqueurs, des apéritifs, des digestifs qu'il affectionne tout particulièrement. Avec ses deux lieutenants, le docteur Alfred Fuchs et le major Robert Poeschel, il déménage au 6 de la rue Adolphe-Yvon d'où il engage une meute d'acheteurs accrédités et s'accorde les services des camions de la Sofindus, le transporteur hambourgeois spécialisé dans l'enlèvement de marchandises. Son service dit « économique » prend une telle ampleur que Berlin l'absorbe au sein d'une structure d'État directement pilotée par le ministère de l'Économie et, bientôt, par Hermann Göring lui-même, la Rohstoffhandelsgesellschaft, société pour le commerce des matières premières, plus connue sous l'abréviation « Roges », installée boulevard des Capucines.

L'un des premiers hommes de confiance d'Otto est Frédéric Martin, ancien entrepreneur devenu espion. L'homme a alors déjà un sérieux pedigree. Arrêté et condamné avant la guerre pour avoir livré les plans de la ligne Maginot à l'ennemi, ouvrage éminemment stratégique pour la France, Martin avait été subitement libéré en 1940 lors de l'arrivée des troupes allemandes. Renommé depuis Rudy de Mérode, ou Rudi von Mérode, voire quelquefois Rudi von Montaigne, l'entrepreneur est devenu un riche trafiquant en s'associant à Gédéon Van Houten, un Hollandais, ancien compagnon de cellule qui est devenu son chauffeur et son garde du corps. Installé avec sa bande de criminels au 70, boulevard Maurice-Barrès, il se spécialise très tôt dans le trafic de spiritueux et de vins dont il fait lui-même une grosse consommation.

Pour recruter des rabatteurs et des fournisseurs de poids, Otto travaille main dans la main avec le capitaine Radecke, un vieux membre du parti nazi, proche d'Heinrich Himmler ; un intrigant, amateur de bons vins et de jolies femmes. C'est lui qui présente Henri Chamberlin dit « Lafont » à Otto Brandl. En lui adjoignant deux hommes de main, Max, un petit Bavarois, fluet et bancal au visage blafard, et Eugen, ancien danseur mondain, Radecke mise sur ce Lafont et lui accorde un nouveau statut qui l'extrait définitivement de sa condition. C'est ainsi qu'il procède, comme il le fait pour des dizaines d'autres mercenaires sans scrupule qui animeront ses affaires avec efficacité et dévouement. Voilà mise sur pied la « participation indigène » rêvée par Himmler et les nazis et qui permet de recouvrir la France d'un immense réseau d'officines intervenant activement dans le pillage de la France et de ses vins. Réunis en bandes armées que l'on surnomme les « Gestapos françaises », ils écument le pays et ses vignobles. Celle de la rue Lauriston est la plus célèbre. C'est là que le destin de Lafont s'est joué[1].

Les petits et grands cadeaux de « Monsieur Henri »

Intégré dans la police allemande, sous le matricule 10 474 R en août 1940, Henri Lafont commence sa nouvelle vie au One-Two-Two, le cabaret le plus arrosé de la capitale occupée. C'est là que le colonel Rudolph, chef de l'Abwehr à Paris, un fêtard invétéré qui mène la grande vie toujours entouré d'une cohorte de jolies femmes, et son adjoint Oskar Reile, donnent en son honneur un fastueux dîner en présence de l'ambassadeur Otto Abetz, du premier conseiller d'ambassade Müller, d'Otto Brandl, du capitaine Radecke et d'une foule d'officiers du Lutetia. Lafont, lui, l'ancien gamin des rues, l'orphelin du 13ᵉ arrondissement qui à l'âge de onze ans a sombré en pleurs sur la tombe de son père la nuit de sa mort, le voyou devenu clochard, éventrant les poubelles de la rue Séguier pour manger, l'ancien bagnard enragé, l'ex-taulard qui a fait le tour de France des prisons, célébré grâce à la défaite par les nouveaux maîtres du pays pour « services rendus ». Son fait d'arme, avoir arrêté le chef de la résistance belge, fonde l'exploit qui le fait entrer dans le cercle intime des nazis.

L'itinéraire invraisemblable du misérable paria, victime de la fatalité, devenu le héros malheureux digne d'une tragédie grecque, le conduit maintenant d'une coupe de champagne aux celliers des plus grandes maisons. Ce soir-là, Rudolph et Radecke trinquent en son honneur. Le pacte de sang est signé dans l'ivresse du moment. Lafont devient leur homme, pour informer, traquer, arrêter, torturer les ennemis du Reich. Il sera aussi leur fournisseur en produits exceptionnels et introuvables, en grands vins, cognac, champagne. Lafont enquête, déniche et fait livrer sans délai les meilleurs vins de France, les crus les plus exceptionnels, les liqueurs, eaux-de-vie de cognac et d'armagnac de renom, les Chartreuses les plus rares et les Bénédictines les plus fines, le tout pour le compte d'Otto puis, pour son propre compte. Il prend lui-même en charge tout ce qu'il faut pour l'armée allemande, et surtout pour les SS de Paris. Le chef de bande de la rue Lauriston rallie à lui l'ex-inspecteur Bonny, autrefois qualifié de « premier flic de France ». L'équipe Bonny-Lafont flaire tout le profit qui peut être fait par l'étendue infinie d'un marché noir directement alimenté par l'occupant lui-même. Dotés du carton jaune de la police allemande, armés et protégés par les services de l'Abwehr, leurs hommes repèrent, saisissent et rapportent tout ce qui a de la valeur. Ils deviennent les caïds du Milieu, à Paris et en province[2].

Pour asseoir son pouvoir, « Monsieur Henri » arrose sans compter tous ceux qui comptent parmi l'élite du Reich. Il corrompt à l'extrême toute la caste nazie. Aucun des réseaux allemands de la capitale n'y échappe. Après Radecke et Brandl, c'est le chef de la Gestapo lui-même, le Kriminal Kommissar de la rue des Saussaies, puis de l'avenue Foch, surnommée l'avenue « Boche » par la concentration des services SS qui s'y trouvent, le Sturmbannführer-SS Karl Bömelburg, qui succombe aux sirènes de l'argent facile. De corpulence athlétique, l'insigne à tête de mort centré sur sa casquette, au-dessus du col sombre à feuilles de chêne argentées, Croix de Fer à la poitrine, botté et cravaté à l'hitlérienne, il pétrifie d'emblée ses interlocuteurs dans son uniforme noir. Mais Lafont en a vu d'autres. Il s'est renseigné et apprend tout de lui en quelques heures. À peine débarqué à Paris, « Monsieur Henri » connaît les forces et les faiblesses du chef nazi. Il sait qu'il parle le français, pratique même les calembours dans la langue de Molière, joue avec les mots et maîtrise l'argot comme un vrai titi parisien. C'est peu courant. Plus intéressant, derrière cet ancien technicien d'une société de chauffage central devenu policier de la SS, se dissimule un sybarite corrompu qui n'est pas insensible aux fêtes et aux cadeaux, surtout aux articles de grand luxe. Bömelburg admire Paris pour ses richesses et est un fanatique des alcools français. Sa connaissance des vins de Bourgogne le rend, dit-on, digne d'un vrai « Chevalier du Tastevin ». Qu'à cela ne tienne, tous les jours Lafont lui fait livrer des plats cuisinés préparés dans les meilleurs palaces de la capitale, des vins fins et des liqueurs introuvables. L'un des péchés mignons du nazi, ce sont les vins de la Côte de Nuits et les meilleurs cognacs. Très vite, les flacons envahissent ses bureaux sans même qu'il ait besoin de les réclamer. Magnums de Romanée-Conti 1934, de Clos-de-Vougeot 1936 ou de Chambertin 1928, 1933 et 1934, ses dates fétiches, et cognacs Hennessy, Meukow ou Martell Grande Réserve, lui sont livrés en coffrets de chêne laqué, gravés à son nom. « Herr Doktor » Karl ne doit jamais manquer de rien[3].

Des femmes, des orchidées et du champagne

Le coup de génie de Lafont est d'avoir misé sur l'avenue Foch et de s'être éloigné du Lutetia et de l'Abwehr. Il comprend que les SS désirent s'enrichir et se gaver de plaisirs et, surtout, qu'ils sont en train de prendre complètement la main face à un commandement militaire allemand de plus en plus discrédité à Berlin. Ignorant peu à peu les intérêts de la Wehrmacht, il se tourne ouvertement vers les représentants du pouvoir SS qui ont le vent en poupe. Pour cela, il les intéresse à tous ses trafics, répartissant avec soin les gains extraordinaires raflés pour chacune de ses transactions. Lafont en est convaincu, il faut enrichir et combler les nazis jusqu'à plus soif. Le patron sait être attentif au calendrier. Il ne manque jamais aucune fête, ni aucun anniversaire. Chaque prétexte est une occasion de faire plaisir. Pour Helmut Knochen, ce sera une magnifique Bentley, carrosserie « champagne », offerte à l'occasion de son mariage, assortie d'un tombereau monumental de caisses de vins de choix livrés directement en provenance d'Épernay, de Reims et de Bordeaux. Pour Bömelburg, les meilleurs crus lui sont adressés assortis de beaux gardes du corps kabyles, une autre de ses petites faiblesses. En retour, Lafont devient absolument intouchable. Bömelburg lui obtient de Berlin la naturalisation en un temps record. Devenu citoyen allemand, le chef de la rue Lauriston est mis hors de portée des autorités françaises[4].

Pour le reste, « Monsieur Henri » invite beaucoup. Chaque soir, le 93 de la rue Lauriston accueille dîners raffinés, cocktails et fêtes orgiaques, sous un déluge de champagne, dans de grands salons peuplés de vases remplis de dahlias et d'orchidées. C'est tout ce que le « patron » préfère au monde : des femmes, des orchidées et du champagne. Parmi les invités, on retrouve le Tout-Paris de la collaboration, même des aristocrates. On retrouve également les habitués, tous les plus hauts gradés nazis, et parfois l'ambassadeur Abetz lui-même. « J'ai l'impression que je passe ma vie à table », répète-t-il. Pour la crème de la collaboration française, l'adresse devient incontournable.

Le « président » Laval lui-même, l'ancien avocat des humbles, le crasseux aux dents gâtées devenu mandarin noir, est régulièrement reçu par Lafont lorsqu'il monte à Paris. C'est Abetz qui l'a présenté la première fois au caïd de Paris. Depuis, Laval l'a choisi comme ami et même comme confident. Il lui présente son gendre américain, le comte René de Chambrun dit « Bunny », « Petit Lapin », homme de confiance de la Gestapo et descendant en droite ligne du marquis de Lafayette, grand amateur de Saint-Émilion Grand Cru, Château Cheval Blanc et Château Angélus, notamment. L'autre visiteur régulier de Vichy, Fernand de Brinon, cet avocat, journaliste, familier de Ribbentrop et d'Abetz, né à Libourne, a été le premier intervieweur français du chancelier Hitler en novembre 1933, avant de se jeter dans la collaboration au moment de la défaite. Pétain l'a désigné Délégué général du gouvernement français dans les territoires occupés. Celui que l'on surnomme « Brinontrop », par sa proximité avec le ministre des Affaires étrangères nazi, reçoit également beaucoup à sa table de l'hôtel de Breteuil, dans son palais néoclassique de plus de deux mille cinq cents mètres carrés, qui fait l'angle de la rue Rude et de l'avenue Foch. Chaque jour, il dépense des sommes folles pour acheter des mets, des vins, des liqueurs et des champagnes. C'est une petite fortune directement puisée dans le budget de l'État français [5].

Smoking sombre de belle facture, nœud papillon de soie, écharpe et rose blanche à la boutonnière, « Monsieur Henri » reçoit largement dans ses dîners où les macarons croisent les rosettes. Des Légions d'honneur à chaque table, des croix de guerre aux Palmes académiques jusqu'aux Mérites agricoles, tout le gratin est là. Cette fois, Lafont est du bon côté ; celui de la loi, de l'ordre et de l'argent. Hommes politiques, grands patrons, négociants, industriels, journalistes, écrivains, comédiens, chanteurs, peintres, tous font le siège de la rue Lauriston pour pouvoir s'afficher, demander des faveurs, proposer des combines, et bien boire et bien manger. Et tout cela fait « d'excellents Français » comme le chante Maurice Chevalier, qui en sait quelque chose. Devenu dit-on l'homme le plus puissant de France, on se passe le numéro de téléphone du « patron », Passy 38-80, de bouche à oreille, comme un talisman. Lafont rend tant de services.

Parmi les incontournables, on retrouve le « prince Jean », « Lulu les petits yeux », ou le « Führer de la presse parisienne », alias Jean Luchaire, directeur des *Nouveaux Temps*, protégé d'Abetz qui a épousé son ancienne secrétaire, la « belle Suzanne ». « Louch'Herr », du sobriquet que ses nombreux ennemis lui donnent, est un opportuniste vénal, un collaborationniste de la première heure et un noceur impénitent. Le dandy de la collaboration passe ses journées d'un dîner à une réception, d'une partie fine à un cocktail. Tout sourires, l'air débonnaire et l'allure dégingandée, il est un homme bien peu recommandable, très souvent recommandé. Luchaire entraîne chez Lafont tous les membres de sa famille, dont sa fille Corinne alias « Zizi », l'ex-nouvelle Garbo. Égarée dans une vie mondaine folle et insouciante, la Lolita qui fait tourner la tête aux hommes est devenue l'une des maîtresses les plus en vue des nazis. Frappée par la tuberculose, la starlette partage sa vie entre les boîtes de nuit et les séjours en sanatorium. Dans ses folles nuits parisiennes, elle s'enivre de champagne jusqu'au petit matin, s'abandonne à des plaisirs insouciants avec son amant puis époux, Guy de Voisins, un trafiquant de la rue Lauriston. Souvent ivre, elle s'abandonne au Shéhérazade dans les bras d'officiers allemands empressés. Au « 93 », elle croise le Tout-Paris des vedettes, des collaborateurs et des truands qui tous vident en abondance verres de cognac et coupes de champagne[6].

Pendant que tout ce petit monde ripaille et boit au rez-de-chaussée et que les plus belles femmes de Paris se donnent à tous les étages, des brutes dégénérées torturent à qui mieux mieux dans les caves et au sous-sol. C'est l'autre activité de « Monsieur Henri », criminel féroce, auxiliaire sans scrupule des nazis, homme des basses manœuvres. Les corps martelés, électrocutés, brûlés des pauvres victimes qui tombent entre ses mains ou celles de ses gorilles, sont dépecés, découpés à la scie, parfois évacués dans un coffre de voiture, quelquefois adressés au docteur Petiot, au 21 de la rue Le Sueur, à quelques pas de la rue Lauriston. Chez le « docteur Satan », ce monstre psychopathe, pas de vin ni d'alcool, en apparence. Ceux qui débarquent vivants, juifs ou candidats à l'exil, sont assassinés par piqûres de phénol, puis brûlés dans le calorifère de ce mini-Auschwitz en plein cœur de Paris. Les restes des cadavres sont dissous à la chaux. Dans un pays transformé en un vaste boulevard du crime, l'activité de cet assassin dément passe encore inaperçue. Bientôt, les dîners fastueux auront lieu ailleurs, on le comprend. Le « patron » s'installe dans un hôtel particulier rue de Madrid, puis à Neuilly où il fait accrocher aux murs du hall de l'entrée principale deux portraits géants, l'un de Hitler, et l'autre de Göring. Il est important d'être très reconnaissant envers les nouveaux maîtres.

Puisqu'il faut prendre l'air et abandonner parfois les tables et les buffets, Lafont invite ses amis dans tous les endroits à la mode de la capitale. Radecke et Bömelburg sont les compagnons habituels de ses grandes virées nocturnes, dans l'une de ses Bentley blanches, sous la conduite de son chauffeur Eddy, escorté par une colonne de berlines aux plaques militaires allemandes et de Tractions de la Gestapo. On se rend chez Maxim's, toujours bondé, ou chez Philippe, Chez Laurent, au Caneton ou au Doge, où l'on boit et mange jusqu'au bout de la nuit. À moins que, pour terminer la soirée, Lafont n'entraîne son monde en boîte de nuit ou au cabaret, au Bœuf sur le Toit, à L'Étincelle, à L'Amiral, au Baccara, au Monico, au Château-Bagatelle, au Florence, au Grand Jeu, au Lido, au Monseigneur, au Chantilly, bref, partout où le champagne coule à flots. Le Shéhérazade, rue de Liège, est l'un de ses préférés, avec Le

Chapiteau et L'Abbaye de Thélème, des incontournables, bondés de femmes dénudées à prendre, de vins, d'alcools et d'uniformes noirs et feldgrau.

Lafont est de toutes les sorties, de toutes les virées. Aucun événement mondain parisien ne lui échappe. En mai 1942, il s'écarte des éclairs de magnésium provoqués par les photographes qui mitraillent Ginette Leclerc et son compagnon Lucien Gallas à l'occasion de l'ouverture de leur nouveau restaurant parisien, Le Baccara. La partenaire de Raimu dans *La Femme du boulanger*, film de Marcel Pagnol sorti dans les salles en 1938, a fait du chemin depuis en devenant la starlette adulée de la Continental. Dans le domaine privé, elle investit ses cachets faramineux dans l'achat de bars, cafés et boîtes de nuit. C'est sous la protection de Lafont et de sa bande qu'elle reprend le cabaret à la mode de « Jane Stick », rue de Ponthieu, pour en faire un club privé somptueux, à la fois cabaret et restaurant de luxe. En quelques semaines, le club devient un lieu incontournable de la collaboration parisienne. Chaque jour, des trafiquants notoires s'y pressent pour négocier avec des représentants allemands, autour de quelques grands vins[7].

Les caïds du vin

Entre deux fêtes ou deux réceptions, Lafont gère ses affaires. En ce qui concerne le ravitaillement des vins et des alcools, il utilise un intermédiaire et une foule de rabatteurs. Le premier est un certain Radenac. Affilié à l'Abwehr, il se rapproche vite des services de la SS pour qui il finit par travailler presque exclusivement. Ses bureaux du 12, boulevard de la Madeleine fournissent vins et spiritueux à une centaine de cabarets et de restaurants de Paris. De là, les circuits s'engouffrent dans les souterrains de la pègre collaborationniste où l'on croise d'innombrables crapules, canailles et escrocs en tout genre.

Le conseiller municipal Levillain, surnommé « Topaze », adjoint de Déat à la direction de son parti fasciste, émarge également chaque mois chez Lafont et lui fournit des brutes pour garder ses entrepôts de marchandises à Saint-Ouen et à Charenton regorgeant d'alcools, de vins et d'apéritifs en provenance de Nîmes, Marseille, Montpellier et Bordeaux. Autre affilié, Alexandre Villaplane, dit « Villaplane », est une ancienne vedette du football devenue écumeur de la rue Lauriston. En passant du maillot tricolore à l'uniforme vert-de-gris, l'ex-inter gauche est devenu l'un des hommes à tout faire de « Monsieur Henri », informateur, garde du corps, racketteur, ramasseur et même tueur. S'il a un penchant pour les liqueurs fortes, son péché mignon reste le champagne[8]. À ces côtés, Abel Danos, dit « le Mammouth » à cause de sa force herculéenne, présente une forte corpulence, la tête large, les cheveux châtains, le front dégagé. C'est un dur, un violent, qui réfléchit peu. Danos débute dans les services du « patron » à la section « racket des bars ». Avec Émile Buisson dit « Petit Mimile », tueur à gages, André Jolivot dit « Dédé la Vache », spécialiste des percements de coffres, Charles Cazauba dit « Charlot le Fébrile » à cause du tremblement de ses mains, expert en faux papiers, et en compagnie de « Roger le Fou », alias Roger Beckerich, ancien ouvrier qui a dérapé, « le Mammouth » fait des affaires, toujours au service du « patron[9] ». Gare à celui qui oserait doubler le chef. En matière de vin, il s'associe à un agent de l'Abwehr, Alphonse Mercier, alias Hans Binder, originaire de Dijon, comme lui. Amateur de bons petits plats et de grands vins de Bourgogne, surtout celui de Nuits-Saint-Georges où il a des « amis vignerons », il rend parfois visite à l'un de ses fournisseurs attitrés, la maison Lupé-Cholet & Cie, dont il connaît l'un des héritiers, le très pieux « Monseigneur » de Mayol de Lupé.

Dans leurs tournées, les hommes du « patron » croisent parfois un autre caïd de la corruption et du marché noir, Joseph Joanovici, dit « Monsieur Joseph » ou « Jo », et son frère Mordhar, dit « Marcel », son fidèle lieutenant. La quête du profit n'a jamais quitté ce personnage de roman tout droit jailli des bas-fonds. Quand on l'interroge sur l'indécente prospérité de ses affaires dans cette période sombre, « Jo » ne se démonte pas et répond : « Que voulez-vous faire contre les Allemands ? Moi, je fais fortune ! » Son cercle d'influence, il le taille à la dimension des incroyables dîners parisiens qu'il paie au cœur de la capitale, invitant tout ce qui compte d'important dans l'armée des vainqueurs. Avec ses inimitables complets bleus croisés à fines rayures, coupés sur mesure, son visage large et son nez empâté, « Monsieur Joseph » rassure par sa fausse bonhomie. Le petit pouilleux des ruelles misérables de Clichy, l'immigré analphabète, est devenu un redoutable homme d'affaires uniquement conditionné par l'appât du gain. Pour accompagner ses activités de commerce, il donne des réceptions très recherchées au cours desquelles le champagne coule toujours à flots. Très tôt, il est devenu le grand mécène de la préfecture. Il accorde de généreux dons et offre des soirées « Grand Siècle » dans son somptueux hôtel particulier du 205, boulevard Malesherbes.

Ses affaires, il les règle la plupart du temps Aux Deux Cocottes, avenue Niel, son restaurant préféré. C'est là qu'il reçoit, négocie, traite et conclut, souvent par une simple poignée de main. Sa vraie fortune, il l'a construite par ses énormes transactions passées dès 1940 avec la Kriegsmarine dont il devient le fournisseur attitré. Il comprend alors que grâce à la guerre, on peut devenir millionnaire en quelques mois, milliardaire en un an, peut-être moins. Si « Monsieur Joseph » fournit absolument tout ce qui peut être utile au Reich, il n'oublie jamais les vins et les spiritueux qui font partie de son incroyable catalogue. Avec la fermeture des marchés et l'énorme pénurie, le vin et les alcools rapportent gros. On croirait voir Al Capone au temps de la prohibition. Mais chez « Jo », pas de de fabriques, ni de distilleries clandestines. Les profits, il les fait à la revente. Le tout est de débusquer les stocks et de convaincre leurs propriétaires.

En ce qui concerne les arguments, Joanovici n'est pas un bavard. Il aligne les chiffres sur un petit morceau de papier ou de nappe. Il suffit de compter. Pour les Allemands, il n'y a qu'à demander pour obtenir. C'est le cas en mai 1942 lorsqu'il dégote en quelques jours cinq mille bouteilles de cognac et douze mille d'armagnac, raflées à prix d'or dans un commerce en gros d'eau-de-vie très en vue de Castelnau-d'Auzan. Deux mois plus tard, il détourne vingt mille hectolitres de vin des maisons Sénéclauze à Oran et des Fils de Louis Huc à Béziers et Mostaganem, à destination de la marine allemande. L'affaire lui vaut une petite conversation avec Roger Descas. Le président du Groupement national d'importation et de répartition des vins et spiritueux n'aime pas que l'on marche sur ses plates-bandes. D'ailleurs, le gros du marché des vins d'Algérie et du Midi est réservé à Marcel Borderie, un complice négociant à Libourne, qui assure les livraisons pour Bömers et répond directement aux attentes des officines nazies en quête de vins courants de qualité. Peu importe, l'affaire se règle à l'amiable d'autant que « Monsieur Joseph » est dans les petits papiers du SS-Gruppenführer Carl Oberg, débarqué depuis peu à Paris, en provenance de Pologne où il s'est taillé une réputation de bourreau. Représentant officiel d'Himmler en France, ce dernier est installé dans les bureaux du 57, boulevard Lannes par Reinhard Heydrich lui-même, responsable des forces de police allemandes et adepte d'orgies inouïes, qui effectue une visite d'une semaine à Paris. Faute de pouvoir le corrompre, « Monsieur Joseph » saura le neutraliser, peut-être en lui adressant quelques lots de grands cognacs. Pour l'heure, si le vin est loin d'assurer toute la fortune de Joanovici, il y contribue modestement et fournit surtout de quoi entretenir les amitiés et faciliter les transactions. « Monsieur Joseph » enregistre cette année-là des bénéfices moyens de trente millions de francs par semaine, soit 1 % de l'indemnité totale versée par la France au Reich.

Au cœur de la traque des vins, on retrouve un autre grand nom du marché noir et de la collaboration économique, Mandel Szkolnikoff, dit « Monsieur Michel », un trafiquant notoire qui s'est toujours intéressé aux vins. Cet aventurier, fondateur d'une firme de textile, Textima, rue d'Aboukir, est un soldeur de vrac qui ne passe pas inaperçu au volant de sa Cord américaine, cigare à la bouche et large chapeau de feutre sur la tête. C'est en novembre 1940 qu'il conclut lui aussi son premier marché avec la Kriegsmarine à Paris. Mais très vite, il se spécialise dans les articles plus rares et luxueux et se rapproche des services de la SS en devenant l'homme de paille d'Engelke, l'officier responsable du bureau d'achat organisé par Himmler à Paris.

À la tête de la Société commerciale de l'océan Indien, il achète et vend tout ce qui rapporte gros. Pour les nazis, « Monsieur Michel » devient « tuechtig und brauchbar », actif et utile. Le vin fait très tôt partie des produits incontournables pour graisser la patte des nazis. C'est à l'occasion de l'un des nombreux repas qu'il tient dans les palaces de la capitale que l'acheteur de la Kriegsmarine lui présente Hélène, celle qui devient sa compagne, puis sa partenaire de fortune. Elle s'occupe de l'intendance et des commandes astronomiques de foie gras et de vins fins, pour des montants vertigineux. Bientôt, plusieurs grands palaces s'adressent à Hélène pour se réapprovisionner en vins de choix devenus introuvables. Szkolnikoff prend possession d'immenses entrepôts en région parisienne. Il y stocke toutes les marchandises dites « non déclarées » issues du marché noir, dont les caisses sont frappées des initiales U.W., « Ungeklärte Warenbestände » (« inventaire non liquidé »). Il devient l'un des maîtres du « secteur officiel clandestin » propulsé par les énormes campagnes d'achats lancées au même moment par Hermann Göring et l'organisation Munimin-Pimetex désignée par le Reichsmarschall dans son plan de quatre ans comme la nouvelle machine de pillage du IIIe Reich.

L'année 1942 consacre l'apothéose des trafics en France. Le pays est mis en coupe réglée. Le champagne, le cognac, les grands bordeaux et bourgognes, la Chartreuse, la Bénédictine se négocient par lots de dix mille à cinquante mille bouteilles, quand ils ne sont pas évacués directement par convois de milliers de fûts ou de centaines de wagons-citernes. Dans ce contexte fou, le fournisseur patenté de la SS accumule une fortune prodigieuse qu'il étend au tourisme et à l'immobilier par l'achat de palaces sur la Côte-d'Azur. Le Plaza, le Savoy, le Victoria, le Ruhl et le Martinez tombent dans son escarcelle, alors qu'à Paris il prend la main sur l'Hôtel du Louvre et le Regina, entre autres. Ses précieux investissements financiers dans l'hôtellerie de luxe le poussent à s'imaginer négociant en vins. La place forte de ces opérations sur le marché est toute trouvée. Ce sera la principauté de Monaco, la nouvelle capitale franco-allemande des vins et spiritueux.

UN ROCHER BIEN OCCUPÉ

La principauté du vin

À l'abri des grands dangers de l'époque et hors d'atteinte de l'administration française, la principauté de Monaco représente très tôt un petit paradis sur Terre pour mener à bien toutes sortes d'affaires à l'écart d'interventions fâcheuses. Il faut dire que, dans ce domaine, le Rocher détient depuis longtemps une solide réputation. Dès le milieu de l'entre-deux-guerres, cet État lilliputien de la Côte-d'Azur s'est astucieusement adapté aux nouveaux besoins en passant du blanchiment de capitaux d'origine douteuse à l'accueil des victimes de la fiscalité continentale. Cette transformation s'est accompagnée du développement d'une législation très ambitieuse chargée de protéger toutes les activités d'entreprises étrangères cherchant à échapper aux contributions de leur pays d'origine. La garantie de la sérénité passe par l'immatriculation de leur domiciliation administrative sous le soleil de Monte-Carlo. Alors que partout souffle le vent d'un nouvel interventionnisme étatique associé à une fiscalité inquiétante pour les gros possédants, les patrons de toutes origines se pressent dès la fin des années 1930 dans ce minuscule sanctuaire devenu subitement le refuge de tous les millionnaires opprimés.

L'onde de choc de la défaite de la France au printemps 1940 n'entame en rien cette évolution, bien au contraire. La cité-État préserve sa prodigieuse législation fiscale en hissant le drapeau d'une neutralité qui ne trompe personne. En comparaison, la Suisse ou la Suède, pourtant reconnues comme de précieux refuges pour tous les affairistes dans ces temps si troublés, paraissent de moindre intérêt aux yeux des principaux brasseurs d'affaires. Monaco ne manque en effet pas d'atouts. Si les taxations y sont indolores, la conception libérale de la réglementation locale est telle qu'elle autorise presque tout. Les augmentations de capital sont couvertes par un parfait anonymat. Les pratiques professionnelles sont libres, sans aucune limite. En somme, l'obtention d'une licence de commerce sur le Rocher constitue un véritable sésame pour la poursuite d'affaires fructueuses à l'abri des regards indiscrets, surtout en temps de guerre. Dès l'automne 1940, les affaires en tout genre prospèrent donc à une vitesse vertigineuse. Monaco entretient un marché noir inouï et devient le rendez-vous incontournable des escrocs et des trafiquants venus de toute l'Europe. La finance et le blanchiment d'argent y demeurent des spécialités reconnues, tout comme les investissements immobiliers qui tissent leur toile partout en France. Rien, pourtant, ne parvient à détrôner l'autre domaine de prédilection de la petite principauté[1].

Car s'il ne produit pas une seule goutte de vin sur son territoire, le Rocher monégasque devient vite la plaque tournante internationale du commerce des vins, le « hub wine » de l'Europe nazie. En quelques mois, s'agrège autour de lui un nombre stupéfiant de maisons de négoce et de sociétés d'import-export de vins en quête de fortune et de tranquillité. Les premières sociétés de négoce des vins qui se créent dans la principauté se limitent à la présence d'une secrétaire, dans le meilleur des cas. Plus souvent, il ne s'agit que d'une simple boîte aux lettres. À quelques centaines de kilomètres des immenses vignobles du Midi, destituant les places fortes de Montpellier et de Béziers, Monte-Carlo accueille tout ce qui compte parmi les grandes maisons françaises de négoce des vins.

Cette évolution n'a pas échappé aux autorités en charge du bon approvisionnement de l'Allemagne. Dès novembre 1940, c'est Descas qui renseigne Bömers à propos de l'intérêt de la principauté. À la demande du délégué du Reich, le négociant français se rend sur place pour s'assurer des libertés d'action que le dispositif commercial monégasque garantit. En se rendant à Monaco, au moins à trois reprises entre 1941 et 1942, les deux hommes entérinent avec le ministre d'État de la principauté le mécanisme chargé de couvrir les transactions. L'accord est conclu. Rien ne doit contrarier la liberté des opérations commerciales françaises menées sous le couvert de sociétés-écrans monégasques. Puisqu'il en existe encore peu, on les crée, de toutes pièces, avec les noms les plus fantaisistes. C'est le cas de la Société vinicole, issue de la maison Robini, spécialisée dans les vins du Midi et d'Algérie. Elle passe du statut de petit établissement sans envergure à poids lourd du commerce des vins avec l'Alsace-Moselle. À ses côtés, le Comptoir général de Monaco, la Société des Grands Vins Repaire & Fils, Paul Misset, le Comptoir méditerranéen des Vins et Alcools, la Société vinicole monégasque, le Comptoir des Vins et Liqueurs de Monaco, les Grands Chais franco-monégasques, le Comptoir monégasque des boissons hygiéniques, toutes se bousculent dans un flot de créations étourdissant. Qui a dit qu'il fallait un vignoble pour vendre du vin ?

Si la Société des bains de mer et du cercle des étrangers de Monaco gère de nombreux actifs et quelques vignobles en France, elle participe également à cet essor fantastique des transactions en investissant à son tour dans le commerce des vins. Il s'agit d'assurer l'approvisionnement de ses établissements huppés, Hôtel et Café de Paris, L'Hermitage, le Monte-Carlo Beach, le Country-Club, ses villas et magasins de luxe, ses restaurants et ses boîtes qui illuminent les nuits d'un Rocher bien occupé. Au passage, les volumes de vins achetés sont revendus à destination de l'Allemagne, avec de solides bénéfices.

Deux établissements d'envergure dominent cette nouvelle plaque tournante du commerce des vins et derrière elle un homme d'affaires incontournable. Les Chais de Monaco et la Société générale d'alimentation, la célèbre Sogal, appartiennent l'une et l'autre à Ugo Giusti, un milliardaire niçois qui a pignon sur rue dans toute la Côte-d'Azur. L'homme, âgé d'une soixantaine d'années, est un interlocuteur sérieux pour Descas qu'il tutoie et auquel il ne peut rien refuser. Les dîners chez Giusti, arrosés au champagne, sont à la hauteur de ses ambitions. On y trouve tous les plus grands vins du monde et des cocktails d'appellations inédites et détonantes « façon Giusti », tels ses Corton-Chambertin au marc de Bourgogne ou ses Châteaux-Margaux-Cheval-Blanc au Grand Marnier. Un délice comme on en trouve nulle part ailleurs ! On coupe, on assemble, on innove chez Giusti, et surtout on trinque, on rit et on fanfaronne. En examinant les comptes des agences bancaires internationales représentées à Monte-Carlo, ceux de la Barclay's Bank et du Comptoir national d'escompte de Monaco, on ne retrouve pourtant rien au nom de Giusti. L'homme sait se faire discret. Est-il d'ailleurs français, monégasque ou italien ? Qui le sait vraiment ? Il existe sans aucun doute sous d'innombrables prête-noms qui caractérisent le commerce du vin dans ces temps troublés. La cité princière est d'ailleurs devenue une place financière occulte que les nazis utilisent pour leurs opérations internationales dans le cadre d'une collaboration « positive » avec la principauté [2].

Un commerce des vins si fructueux

Les transactions anonymes alimentent les circuits d'échanges, le vin change de main, les compagnies aussi. En 1941, les Caves de Sainte-Suzanne remplacent les établissements Bonardeau & Cie discrètement rachetés par un groupe obscur de négociants bourguignons avec à leur tête le surprenant André Boisseaux. Dirigeant de la société Patriarche Père & Fils à Beaune, qu'il a acquise la même année avec la participation de l'occupant, le négociant est un homme d'affaires averti qui ne se laisse pas aller durant ces heures troubles marquant le pays. Petit homme au visage tout rond bordé par de larges oreilles, Boisseaux est un surdoué du commerce des vins. Il a tout de suite vu chez l'occupant allemand l'immense chance qu'il fallait saisir. Ses investissements à Monaco confortent sa position en Bourgogne. S'il connaît bien Roger Descas, Boisseaux s'est attaché ses services et son amitié par l'intermédiaire d'Adolf Segnitz, le Weinführer de Bourgogne. Dès 1941, les Caves de Sainte-Suzanne dépassent en chiffres d'affaires la maison mère bourguignonne. De quelques dizaines de milliers de francs, elle atteint les trente puis les cinquante millions. L'établissement collecte et vend pour le compte du négociant des dizaines de milliers d'hectolitres de vins du Beaujolais, du Mâconnais et du Chalonnais. En retrait, Segnitz apporte son appui, il distribue les bons d'enlèvement, répartit les denrées et matières pour les propriétaires des domaines vendeurs, délivre les titres de transport, mobilise les convois de wagons-réservoirs et accorde les autorisations.

Pour contourner la lourdeur administrative française et le zèle de ceux qui l'utilisent afin de ralentir les exportations vers le Reich, le choix est fait d'adresser les chargements à destination de l'Alsace-Moselle, zone interlope, mi-française, mi-allemande, à la souveraineté ambiguë et jamais officiellement tranchée depuis la défaite. Porté par l'envolée de ses affaires, André Boisseaux ne s'arrête pas en si bon chemin et investit dans la Société des Grands Vins Repaire & Fils à Monaco. L'établissement presque inconnu jusqu'alors devient le paravent d'opérations mobilières, immobilières, commerciales et financières très juteuses, toutes se rapportant au commerce des vins, des liqueurs et des spiritueux en gros et demi-gros. C'est derrière ce nom que sont aussi hébergés de fructueux capitaux de confrères invités à croquer dans un gâteau qui ne cesse de grossir. Comme le vin, l'argent facile coule à flots[3].

Dans les faits, de formidables volumes de vins achetés dans les vignobles par des négociants français sont facturés et acheminés jusqu'à leurs destinataires à partir de maisons monégasques prête-nom. L'adresse de facturation est fictive. Le bénéficiaire de la transaction est inconnu. Seul le client peut être identifié à partir des bordereaux de transport, à condition qu'il ne soit pas lui-même un simple intermédiaire ou une société-écran. Toutes fonctionnent comme autant de firmes holdings spécialisées dans l'écriture comptable d'achats et de ventes de stocks de vins captés sur le marché français et rapidement orientés ailleurs. En étendant cette faculté commerciale nouvelle, les maisons de négoce françaises acquièrent la possibilité d'acheter leurs propres vins afin de les réexpédier à partir de circuits dont le seul point commun est l'approvisionnement du Reich, directement ou à partir de destinations de substitution vers l'Alsace-Lorraine, la Belgique, les Pays-Bas, le Luxembourg ou la Suède.

Dans son rapport adressé au chef du gouvernement de Vichy, Pierre Laval, le vice-consul de France à Monte-Carlo, François Deleau, est stupéfait par le volume incroyable des transactions qu'il enregistre. Les opérations commerciales ainsi camouflées font de la principauté la nouvelle capitale mondiale du vin. Tous les circuits sont connus et maîtrisés par les professionnels français. L'Allemagne garantit et protège. Monte-Carlo encaisse et s'enrichit. Vichy est écarté et disqualifié. Quelques mois plus tard, le conseiller d'État monégasque et directeur des Services fiscaux, Henri Rafailhac, précise au ministre d'État de la principauté qu'on « se trouve là, comme dans d'autres domaines, en présence d'opérations "triangulaires" – France-Monaco-Exportation – qui du point de vue purement commercial ne se justifient pas et dont l'objet unique réside dans un "camouflage" de leurs bénéfices par des commerçants français peu scrupuleux. » Le ministre n'ignore rien de ce qui lui est rapporté. Il en est l'un des grands artisans. Confortablement installé dans ses bureaux de Monte-Carlo, il préside au grand détournement. La note pour le fisc français est si exorbitante qu'elle dépasse l'entendement [4]. L'Administration fiscale de Vichy l'estime à près d'un milliard de francs pour la seule campagne 1942-1943 [5]. Les intérêts en jeu sont tels que rien ne sera jamais engagé pour contrer cette grande saignée au profit du Reich.

LE « GRAND REICH » CORROMPU PAR LE VIN

La France : Capoue du IIIe Reich

En remportant une victoire facile contre la France, l'armée allemande accède sans effort aux délices d'un pays devenu la corne d'abondance du Reich. Jouir de ses productions, de sa gastronomie et de ses vins est un penchant qui contamine vite toute une armée peuplée de soldats marqués par des années de restrictions. Au sein de l'état-major, on s'inquiète pourtant vite d'un amollissement général observé et consenti. En s'abandonnant aux plaisirs de cette nouvelle Capoue que sont Paris et la France de l'Occupation, de nombreux officiers et soldats basculent dans une quête obsédante et infinie des petits et des grands bénéfices de la guerre. Ici, le vin figure en bonne place des motivations. Puisque les militaires allemands sont si friands de plaisirs, il est facile de les combler et de les gâter jusqu'à satiété.

De retour d'un nouveau voyage à Paris où il s'est rendu pour une visite de deux jours en octobre 1940, Goebbels raconte le grand péril que présente cette ville et la France en général. Il a vu sur place tant de tentations, tant de boutiques, de lieux de distraction et de plaisirs qui fascinent trop de soldats et les détournent de leur véritable mission. Dans la capitale, ils achètent de tout dans une débauche « répugnante », écrit-il [1]. Rejoint par Göring qui l'accompagne dans les rues de la capitale, il constate, sans étonnement, à quel niveau de corruption le Reischmarschall lui-même s'est hissé, contaminant à son tour par ses excès toute la Luftwaffe jusqu'à son sommet. Après la prodigieuse vague d'achats de l'été 1940, l'effet produit à la fin de l'automne par la ruée sur les cadeaux de Noël est immense. Les fêtes de la fin d'année offrent une nouvelle occasion pour les soldats de collecter et d'acheminer des vins d'excellence vers leurs familles. Ce sera le cas toutes les années suivantes, jusqu'à la défaite allemande. À Paris, dans les villes de province, au cœur des grands vignobles, les réseaux occultes de captation des vins s'étendent sans cesse afin de choyer ces messieurs et par là même de les compromettre en retour. Tout y passe. Des centaines de milliers de bouteilles de champagne, de vins et de spiritueux filent vers le Reich, alimentant sans limite une corruption endémique dans toute l'Allemagne.

Or, dès sa création, le système politique nazi est possédé par une mécanique clientéliste criminelle bâtie sur des gratifications réciproques en cascade, trafics d'influence, extorsions, pots-de-vin et détournements de fonds crapuleux. La complicité de clans portés par diverses personnalités a permis au parti de se renforcer continuellement en agrégeant autour de lui des personnalités en vue, puissants notables, capitaines d'industrie et aristocrates, tous très soucieux de leurs intérêts personnels. La victoire contre la France a subitement ouvert de nouvelles perspectives d'enrichissement pour chacun. Après avoir fonctionné en vase clos, puisant la richesse dans son propre peuple, le Reich nazi se tourne désormais vers la proie française qui lui est soumise. En dévorant les richesses de son ancien adversaire, le régime organise la captation des produits les plus en vue pour son élite, entretenant l'énorme réseau clientéliste qui le constitue[2].

Corrompue jusqu'au plus haut degré, la fine fleur du nazisme est obsédée par les produits français de luxe. Chaque dignitaire revendique d'ailleurs ses ambitions dans un style de vie fastueux où rien n'est trop beau, où rien n'est trop bon ni trop cher[3]. Pour ces seigneurs nazis, l'habitude est prise d'entretenir d'innombrables demeures, des pavillons de chasse, d'improbables propriétés et châteaux dotés d'une domesticité pléthorique, d'une table opulente et d'une cave des mieux pourvues. Les caves, les chais, les celliers qu'ils se font bâtir sont à l'image de leur soif infinie de richesses et de leur désir d'accumulation sans limite.

Premier du genre, l'ancien commissionnaire en champagne, Joachim von Ribbentrop. Le « nouveau Bismarck » ainsi qualifié par Hitler, entretient à grands frais, dans sa résidence d'été du château de Fuschl, près de Salzbourg, une gigantesque cave de prestige rassemblant plus de deux cent mille bouteilles des vins les plus rares pour ses invités de marque. Il faut dire que le vin demeure l'une de ses passions et il sait quelle incroyable hallucination les grands crus provoquent chez ceux qui font preuve d'ambition. Moqué par ses rivaux directs, en particulier par Joseph Goebbels,

« Herr Ribbensnob » reste d'abord un grand mondain. Sa soif d'ostentation est d'autant plus grande qu'elle figure parmi les instruments communs de l'accession au pouvoir dans le système nazi.

Ils sont d'ailleurs nombreux à proximité de son château, au cœur de l'Obersalzberg, aux portes de Berchtesgaden, haut lieu de villégiature des « dieux » nazis, à l'imiter et à étaler leur magnificence dans la pierre et dans le vin. Certains comme Hermann Göring, Joseph Goebbels, Heinrich Himmler ou Martin Bormann se sont également installés dans le massif, tout près du Berghof, le palais-forteresse-hôtel d'Adolf Hitler. Déclarée zone interdite, la région s'est transformée en un gigantesque complexe de villégiatures hôtelières doté d'installations militaires et d'hébergements de luxe couvrant des milliers de bunkers souterrains et autant de caves à vins percées dans la montagne. C'est ici qu'est située l'une des caves monumentales du Führer. Celle-ci rassemble à elle seule plus d'un demi-million de bouteilles, des meilleurs champagnes, bordeaux, bourgognes, cognacs ou portos. Hitler utilise son « Nid d'Aigle » pour recevoir et impressionner ses visiteurs avec un apparat à la hauteur. Personne ne doit repartir indifférent au lieu. C'est dans le grand salon panoramique de plus de trois mille mètres carrés, au décor très kitsch et au mobilier médiéval grandiose, avec ses tapisseries des Gobelins et ses tableaux de maîtres allemands, italiens et français, que Hitler reçoit ses hôtes autour de mets d'exception et d'alcools très précieux. On sert à sa table les vins les plus rares au centre d'un monde désormais cerné par la guerre.

Autour du Führer, qui en ce qui le concerne a renoncé à la consommation d'alcool, tous les dignitaires politiques et chefs de guerre sont convertis. Parmi les habitués, on retrouve des consommateurs assidus dont Wilhelm Frick, ministre de l'Intérieur, Bernhard Rust, ministre de la Science et de l'Éducation, Walter Darré, ministre de l'Alimentation et de l'Agriculture, le chef du service du Travail du Reich Konstantin Hierl, le grand amiral Erich Raeder, commandant en chef de la Kriegsmarine, le generalfeldmarshall Walter von Brauchitsch, le generalfeldmarschall Gerd von Rundstedt, Otto Dietrich le chef du service presse du Reich, Robert Ley, le « Führer » du Front allemand du travail, le SS-Obergruppenführer Werner Lorenz, le Gauleiter Ernst Wilhelm Bohle, chef de l'organisation étrangère du parti nazi, le SS-Obergruppenführer und General der Waffen-SS Wilhelm Bittrich, le SS-Gruppenführer Julius Schaub. Tous sont des consommateurs coutumiers de grands vins et de spiritueux de qualité venus de France. Dresser une liste exhaustive serait vain. Les vins et les alcools français arrosent largement tout le « Who's Who » du IIIe Reich.

Cédant à la tentation, le très scrupuleux Albert Speer lui-même, l'architecte mégalomaniaque du IIIe Reich, dessine et fait construire une cave gigantesque dans sa villa d'Alt Ranft au style monumental. C'est là qu'il entrepose les précieuses cargaisons de Château Lafite expédiées de Bordeaux par avion spécial afin d'entretenir les relations qui lui valent de s'élever au sommet du pouvoir nazi. Les bonnes grâces de Hitler ne suffisent pas. Il lui faut inviter ceux qui comptent parmi les proches du dictateur. Par au moins trois fois en 1941, il reçoit dans son immense propriété de l'Oderbruch

Joseph Goebbels, le ministre qui a l'oreille du Führer. C'est ici encore qu'il invite Göring pour un dîner étourdissant dont l'ogre nazi se souviendra longtemps. Car le ministre maréchal demeure bien le plus grand amateur de grands crus parmi les « rois » nazis. Lui qui dévalise fréquemment les caves des grands restaurants parisiens raffole des grands bordeaux. Il y a peu de choses dans le monde qui rendent Göring aussi heureux qu'une bouteille de Château Lafite, raconte Albert Speer.

Dans son gigantesque et délirant pavillon de chasse de Carinhall, l'ogre Göring se fait construire un dispositif de caveaux monumentaux dans un style gothique bien à lui, chargés d'abriter plus d'un demi-million de bouteilles au moins. Partout, Göring fait équiper ses innombrables propriétés d'imposantes caves à vins. Son pavillon de chasse à Rominten dispose d'un cellier de dimensions cyclopéennes de trois à quatre cent mille bouteilles. Le Reichsjägerhof en Prusse orientale, son chalet alpin de l'Obersalzberg, le château de Veldenstein et toutes ses maisons de chasse de Poméranie rivalisent par leurs souterrains, caveaux et chais exceptionnels. Chacun de ses déplacements à bord de l'un de ses extravagants trains spéciaux est l'occasion de trinquer à sa gloire personnelle et, à l'occasion, à celle du Reich. Équipés de wagons blindés aménagés dans un luxe tapageur, garnis d'un imposant mobilier baroque, de tableaux de maîtres, d'innombrables pièces d'orfèvrerie et de porcelaines associées à des trophées de chasse, les convois ferroviaires disposent d'un wagon dédié aux bains et à la toilette du ministre et sont tous dotés de bars et de salons de dégustation. Chaque convoi tracte plusieurs wagons-salons pour ses repas et un wagon-magasin est mobilisé pour accueillir une cave contenant une sélection de vins et de liqueurs nécessaires à l'entretien de la bonne humeur du chef. Rien de surprenant, comparé au yacht personnel du ventripotent ministre, le *Carin II*, lui-même équipé d'une cave à vins somptueuse entretenue par deux sommeliers personnels détachés par la Luftwaffe.

Accumuler avant la fin

Cet extraordinaire cortège de vanités individuelles qui se déploie à la tête du Reich contamine rapidement l'ensemble du parti, de l'État, et de la société nazie. La victoire contre la France étourdit la tête du Grand Reich qui s'enivre de plaisirs. Mais c'est bien par l'armée que tout a commencé. Rares sont les officiers, hommes de troupes, fonctionnaires, administrateurs, relais du pouvoir militaire, qui échappent à ce phénomène. Si rien ne va plus depuis longtemps, c'est que cette armée allemande au service du pouvoir nazi est très récente, hétérogène, disparate et, surtout, totalement épuisée à partir de l'hiver 1940-1941.

Reconstruite en moins de dix ans, à partir d'unités hétéroclites hâtivement rassemblées, la Wehrmacht juxtapose dès son origine des corps militaires très distincts animés par une vive concurrence entre officiers généraux. La situation n'est pas meilleure au sein de la Kriegsmarine, minée par l'individualisme constant de ses chefs, alors que la Luftwaffe est vite gagnée par la cupidité de son dirigeant.

À cela s'ajoute la concurrence très vive jouée par les unités militaires de la SS et des grands corps politiques du parti. Chaque chef jalouse les autres et privilégie ses prérogatives et ses avantages exclusifs au détriment des intérêts du Reich. Le pouvoir militaire est en somme un effrayant enchevêtrement de concurrences qui prolonge les satrapies rivales animant le parti, elles-mêmes constamment plongées dans une atmosphère d'intrigues et de complots. Tous semblent dépenser l'essentiel de leurs forces dans une guerre permanente entre ministères. C'est une vraie boîte à scorpions au sommet de l'État. Si l'étonnante victoire contre la France a pu dissimuler un temps les faiblesses criantes de cet agrégat politico-militaire que forment l'armée allemande et ses annexes issues du parti, le cours de la guerre rappelle à tous la réalité et conduit son extension à toute la société allemande.

Dans son journal, Goebbels s'alarme régulièrement de l'attitude de toute une partie de la bourgeoisie allemande qui, alors que le Reich lance sa spectaculaire offensive à l'Est en juin 1941, « le plus grand déploiement de troupes dans l'histoire du monde », vit dans une indifférence coupable, profitant de ses biens et du niveau de vie que lui assurent pourtant les conquêtes nazies : « Ils ferment leurs logements et partent pour les villes thermales d'été. Là-bas ils font autant de stocks que possible. » Il n'est plus acceptable selon lui qu'une partie de la population vive mieux encore qu'en temps de paix alors que des sacrifices inouïs sont consentis au même moment en Russie. Et pour autant, il demeure convaincu qu'il faut s'efforcer « de maintenir le peuple dans la bonne humeur dans les domaines qui ont une importance secondaire, car la bonne humeur est véritablement décisive pour la guerre[4] ».

L'enlisement du conflit à l'Est face aux Soviétiques et les premières défaites sèment le doute sur l'issue de la guerre. Stoppée au bout de la ligne de tramway de Moscou en décembre 1941, à 40 kilomètres de la capitale soviétique, l'armée allemande n'est en réalité plus que l'ombre d'elle-même. Le système logistique est en train de s'effondrer. Les divisions d'infanterie allemandes accablées ont déjà parcouru huit cents kilomètres à pied. Les canons de soixante-seize millimètres sont tractés par des chevaux. Le mythe d'une armée fière, disciplinée et moderne s'effondre. Sur le front, l'armée allemande est déjà brisée, sans espoir de l'emporter. Le 2 janvier 1942, après la contre-offensive soviétique, Hitler confie au Generaloberst Alfred Jodl, commandant suprême des forces armées allemandes : « Nous avons probablement perdu la guerre. » Au fil du conflit, alors que la victoire s'éloigne, chacun est progressivement conquis par l'obsession de l'accumulation à bon compte, à coups de virées d'achats sous l'emprise d'une corruption active généralisée. Dans le Reich, les rapports de la police politique s'accumulent pour faire état de l'essor incroyable des trafics alimentant un marché noir très contagieux. Gorgée de hausses de salaires artificielles, la population dispose de liquidités colossales pour environ cinq milliards de reichsmarks. C'est cet argent qui s'infiltre dans tous les domaines de la vie économique, créant une gigantesque économie parallèle, déstabilisant et fracturant la société allemande.

Goebbels rapporte que le Führer lui-même rend responsable l'administration militaire des pays occupés.

Il s'y est développé selon lui un parasitisme que l'on ne peut plus extirper. Son attention se porte surtout sur la conduite des responsables de l'armée allemande à Paris. La plupart d'entre eux « se sont accoutumés à la mentalité française ». Le Führer critique alors « vertement ces bandes de sybarites, notamment celle de Paris ». Pire encore, la corruption qui se déchaîne à tous les étages inverse les rapports de force, faisant du vaincu le corrupteur et, finalement, le véritable détenteur du pouvoir. Goebbels écrit : « Nous sommes loin d'avoir fait comprendre aux territoires occupés que nous étions les vainqueurs et qu'ils étaient les vaincus. Parfois, on aurait presque l'impression que c'est l'inverse[5]. »

Extension du domaine occulte

Pour faire bonne mesure, le Reich impose au printemps 1943 des accords aboutissant à l'interdiction pure et simple des bureaux d'achats allemands et à la prohibition du marché noir dans les territoires occupés. C'est une gageure. Il est d'ailleurs bien tard pour endiguer les conséquences évidentes du pillage massif de l'Europe. En France, les accords passés entre le secrétaire d'État à la Production industrielle, Jean Bichelonne, et le chef de la section économique des services de l'administration militaire allemande, Elmar Michel, sont purement formels. À peine signé, le texte n'est plus qu'un vulgaire chiffon de papier compte tenu de la voracité croissante du Reich et de ses représentants. De nombreux bureaux développent toutes leurs activités en les étendant largement à des opérations criminelles. Mais tous poursuivent des opérations commerciales d'envergure, notamment sous l'impulsion du « Plan de quatre ans » lancé par Hermann Göring pour répondre aux besoins devenus colossaux du Reich. L'augmentation drastique des contingents n'a plus aucune utilité puisque les acheteurs obtiennent peu sur les marchés officiels. C'est donc toujours en puisant dans les circuits clandestins que l'Allemagne se ravitaille, à condition d'y mettre le prix. Or, seuls les bureaux d'achats avisés, animés par leurs bandes de trafiquants, sont rompus à cette tâche.

Aucun envoi de vin venu de France n'échappe à cette logique. Les offres sont toutes clandestines et les commandes camouflées. Des convois entiers sont quotidiennement transférés à l'aide d'employés corrompus, d'intermédiaires véreux, autant de relations très recherchées pour conclure des affaires fructueuses. En France, chaque kommandantur, chaque siège d'administration, chaque garnison allemande devient une zone de trafics intenses. Le vin est souvent au cœur des échanges. Un vaste réseau de contrebande couvre rapidement tout le territoire conquis pour faire entrer clandestinement dans le Reich nazi des quantités phénoménales de vins et d'alcools français cédées aux mess des officiers ou revendues à prix d'or à des civils en dégageant au passage des profits considérables qui corrompent à leur tour une cascade d'intermédiaires.

Chargée de maintenir l'ordre dans les rangs allemands et d'organiser une surveillance active, la Gestapo n'échappe pas à cette évolution, bien au contraire. À Bordeaux, le chef du KDS, le Kommando des Sicherheitspolizei und des SD, chargé par Himmler d'instaurer la chasse aux ennemis politiques du Reich, le capitaine Herbert Hagen utilise ses propres services de répression pour localiser, capter et extraire tous les vins les plus remarquables destinés à ses supérieurs et à son étonnant réseau de relations personnelles. Si la ville revêt une importance stratégique de premier ordre par son ouverture océanique et la présence d'une puissante base de sous-marins, le chef nazi ne conçoit pas son rôle au cœur des grands vignobles d'Aquitaine sans en tirer un certain bénéfice direct, indépendamment de la mission qui lui est confiée. Ce proche d'Adolf Eichmann est un nazi très dévoué, d'une quarantaine d'années, un charmeur au visage blafard traversé par deux minces yeux clairs. Francophone et francophile, jouisseur et amateur de jolies femmes, il se fait vite connaître par son train de vie somptueux et sa soif illimitée de soirées, dîners et cocktails. Ancien journaliste mondain à Hambourg, le personnage sait vivre. Il le montre dès les premiers jours de son arrivée dans la capitale du Bordelais, en août 1940, en s'installant provisoirement avec une escorte de SS et deux secrétaires particulières à bord du *Baudouinville*, le yacht du roi des Belges Léopold II réquisitionné pour des raisons de sécurité. Par la suite, son installation avenue du Maréchal-Pétain au Bouscat lui permet de diriger plus directement la bonne marche de ses affaires.

À Dijon, la Gestapo tisse sa toile d'araignée sur toute la Côte des vins, jusqu'en zone Sud où interviennent des agents infiltrés et des collaborateurs français très zélés. Au 9 bis de la rue du Docteur-Chaussier, le capitaine Gustav Meier est un chef tout-puissant. Préoccupé par sa fonction, l'officier d'une quarantaine d'années, de taille moyenne, tout en rondeurs, blond, joufflu, visage bouffi, est surtout obsédé par ses intérêts. S'il ne connaît rien aux vins, il comprend vite quel profit il peut en tirer. Meier se fait livrer tout ce qui compte dans les vignobles de Nuits et de Beaune, des chambertin, musigny, beaune et surtout des vins de la Romanée-Conti, son péché mignon. Pour cela, il utilise son homme de main, le chef de la Gestapo française locale, un collaborateur consciencieux, Louis Krämer. Un mètre soixante-dix, tête de gangster, cheveux ras, yeux gris acier, sourcils tortueux, moustache étroitement taillée sous un nez tordu de boxeur, oreilles décollées rehaussant un visage cabossé, ce dernier alimente le chef nazi et fournit au passage l'administration locale des cantines SS, toutes devenues des nids à corruption sans équivalent. Sur place, on y détourne toutes sortes de denrées, et les vins aux noms les plus connus se retrouvent aussitôt revendus à des trafiquants sur le marché noir. À la longue, le capitaine Meier se fait peut-être un peu trop remarquer par des affaires trop lucratives qui finissent par porter préjudice à son efficacité. Il est expédié sur le front de l'Est et remplacé par le commandant Wilhelm Hulf, un pur produit de la SS, un nazi « canal historique », un combattant politique allergique à la corruption. Ce géant d'un mètre quatre-vingt-dix, costume sanglé, visage long et lunettes rondes cerclées de métal, facilite le travail des officines de la SS, profitant en haut lieu à leur chef suprême, Himmler. Faute de détourner des vins à des fins personnelles, il alimente sur ordre les circuits d'approvisionnement en grands crus locaux. En s'installant au n° 13 de la rue de

Montmartre, Hulf laisse libre cours aux officiers et aux agents affiliés de la SS locale pour prospecter et détourner les produits du vignoble et des grands liquoristes de Dijon[6].

Autour de lui gravite tout un monde de petites frappes et de grands truands locaux associés à la brute Krämer. Venus de toute la Bourgogne, du Doubs et du Jura, ils passent au crible tous les domaines viticoles susceptibles de fournir des vins, des liqueurs, des eaux-de-vie ou des absinthes. Cette « participation indigène » conjugue toujours son action politique à des activités lucratives, et vice versa, pour son bénéfice, celui de ses membres et des circuits de captation nazie. En retour, ces hommes de main, en première ligne dans les vignobles, mènent grand train et vivent parfois dans l'opulence de petits paradis locaux. À Dijon et à Besançon, comme partout ailleurs dans les grandes villes de province, ils portent des noms sonores qui rappellent ceux des faubourgs parisiens ou des quais de Marseille. « Charly la Mitraillette », le « Grand René » ou « Toutoune » sont des sobriquets qui inspirent la crainte lorsqu'on parle affaires dans les vignobles de Bourgogne. Tous agents appointés par la Gestapo, détenteurs du fameux « carton », la carte de la Gestapo, dotés de Tractions Citroën, de permis de circuler, de bons d'essence et d'armes automatiques, ils œuvrent activement pour le gigantesque appareil de corruption qui a pris possession de la guerre. Un seul objectif demeure : plaire à l'occupant pour l'enrichir et pour s'enrichir ; le contenter en l'inondant de plaisirs et de vins, partout, et en premier lieu, dans la capitale.

« *Paris bei Nacht* »

Pour les occupants allemands et les privilégiés de la collaboration, les nuits parisiennes sous l'occupation allemande sont régulièrement peuplées de dîners, de spectacles et de furieuses consommations de vins et d'alcools. Dans les hauts lieux de la collaboration mondaine, la tradition française des bons vins est scrupuleusement respectée pour tous les hôtes ceinturés et bottés. Chaque soirée s'arrose des meilleurs crus, sans oublier le traditionnel champagne qui coule partout à flots. Pour les nazis, le choix du lieu est toujours ardu. Difficile de trancher si l'on se réfère aux centaines de palaces, restaurants et cantines de choix qui sont ouverts en journée et jusqu'à tôt le matin. Les boîtes de nuit tiennent la vedette. On en compte plus de deux cents à Paris, et il faudrait encore ajouter les innombrables cabarets dont on retrouve une liste abrégée dans le *Der Deutsche Wegleiter für Paris*, le guide des soldats et visiteurs allemands à Paris. Partout, on boit du bon et jusqu'à plus soif. C'est le cas au Moulin-Rouge, place Blanche, au Badinage, rue Balzac, au Florence, rue Blanche, au Bal-Tabarin, rue Victor-Massé, à L'Étincelle, rue Mansart, à L'Écrin, rue Joubert, à La Boîte à Cocktails, rue du Commandant-Rivière, où l'on sert la gamme complète des apéritifs et des cocktails. On y trouve de la bonne chère, et de la jolie chair[7].

L'un des lieux parmi les mieux approvisionnés, en dehors des grands palaces, est une cantine de luxe bien connue du Tout-Paris. Au cœur de Montmartre, dans le quartier le plus en vue pour les fêtes et pour le bon plaisir de l'occupant, Chez Alexis, rue Notre-Dame-de-Lorette, figure comme une référence incontournable. Devant sa petite façade qui ne manque pas de cachet s'étire tout au long de la journée et de la nuit une longue file de berlines aux plaques militaires allemandes. D'autres, stationnées aux alentours, par demi-douzaines, plus sombres, pare-chocs et parties nickelées repeintes en bleu, ont leurs pare-brise ornés d'ausweis bardés de bandeaux rouges ou jaunes. Au temps où de plus en plus d'officiers allemands, d'agents ou d'auxiliaires de la Gestapo, comprennent que la cause nazie s'annonce perdue, les penchants sont plus prononcés pour les divertissements et pour l'alcool. Ceux-là se rendent souvent à Montmartre. Le quartier est transformé la nuit en une immense cave à plaisirs concentrant d'innombrables établissements aux réputations les plus folles.

Chaque semaine ou presque depuis sa reparution, en février 1941, l'hebdomadaire collaborationniste *Je suis partout* dénonce la « capitale alpestre de la ribouldingue ». Un lecteur du périodique *Révolution nationale* rapporte quant à lui les ressentiments des « vrais Français » face aux « exhibitions à peine cachées, tournant à l'orgie crapuleuse sur le coup de trois heures du matin », arrosées des plus grands vins, de Chez Alexis, et d'ailleurs [8]. Les tenants de la collaboration basculent alors dans une véritable schizophrénie chronique, dénonçant chaque jour auprès du plus grand nombre les nuits de dépravation qui gangrènent un Paris nocturne noyé dans une débauche pourtant entretenue par leurs plus éminents représentants. À partir de 1943, l'organisation paramilitaire fasciste de la Milice française dirigée par Joseph Darnand, sous la haute autorité du ministre Pierre Laval, prend elle-même en charge des distributions quotidiennes de « vivres prises aux trafiquants », dans les rues de Paris et à l'attention des plus misérables, dont des stocks considérables de vin rouge ordinaire, tous livrés en bouteilles. Mais cette démonstration affichée à l'attention de ceux qui souffrent des pénuries contraste terriblement avec l'incroyable corruption des chefs de la Milice et des collaborateurs qui se vautrent chaque soir aux côtés de l'occupant allemand dans les établissements du « Paris bei Nacht ».

Devant la porte d'entrée de Chez Alexis, ornée d'une lanterne rouge sous une enseigne bleutée, des rideaux opaques, comme dans les petits bistros de quartier, masquent la lumière, les tintements de verres et les chants, venus de l'intérieur. On dirait une modeste guinguette. Mais, rapporté par des témoins, le spectacle à l'intérieur y est unique. Il surpasse celui d'autres lieux à la mode mélangeant une faune insolite faite d'officiers SS, de collaborationnistes connus, de crapules et d'affairistes en tout genre. Ici, les témoins décrivent, sous une lumière tamisée, des groupes de soldats en uniformes noirs et feldgrau, des civils aux airs inquiétants, fagotés dans des vestes de laine ou de cuir, des messieurs bien arrangés, complets croisés, veston-gilet-cravate, rasés, peignés, gominés, lissés, sont attroupés au « zinc », entourés de filles délurées et très court vêtues. Les tables, chaises, fauteuils et banquettes grenat, installés dans des salons couvrant à peine plus de deux cents mètres carrés ensemble, piliers et charpentes de bois verni, tomettes pourpres et briques dorées, murs jaunes, orange, acides, accueillent un grouillement d'individus mêlés, au milieu d'une épaisse fumée, d'une odeur de tabac, de parfums exaltés et d'effluves de vin. Des éclats de rires et des braillements, des voix en français et en allemand surtout, des chants et de la musique. Ce sont des uniformes, verts, bleus, noirs à col argentés, des cravates, un flot de casquettes, insignes de la Wehrmacht et de la Luftwaffe, têtes de mort de la SS, et des chapeaux de feutre, nichés à la loge. Des filles, décolletées, parfumées et fardées, toutes pas farouches, de la petite poule locale jusqu'à l'aventurière cosmopolite. Tout ce qui retient et anime cette petite sociabilité au cœur du pouvoir nazi à Paris est là. Ce sont les petits plats et les grands vins, les jeunes femmes et les vieilles liqueurs. Sur la carte, des mets à la truffe noire, des filets de bœuf ou de turbot à la crème, de la lotte, du crabe royal à la mayonnaise, des cuisseaux de veau et du gibier, du chocolat, du flan au caramel, tout cela au temps des restrictions, du chômage, de la faim et des peines pour tout le reste de la population.

On fait sauter les bouchons, on trinque, on sabre et on sable gaiement le champagne, on savoure les meilleurs bordeaux, bourgognes, liqueurs, et la spécialité des lieux : le cocktail gin et pamplemousse. Alexis Pierlovisi, le propriétaire, fait des apparitions, chemise ouverte et pieds nus, trinque avec les habitués et, après deux ou trois rasades, passe, comme à son habitude, du verre à la bouteille, de la bouteille à la bouche. On s'enivre vite et on se libère pour d'autres plaisirs, aux étages et dans les salons privés. Il n'est pas rare de croiser dans ce lieu insolite, au milieu d'officiers nazis toujours plus nombreux, ceux qui cèdent couramment aux charmes de la capitale et à ses vins. Le général SS Max Thomas est de ceux-là jusqu'à son départ pour le front de l'Est. Helmut Knochen est un fidèle. Plusieurs agents du SD peuplent également les lieux chaque soir, dont le très parisien capitaine SS Roland Nosek[9]. Des collaborateurs notoires font de fréquentes visites, Jacques Doriot, Joseph Darnand, comme des canailles du Milieu, Paul Carbone dit « Venture » et François Spirito, ou des artistes et des vedettes du spectacle, Maurice Chevalier, Tino Rossi, Mireille Balin, Danielle Darrieux ou Yvette Lebon.

Alexis n'est pas un aubergiste. Il n'est pas un tenancier, ni un noceur non plus. C'est un brasseur d'affaires. Proche d'Étienne Léandri, affilié à Pierre Loutrel dit « Pierrot le fou » et à la bande des Corses, il fricote avec le milieu parisien des collaborateurs. Toute cette petite bande a développé en parallèle de son activité criminelle un réseau d'approvisionnement en vins et en alcools, notamment à partir des entrepôts de Bercy, aux portes de Paris. Sur place, les gigantesques halles illustrent le déluge des livraisons en grande partie prises en charge par le Reich, et d'autres à destination de Paris sous couvert du Ravitaillement général. Mais c'est ici aussi qu'ils font leurs petites affaires et détournent sous de fausses identités des cargaisons de vins de choix et de spiritueux qui viennent approvisionner les bonnes adresses de la capitale. Sur plus de cent quarante mille mètres carrés et dans ses dizaines de halles et celliers d'une contenance colossale, la « ville aux vins » permet de mettre à l'abri, d'assembler et de couper une production qui ne manque pas d'attirer toutes les convoitises.

En marge des nuits parisiennes, les maisons closes, bordels et maisons d'abattage parisiennes prises en charge par les groupuscules de la Gestapo française, vivent aussi largement sous l'emprise de la consommation de vins et d'alcools. Au premier rang de ces établissements innombrables et très fréquentés, le Panier Fleuri, Le Sphinx, le Fourcy et, surtout, le One-Two-Two, maison fourmillante dirigée par Jamet, un criminel à l'allure mondaine. Sur place, trône une vieille dame au faux accent allemand, monocle postiche et fume-cigarettes en ivoire. C'est la boîte de nuit préférée de « Monsieur Henri » et d'une foule de nazis ; celle qui fait tomber toutes les barrières. Franchir le seuil de la porte, c'est basculer dans un univers d'où l'on ne revient jamais, dit-on. Après une première traversée dans ce temple délirant de la débauche, où s'exposent tous les fantasmes et toutes les lubricités, derrière les faux miroirs et les jeux de glaces, perdus dans les compartiments-salons à thèmes restituant, ici la hutte d'hommes préhistoriques, là l'igloo d'Esquimaux, là encore une chambre chinoise ou grecque, ailleurs l'exotisme de l'Afrique ou la cabine d'un avion, les officiers allemands se livrent sans retenue, dans un déluge de consommation alcoolique, jusqu'aux baignades et ablutions de champagne dans des thermes romains. Plus qu'on ne l'imagine ailleurs, Paris est bien une fête pour l'occupant allemand, au moment où, pourtant, rien ne va plus pour le IIIe Reich.

LE GRAND TOURNANT

Crépuscule

Dans la nuit du 7 au 8 novembre 1942, les troupes anglo-américaines débarquent sur les côtes du Maroc et de l'Algérie. À Berlin, comme à Vichy, c'est la panique. Goebbels presse les Français de déclarer la guerre aux Américains. Pétain tergiverse. Finalement, comme à son habitude, il décide de ne rien décider. On ne bouge pas. Mais dans cette guerre mondiale la France ne doit pas devenir un eldorado pour planqués. Attendons, donc. Laissons faire. D'autant que le jour même Ribbentrop transmet à Pierre Laval une offre d'alliance de Hitler, « pour le meilleur et pour le pire », « durch dick und dünn ». Pour l'heure, la proposition reste lettre morte. Quoi qu'il en soit, l'événement n'est pas de bon augure pour la suite du conflit qui prend une dimension des plus tragiques pour Berlin. Incapable de l'emporter sur mer, le Reich a perdu la maîtrise de l'espace aérien continental. Ses troupes envoyées en masse à l'Est ont perdu l'avantage face à l'Armée rouge. Chaque nouvel hiver qui s'annonce est un drame de plus pour l'élite de l'armée nazie. L'Afrique, on y pensait peu, mais c'est bien là que se joue maintenant en partie la guerre.

Pour sécuriser son flanc méridional, Hitler ordonne l'invasion de la zone Sud de la France. Le 11 novembre 1942, les troupes allemandes franchissent en masse la ligne de démarcation ; direction la Méditerranée. En quelques jours, ce qui restait d'une France dite « libre » est submergé. On pensait que le pays ne supporterait pas une invasion totale. Ce serait l'effondrement ultime, le basculement dans les ténèbres, après la saignée à blanc. Et pourtant, malgré toutes les épreuves, la France ne semble pas vouloir mourir. Le 27, l'armée d'armistice est dissoute. Le même jour, la flotte française attaquée par les troupes allemandes se saborde à Toulon. Au centre de tant de désolation, Vichy maintient la fiction de sa neutralité. La situation est inédite. Un État neutre dans un territoire asservi et occupé. La perte de son empire colonial lui enlève même au passage toute envergure internationale.

La fin de l'empire colonial de Vichy représente pourtant d'abord un mauvais coup porté aux intérêts du Reich. L'Afrique française demeurait jusqu'alors un espace stratégique en réserve, un monde à fort potentiel économique, à exploiter dans le futur. Au moment où l'Allemagne est à bout de souffle, c'est un signe inquiétant ; un de plus. Les troupes allemandes qui prennent possession de la zone Sud en novembre 1942 n'ont d'ailleurs plus rien à voir avec celles, fières, brillantes et lustrées, entrant dans le pays au printemps 1940. Ce sont des unités éparpillées, formées de véhicules usés, de matériels roulants bringuebalants, conduits par des soldats épuisés. Les témoins rapportent l'incroyable défilé des centaines de camions et de blindés légers fonctionnant à peine, tombant en panne, certains abandonnés sur le bord de la route, d'autres remorqués par manque de carburant. Ce sont des files de tanks usés, fatigués, un engin tirant l'autre avec un câble, certains sans tourelle, les tôles cabossées, des camions et des cars de tourisme bondés de silhouettes vert-de-gris, misérables vestiges de divisions à bout de souffle. Sur le visage de ces hommes fraîchement ramenés du front, des sourires fatigués, les traits tirés et les regards absents, on distingue la violence et la douleur des combats qui se jouent plus à l'est. La guerre leur est passée dessus. C'est une armée d'envahisseurs en pleine déroute.

L'enlisement prolongé du conflit et les premières défaites des forces de l'Axe ont été un coup de semonce pour Hitler. Avec la déclaration de guerre contre les États-Unis, un an plus tôt et six mois après le lancement de l'attaque sur l'URSS, le Führer s'est résigné à déclarer la « guerre totale ». La traduction immédiate de cet engagement a été une mobilisation complète de la société allemande, de son économie et de sa population. Depuis, on ne tente même plus d'épargner les civils. L'orientation décisive, poussée depuis des mois par Goebbels, est enfin approuvée. Dans le Reich, les boutiques et les grands magasins sont fermés, de même que les restaurants, les commerces de luxe et tous les lieux de plaisirs. Une telle décision favorise aussitôt le basculement de pans entiers du commerce qui ne l'étaient pas encore dans la clandestinité complète. Elle renforce inexorablement l'économie souterraine et le marché noir qui gangrènent maintenant toute l'Europe allemande.

Pour alimenter cette mécanique prédatrice devenue incontrôlable, la pression de Berlin sur ses conquêtes devient plus impitoyable encore. L'idée que la guerre devait rapporter est alors largement relayée par Goebbels qui déclare : « Nous en avons assez de nous battre pour des idéaux… On veut maintenant enfin passer à la caisse [1] ! » Puisqu'il apparaît maintenant impossible d'épargner les civils allemands restés jusqu'alors à l'écart du conflit, la priorité est donnée au renforcement du pillage tous azimuts. Le 15 décembre 1942, Berlin exige que les versements d'acomptes journaliers versés par la France pour les frais d'occupation soient augmentés de dix millions de reichsmarks, soit deux cents millions de francs, ce qui porte les versements directs à cinq cents millions de francs par jour. Une telle somme dépasse et de loin les capacités de paiement du pays vaincu et conduit directement Vichy à devoir augmenter les avances faites par la Banque de France. En janvier 1943, Pierre Laval accepte cet effort inouï, considérant qu'il s'agit là d'une juste contribution financière de la France en faveur d'une défense commune de l'Europe contre le bolchevisme. Désormais, il n'est plus question de faux-semblants. Toutes les clauses les plus iniques de la convention d'armistice et des premiers règlements décidés à Wiesbaden tombent. L'« esprit de la collaboration », tant vanté par la propagande officielle, livre son vrai visage.

Le coup de colère de Göring et l'affolement du marché des vins

Quelques mois plus tôt, le ministre et maréchal du Reich Hermann Göring avait anticipé l'appel. Dénonçant la mollesse avec laquelle la France avait été jusqu'alors, selon lui, exploitée, il appelle à en arracher tout ce qui est possible. Puisque « la population française s'empiffre de nourriture et que c'en est une honte », il va falloir lui faire passer le goût de la bonne nourriture et des bons vins. Bien sûr, il n'oublie pas ses très fréquentes visites à Paris. S'il reste bien à Paris au moins un restaurant de luxe extraordinaire où l'on peut déguster ce qu'il y a de meilleur, il n'est pas question que les Français puissent y mettre les pieds. « C'est pour les Allemands que Maxim's doit faire sa meilleure cuisine. Il doit y avoir trois ou quatre restaurants de toute première classe pour les officiers et les soldats allemands, mais rien pour les Français. » Göring ajoute sur le même ton qu'autrefois, « la chose était plus simple. (...) on pillait. Celui qui avait conquis le pays prenait les richesses de ce pays ». Aujourd'hui, regrette-t-il, les choses se font « plus humainement » (*sic*). Mais lui, il songe tout de même à piller, « et rondement ». En envoyant une multitude d'acheteurs pourvus de pouvoirs exceptionnels, l'Allemagne achètera bientôt toute la France. C'est cela, sauvegarder les intérêts du Reich. Achevant ses propos, Göring explique que les soldats allemands doivent désormais « se transformer en chiens de chasse, être à l'affût de tout ce qui peut être utile au peuple allemand. Il faut alors le sortir en vitesse des dépôts et que cela ne fasse qu'un saut jusqu'ici ». Les soldats allemands doivent pouvoir acheter tout ce qu'ils veulent, tant qu'ils en veulent, autant qu'ils peuvent en traîner. S'il doit y avoir en retour une inflation en France, ce sera un bienfait. Alors, seulement, la France sera frappée comme il le faut. Avec mépris, il rejette la prétendue collaboration. « C'est Abetz qui en fait, pas moi ! », car « la collaboration de messieurs les Français, je la vois seulement de la façon suivante : qu'ils livrent tout ce qu'ils peuvent jusqu'à ce qu'ils n'en puissent plus ; s'ils le font volontairement je dirai que je collabore, s'ils bouffent tout eux-mêmes, alors ils ne collaborent pas. Il faut que les Français s'en rendent compte[2]. »

Dans le domaine du vin, Göring annonce le doublement des prélèvements à destination du Reich, puis son triplement. Dans ces conditions, il n'est même plus question de s'interroger sur les contingents arrêtés lors des négociations franco-allemandes de Wiesbaden. Le ministre-maréchal veut siphonner les vignobles français au moment où le pays vient de perdre l'Algérie, son grand réservoir à vin, celui qui alimentait tous les vignobles en bons produits de secours. Les quais et les chais géants de Sète qui accueillaient encore quelques semaines plus tôt les immenses tankers et cargos pinardiers venus sous escorte d'Alger et d'Oran sont maintenant désertés. Or, les récoltes annuelles sont devenues bien médiocres, tombant à moins de trente-cinq millions d'hectolitres, soit entre la moitié et le tiers seulement de celles enregistrées avant-guerre. Avec la chute vertigineuse des stocks de vin, il faut apprendre à gérer une pénurie sans précédent. D'ailleurs, partout, les professionnels engagent des dissimulations massives de leurs réserves afin d'éviter les réquisitions croissantes opérées par le ministère français du Ravitaillement.

Pour tenter de contenir la poursuite de l'envolée des prix sur les rares vins de luxe supposés être encore disponibles, les autorités françaises réagissent en publiant tardivement, en juin 1943, un recueil législatif qui fixe les « prix-limite » de près d'un millier de crus renommés en France. On retrouve dans ce document les plus grands bordeaux, avec les sauternes, les médocs et quelques graves, de Saint-Émilion et de Pomerol. Dans la hiérarchie, le Médoc, le Libournais, les Graves, les premières côtes de Bordeaux, le Sauternais, les Loupiac et Sainte-Croix-du-Mont occupent une place incomparable. Le Château d'Yquem à Sauternes est coté à cent trente mille francs le tonneau bordelais de neuf cents litres. Les trois crus médocains, Lafite, Latour et Margaux, et les crus assimilés, Haut-Brion en Graves rouges et Mouton-Rothschild second cru classé, et deux crus de Saint-Émilion, Ausone et Cheval-Blanc, atteignent cent mille francs. Dix crus classés de Sauternes s'en approchent et un cru de Graves, la Mission Haut-Brion, est à quatre-vingt-dix mille francs le tonneau. Les meilleurs vins bordelais côtoient les plus illustres bourgognes. La Romanée-Conti atteint trente-deux mille cinq cents francs la pièce bourguignonne de deux cent vingt-huit litres, soit cent vingt-huit mille deux cent quatre-vingt-dix francs le tonneau bordelais. Au sommet encore, les Chambertin, Clos-de-Bèze et Musigny sont à quatre-vingt-dix-huit mille six cent quatre-vingt-cinq francs, les Clos-de-Vougeot et

Corton sont à quarante-trois mille francs. Le Montrachet est à un peu plus de cent dix mille francs la pièce.

Quoi qu'il en soit, ces prix arbitrairement fixés sont vite dépassés par ceux pratiqués sur le marché noir par l'occupant lui-même. La ponction allemande désorganise alors les filières professionnelles locales qui tentent, une à une, de se rassembler au sein de comités interprofessionnels. C'est le cas notamment dans le Bordelais et en Bourgogne, sur le modèle de la Champagne et de Cognac. Maintenues sous pression, les autorités nazies doivent trouver du vin, coûte que coûte. Bömers pousse alors Descas à répondre aux sollicitations pressantes auprès de ses confrères du Midi. En quelques jours, le Français mobilise Dressayre à Trèbes, Marty à Perpignan, Pétrier à Béziers, Hugues à Hyères, Teissier à Nîmes, Pams à Perpignan et Dubonnet à Sète. Pour la fabrication de vins vinés, ce sera Leroy à Meursault aux côtés du Bureau national des cognacs. Henri Leroy, un collaborateur fiable, efficace et fidèle, qui adhère sans équivoque à l'ordre nouveau. Il comprend les enjeux, l'intérêt pour le Reich, pour la France et pour lui-même. Les livraisons de vins courants destinés à l'intendance militaire seront assurées par la maison Les Fils de Louis Huc à Béziers. Les vins fins destinés aux mess de l'armée allemande sont livrés par Jean Roux à Santenay, Patriarche à Beaune, Faiveley, Chauvenet et Dufouleur à Nuits-Saint-Georges, Les Grands Chais de Dijon et le Syndicat de Bordeaux. D'autres s'engouffrent dans des marchés plus ciblés. Ils répondent régulièrement aux offres des bureaux d'achats et des officines militaires. Ce sont les maisons Verchère & Granier à Sainte-Cécile-les-Vignes, Villome à

Bercy, la Comico à Béziers, Marius Clerget à Pommard, Dulong à Floirac, le Comptoir des Grands Vins Régionaux à Paris, Roussel à Bordeaux, la Société française des Vins et Alcools à Paris, et le négociant Émile Laplanche, un incontournable dans la capitale, avec son protecteur et partenaire Arnaud Bichon.

Deux collaborateurs très en vue

Émile Laplanche dit « L'Émile » pour les proches, ou « Monsieur Émile » pour tous les autres, soixante ans, un mètre soixante-dix, un jeune vieux, mince et élancé, yeux brillants dans une figure étroite, chevelure noire et lustrée, est un agent de commerce toujours enjôleur qui aime mener grand train et séduire les femmes. Avec sa silhouette longiligne enserrée dans un costume trois pièces de fine étoffe beige à carreaux, ce dandy toujours coiffé d'un feutre brun, petite moustache hitlérienne et inimitable sourire crispé, fume-cigarette à la bouche, joue de ses innombrables chantages et nombreuses duperies, maniant avec adresse menaces et bobards douteux. Le vin, c'est son métier, ou plutôt son gagne-pain depuis qu'il est enfant. Il a suivi le destin de son père propriétaire d'un petit négoce près de Beaune. Installé dans un appartement cossu du 188 bis, boulevard Pereire à Paris, il exploite une belle boutique de vins de choix, boulevard Pershing, dénommée « Le Tastevin ». C'est de là qu'il a adhéré au Comité France-Allemagne intégrant du même coup les cercles de la mondanité parisienne qui, à coups de déjeuners chics et pétillants, n'ont eu de cesse de trinquer à l'amitié des deux peuples, pour la paix en Europe et dans le monde.

Avec la défaite de la France, ses affaires prennent une belle tournure. Profitant de ses liens établis avant-guerre avec le conseiller et diplomate Otto Abetz, il devient un fidèle appointé de la Wehrmacht, accrédité par l'Intendance allemande, la puissante Weinlager, pour tous les achats de vins et de spiritueux. La pénurie qui frappe le pays lui donne subitement une envergure commerciale inespérée. Lui sait trouver du vin pour ceux qui paient. Recevant des quantités colossales captées par ses innombrables indics et rabatteurs issus de toute la France, il les fait assembler, couper et mélanger dans ses caves et entrepôts de Bercy. De là, les vins les plus ordinaires, les tord-boyaux les plus rustiques, repartent ragaillardis, remontés en titrage, en empruntant au passage une couleur plus en adéquation avec les nouvelles appellations qui leur sont attribuées.

Pour assurer sa fortune, Laplanche touche des deux côtés du circuit. Il perçoit des soultes de quarante à cinquante francs l'hectolitre versées par les propriétaires et encaisse à la revente, sur les mêmes transactions, ses marges commerciales assorties des solides appointements de l'intendance allemande. Chacun de ses démarcheurs et innombrables rabatteurs perçoit une part du pactole sous la forme d'un pourcentage sur chaque livraison. Tout le monde le sait, Laplanche paie vite et bien. Pour les vins les plus recherchés, les vins de choix, vins fins ou vins d'appellation, destinés aux officiers allemands et aux bonnes tables, il faut mobiliser plus de moyens et se tisser un solide réseau de connaissances, sinon d'amitiés. La concurrence est plus impitoyable et elle exige de solides protections. C'est ce qui mobilise Laplanche dans son activité en Bourgogne. Là-bas, ses amitiés sont nombreuses et il ne manque pas de contacts à Meursault, à Pommard ou à Beaune, sous le couvert des négociants locaux Clerget, Boisseaux, Bouchard et Jaboulet-Vercherre et du délégué officiel du Reich Adolf Segnitz. Mais son ambition d'accroître encore son rayonnement national s'avère plus difficile.

C'est son ami Abetz qui va débloquer la situation en lui présentant un spécialiste des vins de Gironde, un Allemand au nom singulièrement francophone, Arnaud Bichon, lors d'un déjeuner au siège de l'ambassade, rue de Lille, en novembre 1942. Sur la place de Bordeaux, Bichon n'est pas un inconnu. Établi à Margaux depuis 1924, le négociant tire d'énormes profits réalisés par sa maison de vins Bichon & Rooryck. C'est avec son épouse, madame veuve Rooryck, qu'il devient propriétaire du château Labégorce-Zédé acquis en 1931. Si le domaine lui confère un statut, Bichon se targue surtout d'entretenir des liens très profitables avec les cercles les plus élevés du pouvoir allemand à partir de 1933[3]. Il aurait été l'un des tout premiers membres du parti nazi au moment de sa création. De cette période, où il aurait côtoyé Hitler, il tire un immense prestige et quelques avantages. Assuré d'un appui politique inégalable, Bichon est un proche des idoles du régime, ceux que l'on appelle dans le Reich les « Bonzen ». Il connaît personnellement Joseph Goebbels et dîne avec Ribbentrop. Voilà de quoi assurer un certain respect chez ses interlocuteurs. Chassé de France en 1939, il est menacé d'expropriation au moment où le « miracle » de la défaite française le réintroduit à Paris et à Bordeaux en décembre 1940. En reprenant ses fonctions d'avant-guerre, Bichon est bien conscient du pouvoir sans limite que son itinéraire et ses amitiés lui offrent. Le versement des paiements, l'octroi des autorisations et permis en tout genre, le règlement des litiges, ne sont que de menues formalités qui peuvent se régler par un simple appel téléphonique. Laplanche est certainement curieux, étonné, fasciné par son nouvel allié qui deviendra vite un complice et un ami. En associant ses réseaux d'approvisionnement des vignobles de Bourgogne et du Midi à l'incroyable activité relationnelle de son nouveau partenaire, Laplanche est assuré de s'élever au bon niveau, celui lui permettant d'être intouchable. Pour autant, le négociant nazi Bichon est sans doute bien davantage préoccupé au même moment par l'affaire qui mobilise toutes les attentions, celle de l'aryanisation des biens Rothschild, la nouvelle obsession du Reichsmarschall Göring.

À LA TABLE DES MAÎTRES

Rendez-vous au Ritz

Place Vendôme, dans le Ier arrondissement, la silhouette monumentale du Ritz, l'un des plus beaux et luxueux palaces au monde, se dresse dans l'obscurité d'une capitale rendue au silence. L'hôtel, qui a atteint ses heures de gloire sous la direction de César Ritz et du chef Auguste Escoffier, a troqué sa prestigieuse clientèle de personnalités politiques, de vedettes du cinéma et de la chanson, et d'hommes d'affaires fortunés, contre les nouveaux occupants. Le siège de la Luftwaffe s'est établi dans le bâtiment rue Cambon. Mais le palace continue à accueillir une clientèle des plus illustres. L'actrice et chanteuse Arletty y reçoit ses nombreux amants dont l'officier nazi Hans Jürgen Soehring, un protégé de Göring et proche de Josée de Chambrun, la fille de Pierre Laval. La styliste Coco Chanel accueille dans sa suite personnelle l'espion de l'Abwehr Hans Gunther von Dincklage, l'un de ses réguliers, attaché d'ambassade, qui lui a été présenté par son fidèle ami Otto Abetz. Si Ernest Hemingway a quitté les lieux depuis longtemps, son bar fétiche qu'il n'est pas encore venu libérer ne désemplit pas, tout comme les innombrables salles et salons où grouille une faune d'affairistes crapuleux et d'opportunistes bien introduits. Occupés par des cohortes d'officiers, les salons du palace accueillent la crème de la collaboration d'affaires en tout genre. C'est le cœur stratégique du marché noir allemand. Bien davantage qu'au Majestic, c'est ici que se joue la captation des richesses de la France, par des ententes discrètes et des accords clandestins. On y parle soultes, dessous-de-table et pots-de-vin. Il n'y a ni contrats, ni bons de commande. Tout n'est qu'arrangement et bonne entente. Quelques mots suffisent à conclure un accord.

C'est derrière cette façade au cœur de Paris que se réunissent toutes les deux ou trois semaines autour des « banquets de la Table ronde » une poignée de grands patrons français associés à l'élite de l'occupation allemande à Paris, sous le patronage du prince de Beauvau-Craon, du marquis de Castellane et de l'avocat René de Chambrun, gendre de Laval. Tout le gratin de la collaboration économique est là. On parle, on mange et on boit le meilleur, tiré des galeries souterraines du palace. Les repas se tiennent au rez-de-chaussée dans un salon où, autour de deux larges tables, chacun se place en fonction de ses intérêts, en respectant toutefois l'alternance entre Français et Allemands. On retrouve à ces déjeuners les habitués dont André Dubonnet, le fabricant d'apéritifs, Melchior de Polignac, chef de la maison champenoise Pommery, membre du comité directeur du Groupe Collaboration, Henri Ardant, président-directeur général de la Société générale, René Bousquet, le secrétaire général à la Police, Marcel Déat, figure de la collaboration et fondateur du Rassemblement national populaire, et beaucoup d'autres, aux côtés notamment de Herr Doktor Elmar Michel, le patron des services économiques de l'administration militaire allemande en France, et de la fine fleur du commandement militaire allemand à Paris. Tous se réjouissent des affaires traitées et des vins et liqueurs servis. Au Ritz, sur les plus de deux cent mille bouteilles que la cave abrite, il faut ajouter les fûts et les tonneaux de Margaux, Lafite, Yquem, Cheval-Blanc, Saint-Julien, ceux des Bonnes-Mares, Richebourg ou Clos-de-Tard. Combien de bouteilles de champagne ? Quelle quantité de cognac sert-on à table ? Combien de Chartreuses, vertes et jaunes, de vieilles Bénédictines, de Grand Marnier Cordon Rouge ou de Cointreau ? On ne le saura jamais.

Le 25 novembre 1942, on imagine devant le fronton de l'immense palace parisien effacé par l'obscurité des dizaines d'éclats métalliques laissant entrevoir plusieurs rangs de soldats casqués, aux bottes impeccablement lustrées, tous en faction. Une colonne de véhicules sombres, phares occultés, vignettes et immatriculations de la Luftwaffe, est alignée comme à la parade, et des camions militaires bâchés sécurisent toutes les issues de la place. Lorsque le convoi motorisé surgit, motards et berlines allemandes de grand modèle en tête, à vive allure, dans un vrombissement et une fureur mécanique déchaînée, seule l'énorme Mercedes sombre aux fanions à croix gammée attire le regard, marquant un arrêt devant le hall principal du Ritz d'où est déroulé un immense tapis pourpre entouré de cordons d'or. L'invité de marque vient ici plusieurs fois par an [1]. En cette fin d'année 1942, c'est déjà sa douzième visite en un an. Rien d'officiel. Par chance, les sources écrites et orales de cet épisode nous permettent d'en savoir plus[2]. Parvenu à destination, à la porte de son eldorado parisien, le Reichsmarschall Hermann Göring extrait sa grosse carcasse de la limousine officielle, immédiatement cernée d'un essaim d'officiers d'ordonnances et de gardes du corps de la Luftwaffe débarqués des autres voitures. L'accueil est à la hauteur du personnage.

Le Reichsmarschall Göring est, comme à son habitude, là pour ses affaires. Alors que la guerre fait rage partout en Europe et que l'armée allemande agonise sur le front de l'Est, le numéro deux du Reich pense plus que jamais à s'enrichir. Quoi qu'il advienne, ce qui est pris n'est plus à prendre. Göring sait que sa fortune peut être une réelle garantie pour son avenir. Après tout, tout se monnaie dans le Reich, comme partout ailleurs. Le chef de la Luftwaffe porte sur lui un large manteau gris perle. On l'imagine rehaussé de ses deux énormes galons tissés d'or, des boutonnières platine, un revers de col blanc immaculé, couvrant un costume ivoire, une chemise de soie colorée et une agrafe incrustée de pierres précieuses sur sa cravate beurre frais. Comme à son habitude, l'ogre nazi a les ongles vernis, il est maquillé et exhibe d'énormes bagues en diamant[3].

En accédant au Grand Salon, avec ses ornements colorés et décorations clinquantes, c'est un vrai sapin de Noël ambulant qui surgit. D'après le récit d'un des témoins, de ses deux énormes cuisses plongées dans des bottes en daim écarlate, émerge un corps disproportionné qui surprend tous les observateurs, même les plus habitués[4]. Étroitement enveloppé dans son costume extravagant, le Reichsmarschall est doté d'un postérieur pachydermique. C'est une masse énorme qui pétrifie d'effarement tous les témoins. D'un pas lent et mesuré, comme porté par son cortège d'officiers, il s'engouffre dans le grand hall garni pour l'occasion d'immenses tentures verticales écarlates, blanches et noires, piquées de croix gammées. L'extravagance du personnage et sa corpulence réduisent tout son entourage à une complète insignifiance. On ne pouvait plus voir que lui, rapporte un témoin. Göring, surnommé « der Dicke », « le gras », porte haut son visage poupon, anormalement boursouflé au sommet de son corps difforme, l'héritage de longues années de souffrance physique et d'une addiction fatale à la morphine et aux excès de table. On écrit que le plus familier des gestes chez lui, lorsqu'il est réjoui, consiste à tailler des croupières, croisant sans cesse ses bras comme un cavalier à l'assaut. Il se donne également des claques retentissantes sur les cuisses, manifestant, pour un sujet ou pour un autre, son bon plaisir[5].

J'ai trinqué avec Göring

Dans le Grand Salon, les bouteilles de champagne défilent, Moët, Mumm, Pommery et Lanson, des meilleures qualités, tenues au frais jusqu'à son arrivée triomphale. Prête pour le service, une haie de sommeliers remplit les coupes en cristal. Les bouchons claquent et le vin jaillit. Puisqu'il est tard et que la faim le saisit sans doute, il s'installe dans un fauteuil impérial et fait asseoir ses hôtes d'un soir, Heinz Bömers, Adolf Segnitz et Roger Descas alignés là debout, comme à la parade, depuis plus d'une heure, à l'opposé de la pièce. Ce soir-là, il n'a rien à fêter, mais des consignes à transmettre. Après un interminable monologue sur la puissance de l'Allemagne et l'issue de la guerre, le Reichsmarschall boit une première coupe, puis les suivantes. On le resserre à chaque lampée. Otto Abetz n'a pas été convié mais il peut compter sur son réseau d'informateurs. Pas de présence des hommes de la SS. Ils sont aimablement écartés, même si l'affaire en question les concerne. Segnitz observe surtout l'étonnante absence de tout représentant du Majestic. Les autorités militaires allemandes d'occupation sont clairement court-circuitées à propos d'un sujet qui relève en principe strictement de leurs compétences. Il n'est pas là pour un exposé, encore moins pour discuter. Il vient avec Bömers et Descas prendre ses ordres[6].

Depuis plusieurs mois en effet, Göring est informé des procédures engagées par le gouvernement français de Vichy dans le cadre de la spoliation des biens juifs. Si elle marque une volonté française affichée qu'approuve sans réserve le dignitaire nazi, il n'est pas question pour lui qu'elle puisse dans les faits chercher à camoufler un détournement des actifs qui reviennent de droit au Reich et à ses représentants, c'est-à-dire à lui. De ce point de vue, le vignoble du Bordelais abrite un ensemble foncier de référence, celui des Château Mouton Rothschild, Château Mouton d'Armailhacq et Château Lafite en Médoc, dont le Reichsmarschall entend bien prendre rapidement possession. Pour autant, l'initiative est revenue au gouvernement de Vichy qui a confirmé l'expropriation par l'État de l'ensemble des domaines, châteaux, caves et chais, en vue officiellement de la création de terrains d'expérience et d'application viticoles. Le projet prévoit en outre l'installation sur le site d'écoles agricoles.

À mesure que Göring présente le sujet, ses interlocuteurs sont saisis d'une sorte d'anxiété et de crainte auxquelles ils ne peuvent se soustraire. Convoqués au Ritz, ils sont donc sommés de trouver une solution sans ménager les autorités françaises, ni chercher à couvrir l'opération de restitution d'une apparente légalité. Pour Göring, peu importe la façon dont on s'y prend. Il exige que le domaine soit transmis en propriété au Reich et que l'Aero-Bank, banque attitrée de la Luftwaffe, acquiert la majorité des titres et traite de l'ensemble de l'organisation des circuits commerciaux du domaine. Dans les faits, il s'agit d'écarter les institutions du Reich, la Dresdner Bank et la Deutsche Bank pourtant jusqu'alors fortement impliquées dans la prise d'actifs en France et dans les pays occupés.

Il ne semble pas que le Reichsmarschall ait évoqué au cours de cet entretien la très forte concurrence pourtant exercée depuis des mois par la puissante machine de captation économique mise en place par les services de la SS. On sait alors que les biens Rothschild animent toutes les convoitises, dont celle du négociant en vins SS Arnaud Bichon. Mais la Société vinicole de Pauillac lui échappe toujours malgré les puissants relais que ce dernier prétend pouvoir mobiliser au sein du parti nazi. Le commandement militaire allemand de l'hôtel Majestic aurait peut-être également cherché à faire capoter l'affaire, probablement avec le relais plus efficace encore des hommes de Göring, dont le très dévoué colonel d'aviation en retraite Veltjens[7].

Devant lui, rapporte Segnitz, trois verres à cognac de belle facture posés sur le plateau de marbre gris d'une table basse style Louis XV. Le ministre et maréchal nazi étire alors tout le volume de son corps pour saisir l'un des ballons sur lesquels sont gravés des drapeaux croisés, à croix gammée et allemands d'ancien régime, qui encadrent une large croix pattée noire à liséré blanc. « Voici les verres de Richthofen et de Göring ! s'exclame le chef. Prosit ! » Sans avoir dit un mot, les hommes trinquent sans doute bien timidement avec ce gros faisan doré, signant par là leur consentement à la mission qui leur a été ordonnée. Descas est maintenu à l'écart[8]. L'auxiliaire « indigène » prend des notes et devra s'exécuter. Après avoir avalé plusieurs liqueurs d'affilée, peut-être une Fine Napoléon, seul alcool pouvant selon lui l'emporter sur un bon champagne ou sur un Château Lafite Rothschild, le Reichsmarschall congédie ses invités. On lui tend sans doute déjà une carte des vins rédigée en allemand. Le dîner l'attend dans un second salon. Le soir même, il rejoint sa suite impériale où, en robe de chambre de soie bleue, rose ou pourpre, comme souvent, il médite probablement sur ses colossales acquisitions parisiennes qui l'attendent le lendemain.

Vins, champagne et petits-fours aux Champs-Élysées

À deux pas de là, c'est au sein du Cercle européen que les grands dirigeants du monde du vin en France ont leurs amis parmi le gratin de la collaboration parisienne. Le maître de maison de ce superclub mondain, fondé à Paris le 15 juillet 1941, est Édouard Chaux, président fondateur du cercle des Champs-Élysées, homme d'affaires, promoteur immobilier ou artiste, selon les moments. Considéré comme un génial précurseur par certains ou comme un dandy extravagant par d'autres, Chaux est l'homme qui fit construire une piscine baptisée Lido en sous-sol des Champs-Élysées. Cette petite Venise en plein cœur de Paris devint vite très chic et à la mode. On y prenait des bains, écoutait du jazz ou jouait au casino. Dans cette plage souterraine de Paris, les hommes y admiraient des nymphes océanes dénudées en naviguant à bord de gondoles miniatures, croisant entre les tables, passant d'un boudoir privé à un autre. Mais avec la crise qui submergea tout, une partie de la clientèle disparut. Piégée dans la tempête, l'affaire prit l'eau, puis coula à pic. Il faut dire que « Monsieur Édouard » n'est pas vraiment un homme de chiffres. Il a toujours été un passionné, un adepte de strass, de paillettes, de grands vins et de jolies filles, jeunes si possible. Il est surtout devenu l'ami, le confident, l'amuseur des incontournables du Tout-Paris.

L'homme est de tous les réseaux, de toutes les combines. Il finit par se tailler un carnet d'adresses à faire rougir le plus introduit des zazous. Très vite, les cocktails au foie gras garni de truffes arrosés à l'armagnac, les dîners-spectacles sublimés par la mousse et les plumes, et les nuits endiablées sous des flots de champagne servirent sa seconde carrière. Édouard Chaux se positionna en effet pour faire de la politique. Au cœur de la crise économique, il intrigue, renseigne, écrit, séduit même. En quête d'un nouvel âge d'or pour son pays, il dénonce la France devenue un bateau ivre, sous l'emprise d'un capitalisme prométhéen funeste et d'une bourgeoisie nomade errante. Il appelle le peuple à se choisir un nouveau modèle afin que le corps social se trouve enfin une tête. En somme, Chaux, comme ses amis du club, cherche et imagine une troisième voie, ni capitaliste ni bolchevique. Elle le conduit tout droit de l'autre côté du Rhin. C'est là qu'il rencontre l'ami Otto Abetz à la tête de l'officine diplomatique du parti nazi et du Comité France-Allemagne.

Devenu président du Comité d'économie générale du Rassemblement national populaire fondé par son ami et intime Marcel Déat, il tisse des relations politiques et personnelles avec tous ceux qui comptent dans le pays, notables politiques, capitaines d'industrie, grands aristocrates, vedettes du spectacle, écrivains, artistes, chefs militaires, grands prélats et, bien sûr, négociants en vins. Chaux connaît tout, et tout le monde. Comme son ami et secrétaire général Jean Valby, il admire le travail accompli par les dictateurs européens les plus en vue, Franco, Salazar et surtout Mussolini. Sa préférence revient tout de même à Hitler pour toute son action. Depuis 1933, le dictateur a tout réussi, selon lui. Entre coups de bluff et menaces, il a assuré une nouvelle place à l'Allemagne et, la guerre venue, promet un nouvel ordre européen débarrassé de la démocratie boiteuse et du péril judéo-bolchevique. Au sein du club, on ne tarit pas d'éloges sur les réalisations nazies, celles obtenues par exemple par le Front du travail allemand ou à travers la nouvelle vie offerte aux travailleurs français dans le Reich. Cette fois c'est sûr, leur rêve se réalise, la France de demain sera allemande !

C'est au 92 des Champs-Élysées que le Cercle européen, ou Centre français de collaboration économique et culturelle européenne, réunit une à deux fois par mois ses membres. Son Comité d'honneur comprend alors les partisans les plus actifs de la collaboration avec l'Allemagne, dont Pierre Laval. Redevenu simple maire de Bordeaux, Adrien Marquet en est également un membre éminent. Ami du directeur du journal collaborationniste *Le Petit Parisien*, Jacques Roujon, ancien rédacteur en chef du *Matin*, figure comme l'une des personnalités incontournables du « Cercle », organisant à Paris et à Bordeaux des déjeuners présidés par Helmut Knochen, très recherchés par les politiques, commerçants et industriels. Marquet y entretient l'ambition constante de supplanter Laval, le moment voulu, lorsque le pouvoir nazi recherchera une alternative à une politique qu'il juge trop timorée.

Sur place, Roger Descas et ses amis négociants en vins côtoient Robert de Beauplan, journaliste et essayiste de talent, pro-allemand et converti à l'antisémitisme le plus violent. Lui qui considère que la politique de Vichy contre les Juifs est bien trop tendre croise Jean Bichelonne, un dur du régime, synarque, plusieurs fois ministre, et Louis Paul André Chack, ancien héros de guerre devenu l'un des plus virulents antisémites du pays, président du Comité d'action antibolchévique et fondateur du cercle aryen. D'autres personnes, et non des moindres, gravitent dans cet univers pestilentiel. On retrouve en bonne place Louis Ferdinand Céline, auteur d'exception toujours vautré avec plaisir dans l'abject, Jacques Doriot et Marcel Déat, les tenants d'un fascisme français, Jean Luchaire, le maître de la presse parisienne, dévoré par un opportunisme sans limite, une foule d'illuminés, nazis et antisémites. Toute cette faune, abondamment abreuvée par l'un des bars les mieux approvisionnés de la capitale, ne se réunit jamais sans la présence d'Abetz ou de l'un de ses représentants. Parmi les habitués, le docteur Rudolf Schleier est toujours au premier rang. C'est lui, second couteau d'Abetz, qui a introduit Roger Descas dans le cercle parisien où tout grand collaborateur français rêve d'être invité un jour. Mais pour cela, il faut évidemment montrer patte brune et recevoir l'appui d'au moins trois parrains. Les deux autres garants sont champenois et bien connus de tous. Il s'agit du marquis Melchior de Polignac, baron du champagne, illustre propriétaire de la maison Pommery & Greno à Reims, et René Lalou, avocat et homme d'affaires, directeur général de la firme d'apéritifs Dubonnet et président de la maison de champagne G.H. Mumm & Cie.

Aux côtés de Descas, un négociant bourguignon fait vite sensation au sein de ce réseau. Marius Clerget a progressé depuis la défaite. Le petit propriétaire de Pommard est devenu un grand. C'est auprès des SS qu'il s'attache de solides amitiés, dont celle du général Max Thomas, un dur du régime, commandant du service de sécurité des SS pour le nord de la France et la Belgique. Avec Thomas, Clerget décroche une reconnaissance et une position avantageuse pour ses activités commerciales. En devenant citoyen d'honneur du IIIe Reich, il obtient un port d'arme délivré par la Gestapo. On ne saurait être trop prudent. À la table des maîtres de la collaboration, ses vins rivalisent avec les plus grands noms extraits des caves de tout le pays. Avec son confrère et voisin de Meursault, Henri Leroy, le négociant sait parfaitement associer la carte des vins de prestige à ses orientations politiques assumées.

DÉMESURE D'UNE « BONNE COLLABORATION »

Un négociant bien affairé

Pour Henri Leroy, la France occupée est une terre nouvelle à conquérir. Sa présence au sein du très prestigieux club des Champs-Élysées est motivée par un engagement politique clair. Il le partage d'ailleurs avec beaucoup d'autres de ses confrères, de France et de Bourgogne, dont le « visiteur du soir », ainsi surnommé, un envoyé non pas du diable comme dans le chef-d'œuvre de Marcel Carné, mais de Dieu : « Monseigneur » Jean de Mayol de Lupé. Mais ici, au « Cercle », c'est d'affaires qu'on parle surtout. Or, placé à la tête d'un immense domaine viticole, en Bourgogne, dans le Midi et en Charente, Leroy s'immisce au cœur d'un monde parisien qu'il connaît bien pour avoir noué depuis longtemps des relations durables au sein des palaces parisiens. Mais c'est le cognac qui a consacré sa présence aux côtés des grands collaborateurs, après avoir acquis quelques domaines charentais d'exception. Les premières affaires avec l'Allemagne ont d'ailleurs été conclues bien avant le déclenchement de la guerre, notamment avec son ami et confrère Hans Kloesser, négociant à Hambourg.

Depuis la défaite du pays, les affaires vont bon train. Le chiffre des ventes de Leroy s'envole. Il vend beaucoup et il vend cher, des produits rares et de qualité. Les transactions s'opèrent avec facilité. Hans Kloesser, devenu acheteur officiel des « vins jaune et or » pour le Reich, lui transmet ses offres. On arrête un compromis. Henri Leroy trouve tout ce qui lui est demandé. Sa prédilection penche vers les vins d'assemblages, les vins mutés par adjonction d'alcool et toutes les productions fabriquées, par nature non disponibles en cave. Toutes les transactions sont conclues par contrat d'exclusivité avec le délégué du Reich. La relation étroite qui se tisse entre les deux hommes est un secret de polichinelle. Elle s'étale au grand jour lorsque les contingents conclus un temps sont ensuite réévalués périodiquement, toujours en bonne entente. Pourtant c'est bien Leroy qui presse le délégué du Reich d'agir, reléguant presque Hans Kloesser au rang de simple collaborateur du négociant. On en vient à se demander qui dirige et ordonne les opérations tant les directives de Leroy sont assurées.

Devant l'envergure du commerce, les difficultés administratives s'amoncellent vite. Pressé, efficace, arrogant parfois, Henri Leroy active ses relations, à commencer par celles du 92 des Champs-Élysées. Le négociant s'irrite à plusieurs reprises des lenteurs excessives de l'administration française. Il n'est pas le seul, autour de la table, à dénoncer le zèle que pratiquent trop de fonctionnaires de Vichy. À ce jeu-là, on n'arrivera donc à rien. Il faut être ferme et les autorités allemandes sont vivement interpellées afin d'agir pour une meilleure efficacité. L'Allemagne et la France ont tout à y gagner selon lui. Au moment où l'économie repart, la France ne peut pas tolérer que l'on bride le commerce des vins, fer de lance des exportations françaises vers le Reich. C'est donc selon lui une chance pour le pays de pouvoir compter avec tant d'empressement sur les professionnels du monde du vin.

Constamment associé aux échanges, Roger Descas relaie les demandes d'interventions énergiques qui pleuvent sur les autorités nazies. La question du renouvellement des licences d'exportation est au centre des enjeux. Il faut dire que la régularisation des excédents de vin exportés au-delà des contingents pose un problème. Lorsqu'elle ne relève pas du strict cadre des accords franco-allemands, elle est systématiquement refusée par les fonctionnaires français. Pour Leroy, ce carcan administratif nuit clairement à « l'esprit de bonne collaboration » et à ses affaires. À plusieurs reprises, il frappe fort et exige que les autorités du Reich mettent un terme à ce qu'il considère comme un sabotage larvé qui retarde ses expéditions de vins. Mieux encore, Leroy n'hésite pas à prendre à partie deux établissements allemands de transport, les accusant de faiblesse et de lenteur dans l'organisation des expéditions jugées pourtant essentielles dans le cadre de l'effort de guerre consenti par le Reich.

Le transport, voilà donc l'autre question éminemment stratégique. Elle est celle de la mise à disposition de wagons et de la délivrance des autorisations. Le 28 octobre 1940, quelques jours seulement après l'entrevue de Montoire entre Hitler et Pétain, Leroy était déjà vent debout contre les lenteurs administratives bridant ses activités en Afrique du Nord. Il s'annonçait alors déterminé et rapportait son intention d'aller à Vichy dans les jours suivants pour voir « des personnalités » qui l'aideraient à forcer les résistances du gouvernement. Il s'exaspérait sans détour : « Ne voit-on pas que les mesures d'assainissement, si elles ne tiennent pas compte des besoins du marché allemand, peuvent finalement nuire à l'esprit de bonne collaboration que nous sommes personnellement si heureux de voir s'établir entre nos deux pays ? » Cet « esprit de bonne collaboration » est rappelé à Bömers au mois de décembre alors que les expéditions de vins vers l'Allemagne vont bon train : « Vous savez M. Bömers, combien je tiens à faire avec vous un bon travail de collaboration[1]. »

Au début de l'année, il rapporte qu'un de ses confrères qui assistait au Congrès du Syndicat national des vins en gros de Lyon lui avait assuré que Monsieur Mitjavile à la tête de la firme produisant les wagons-réservoirs avait publiquement déclaré que la profession disposait de mille wagons supplémentaires non livrés et qui dormaient sans doute quelque part. « Permettez-moi de vous dire que je suis fatigué de ce scandale et de passer en plus pour un mauvais Français parce que je suis d'avis qu'un engagement pris vis-à-vis de l'Allemagne doit être tenu ». « Il faut que cela change et que l'hôtel Majestic ouvre les yeux, sans quoi les vendanges arriveront et vous aurez encore de belles promesses pour assurer le transport de vos vins ». En grandissant, le négociant prend en charge des pans entiers de l'économie vitivinicole française. Il coordonne les marchés de vins de Tunisie à destination de l'Allemagne, pilote les conditions de collecte et d'expédition et finit par demander l'exclusivité des approvisionnements issus de ce territoire. Débarrassé de toute concurrence, il garantit aux acheteurs allemands des livraisons sûres pour tous les volumes, quels qu'ils soient.

De la Romanée-Conti aux vins vinés

Pour autant, l'énormité de ses affaires est difficile à mesurer. Les chiffres sont étourdissants. Pour le seul département vin de sa firme, Leroy enregistre un chiffre d'affaires annuel officiel dépassant un milliard et demi de francs à partir de 1941. Spécialiste des vins à gros rendement issus des vignobles du Sud, expert en cognacs et alcools jaunes et or, il s'impose comme l'un des tout premiers négociants de France[2]. Sa fortune immense rassemble des propriétés sur la Côte-d'Azur, à Monaco et d'importants avoirs en Suisse. Mais c'est vers les investissements viticoles de prestige qu'il se tourne en premier lieu. Leroy capitalise par des placements en direction des crus les plus prestigieux de la Côte bourguignonne. En 1941, il rachète la Romanée-Conti. Le très prestigieux clos de Bourgogne, frappé d'un manque de fonds propres, est menacé de morcellement par la vente des vignes de Jacques Chambon. Leroy en sera le sauveur. Il entre alors dans l'histoire de la Bourgogne viticole, prolongeant l'héritage de Philippe de Croonembourg ou de Louis François de Bourbon, prince de Conti. La première étape s'engage avec la constitution d'une société civile née le 31 juillet 1942 par l'association, à parts égales, d'Edmond Gaudin de Villaine et d'Henri Leroy. À la tradition maintenue par la dynastie des Gaudin de Villaine, s'intègre l'étonnante compétence commerciale de celui qui est devenu l'un des plus riches négociants du pays. L'impulsion financière et la recapitalisation menées par Leroy permettent alors d'entreprendre dès 1942 des transformations très coûteuses sur un domaine alors toujours planté en cépages pré-phylloxériques et cultivé selon la méthode ancienne du provignage. C'est pour faire face à ces coûts exorbitants que le domaine se voit accorder, quelques mois plus tard par la préfecture de région, la possibilité exceptionnelle de pouvoir vendre en toute légalité ses vins au-dessus du prix administré.

Leroy est partout et sur tous les marchés. Il vend des vins d'appellation parmi les plus renommés au monde, devient l'un des grands opérateurs sur le marché du cognac et de l'armagnac, capte et distribue d'importants contingents de vins du Midi et d'Afrique du Nord. Il contrôle, détourne les productions, esquive les entremetteurs véreux et les concurrents encombrants. C'est le cas d'un certain Richard Quié avec qui il avait fait affaire avant la guerre. Ce margoulin sans scrupule cherche à agir de son propre chef sous le couvert de négociants oranais pour livrer des vins de coupage de premier choix au Reich. Il reçoit l'aval de Bömers et s'associe à un établissement parisien de renom en charge de la logistique et des capitaux, la maison Verdier-Blanchet. L'entremetteur intrigue pour capter les offres de vins tunisiens et courtise l'agent bordelais de la très puissante et respectée maison oranaise Sénéclauze. Mais on ne joue pas impunément dans la cour des grands. Henri Leroy le neutralise à temps et rappelle à l'ordre les établissements concernés dont la maison Sénéclauze en tête. C'est avec lui que les affaires se font. Bömers furieux s'incline. La même année, Leroy met à disposition un parc de quatre cents wagons-réservoirs transportant deux cent cinquante mille hectolitres de vins mutés à Kloesser au départ de Saint-Gilles-du-Gard. Ces stocks sont acheminés en Allemagne pour y être transformés.

Les vins vinés, voilà l'autre activité de Leroy. Elle est née de l'affaire héritée de sa famille qui le conduit à créer après la Grande Guerre la firme Bourgogne Alcools. Cette dernière s'impose vite comme une référence en France. L'établissement assure la collecte des productions pour le service des alcools de l'État. C'est à cette époque que Leroy s'insère dans les réseaux d'exportation orientés vers l'Allemagne en contournant la législation imposant des droits prohibitifs sur les alcools titrant à plus de 24°. Pour faire face à la croissance de ses affaires, il rachète une distillerie à Gensac-la-Pallue en Charente et développe une vaste unité industrielle à Segonzac en Grande Champagne de Cognac. Dès l'avant-guerre, sa fortune est faite. Le négociant devient le principal exportateur de vins vinés vers l'Allemagne. La défaite de la France ne fait qu'ouvrir davantage les perspectives. L'effort de guerre allemand transforme le pays en un monstre vorace dont les exigences sont sans cesse croissantes. Le chiffre d'affaires de Bourgogne Alcools explose. Il repose tout entier ou presque sur l'énorme production de vins vinés.

La fabrication des précieux liquides jaunes et or est bien connue. Ce sont des vins mutés, fortifiés par l'adjonction d'eau-de-vie de vin pendant la fermentation. Si les plus fameux sont le Porto, le Xérès, le Madère, ces vins de liqueur ont un intérêt commercial et stratégique. Livrés en citernes aux négociants allemands, ils participent à l'élaboration de productions locales pour la population civile. Ils deviennent des vins secs, demi-secs ou doux, selon le mode de fabrication. Ils servent principalement de matière première à la distillation pour la fabrication en Allemagne d'eaux-de-vie, en particulier des schnaps, des vermouths, « Deutschweinbraut » ou eaux-de-vie.

Leroy est un expert en la matière. En intégrant de l'eau-de-vie à du jus de raisin frais, il produit et livre des vins liquoreux des Charentes, des ratafias de Champagne, des dérivés du Macvin du Jura. Quoi qu'il en soit, les productions sont étroitement surveillées par les autorités allemandes. Puisqu'elles nécessitent d'importantes et de très précieuses quantités d'alcool de bouche et de sucre, elles suivent un circuit sous contrôle préalablement planifié pour les seuls intérêts du Reich. C'est ce circuit qui relève des responsabilités de Kloesser. La plupart du temps, Leroy mobilise des productions d'alcool de betterave, mais les tonnages viennent vite à manquer d'autant que la demande s'envole.

Du vin pour les fusées de Hitler

Depuis l'hiver 1941-1942 et la mondialisation rapide du conflit, le manque de carburant devient la grande plaie de l'armée allemande désormais engagée sur tous les fronts. Pour poursuivre la guerre, il faut au Reich 6 à 7 millions de tonnes de pétrole par an. Les usines de carburant synthétique en livrent un tiers et le blocus allié interdit la moitié des importations d'avant-guerre. Avec l'extension infinie du conflit et les graves déconvenues de l'Est, le Reich s'enferre dans une impasse stratégique totale. En 1943, la nasse se referme. L'armée allemande enchaîne des combats titanesques face à une Armée rouge dont les ressources paraissent inépuisables et qui jette sans cesse dans la bataille de nouvelles troupes et de nouvelles armes. Chaque jour Hitler tente de saisir les signaux faibles d'une éventuelle défaillance des « hordes asiates ». Rien n'y fait. Depuis le début du conflit les Soviets demeurent un mystère complet pour l'état-major allemand. En janvier, près d'un quart de million de soldats allemands sont encerclés à Stalingrad. Le 12, Göring, de retour de Paris où il a fait ses achats pour garnir ses résidences, fête son anniversaire sous un déluge de champagne. Pendant ce temps, la mère des batailles voulue par le Führer se clôt dans un désastre inouï pour le IIIe Reich. Dans les jours qui suivent, l'onde de choc frappe de stupeur tous les collaborateurs du Reich sur le continent. De toute évidence, la défaite est inéluctable. Tous espèrent que l'Allemagne ne s'effondre pas trop vite.

Une lueur d'espoir subsiste pourtant pour le Reich, celle d'un sursaut vital rendu possible par la mobilisation de toutes les ressources. L'homme clef de cet engagement est le général Georg Thomas, cinquante-deux ans et une allure de vieil aristocrate, toujours fier de lui, doté d'un corps mince sur lequel est perchée une tête de perruche, front haut, nez large et courbe, yeux rieurs, cheveux ras poivre et sel, menton double et enflé, oreilles décollées. Il est une sorte d'oiseau rare qui a moins l'air d'un général que d'un vieux capitaine d'industrie. On lui avait donné le sobriquet de « General Motors » car Hitler l'avait chargé de la motorisation du Reich. La fonction avait peu à peu pris corps en lui jusqu'à l'habiter complètement. Devenu le responsable des approvisionnements, de la production, des matières premières et des carburants, il répond de sa mission directement devant Göring.

Conscient de la capacité limitée de l'Allemagne à se redresser, ce pragmatiste sans scrupule sait à quel point les choix les plus éminemment stratégiques de cette guerre sont motivés par la recherche constante de sources d'énergie. En quittant ses responsabilités pour l'armement et les munitions, Georg Thomas renoue avec sa spécialité pour coordonner l'exploitation des carburants dans les territoires occupés. C'est pourtant loin des gisements pétroliers qu'il se retrouve au début de l'année 1943, lorsqu'il est reçu à Paris par l'ambassadeur Abetz, rue de Lille. On ne sait rien de cette entrevue mais Bömers est également présent au même moment dans la capitale française. Or, l'intérêt porté par l'occupant sur le vin a brutalement changé de dimension et le délégué du Reich est au centre des préoccupations. Car le sujet principal est bien désormais de savoir comment le Reich peut encore remporter la victoire en se passant du pétrole caucasien.

Si l'industrie chimique allemande a développé très tôt de nouvelles formes d'essence synthétique, seules des techniques facilement reproductibles et alimentées par des volumes importants de combustibles fossiles s'avèrent réellement efficaces. L'industrie allemande utilise l'association chimique d'hydrogène, de charbon et de goudrons chauffés à très haute température. En théorie, la mélasse produite à partir de végétaux peut également répondre à certains besoins pour constituer les bases des goudrons, mais sa production en quantité industrielle est lourde et ne permet absolument pas de constituer une source stable de combustible.

La solution pourrait bien venir de l'utilisation d'alcool agricole fourni à partir de vins vinés. Utilisé à un stade industriel depuis longtemps pour produire des poudres de guerre, il peut se substituer à l'alcool de mélasse et, par association chimique avec du gaz biologique relâché au cours de la phase de fermentation des raisins, fournir un type de carburant susceptible de remplacer l'essence utilisée par certains moteurs. Le sujet est devenu tellement important que des stocks considérables d'alcool sont constitués dans le Reich. De boisson très convoitée, le vin devient un produit stratégique prioritaire dans la perspective de l'achèvement de la guerre. Dans l'état-major allemand, on se prend à rêver lorsque Georg Thomas relève les quantités phénoménales de vin qui pourraient être acheminées vers l'Allemagne. Pour cela, il faudrait bien sûr être capable de les traiter par adjonction d'alcool. Arrêté sur le principe, le procédé est toutefois lourd et long et on ne voit pas très bien comment le vin pourrait devenir le nouveau combustible de l'armée dans un avenir proche.

C'est avec l'avènement d'armes nouvelles présentées par les nazis comme les instruments décisifs qui assureront la victoire allemande sur l'Europe et sur le monde que l'intérêt pour les carburants agricoles resurgit. On conçoit à nouveau de pouvoir utiliser des essences de substitution à partir de vin. C'est le cas pour les premiers modèles d'armes « robots », les fusées de représailles, rebaptisées V-1 (Vergeltungswaffe), dont le premier mode de carburation paraît avoir été testé avec un combustible à base d'alcool. L'Allemagne parvient à en construire près de trente-cinq mille avant de démontrer toutes les limites de leur efficacité. Beaucoup plus modernes, et surtout plus rapides et quasiment invulnérables, les versions A4/V-2 ont été construites en série, mais plus tardivement. L'arme désignée comme imparable est propulsée à l'aide d'un moteur-fusée révolutionnaire alimenté avec du méthanol ou de l'oxygène liquide et équipé d'un réservoir complémentaire à pétrole synthétique qui lui offre la possibilité d'étendre son rayon d'action et ses trajectoires meurtrières de vingt à trente minutes supplémentaires. Les deux réservoirs peuvent recevoir des alcools de vins assemblés à partir de vins mutés dont la France représente le premier fournisseur.

Informé de ces évolutions techniques, le service français des Alcools d'État résiste et fait camoufler ou détruire la quasi-totalité de ses stocks avant que les demandes allemandes ne parviennent aux autorités de Vichy. Peu importe, Berlin sait pouvoir compter sur ses réseaux d'approvisionnement patiemment fidélisés. Jusqu'au dernier mois de la guerre, les approvisionnements ainsi produits en France pour le Reich ne cessent pas. Aucune goutte de vin viné ne manquera au Reich. Si Bömers maintient ses directives dans ce sens auprès de son fidèle relais, Roger Descas, c'est qu'il sait pouvoir compter sur tous ceux, collaborationnistes de la première heure, qui jouent depuis longtemps ouvertement la carte du double jeu, pour répondre quoi qu'il arrive aux attentes du Reich.

Parmi les connaissances de Henri Leroy, l'industriel bordelais Guy Tesseron acquiert une place prépondérante. Membre actif du Groupe Collaboration[3], il est l'héritier des cognacs Tesseron de Châteauneuf-sur-Charente fondés par son père Abel Tesseron. C'est sous l'influence des autorités nazies, dans un parfait esprit de collaboration active, qu'il s'engage dans une production d'alcool industriel. Les locaux de la distillerie familiale se prêtent pourtant peu à la mise en place d'une production non alimentaire à l'échelle industrielle.

C'est le site vendéen de Saint-Vincent-Sterlanges, à 150 kilomètres au nord de Cognac, qui attire son attention. À quelques centaines de mètres de là, le château des Roches-Baritaud qui avait accueilli au siècle précédent Napoléon Ier et servi de séjour à Joséphine de Beauharnais, aurait reçu la visite secrète d'Adolf Hitler qui s'y serait arrêté, avant de rejoindre Philippe Pétain à Montoire-sur-le-Loir à bord de son train blindé le 24 octobre 1940, lors de son voyage de retour d'Espagne[4]. Mise en adjudication avant la guerre, l'usine accueillait jusqu'au milieu des années 1930 le principal site de production de la compagnie des Cimenteries de l'Ouest reprise par l'industriel bordelais Guy Tesseron[5] propriétaire d'une distillerie sur le même site depuis 1937[6]. Par l'intermédiaire d'une société immobilière acquise par la firme Tesseron Frères, l'industriel finance la remise en service du site à l'automne 1940 sous la direction de Duclos, le directeur nommé par Tesseron. La distillerie prend possession des bâtiments du site en développant une production d'alcool de carburation estimée à mille deux cents hectolitres par jour à partir de vignes à gros rendement plantées dans toute la région. Dès le début de l'année 1942, l'usine, qui se distingue par ses quais ferroviaires, ses bâtiments massifs de béton, et sa cheminée de briques de 27 mètres de hauteur, fournit des quantités industrielles d'alcool stockées dans les silos à ciment réaménagés en réservoirs géants, avant d'être transportées par voie ferrée sous le contrôle de la Deutsche Reichsbahn, les chemins de fer allemands. À partir de 1943, des centaines de wagons-citernes quittent chaque mois le site à destination du Reich. En 1944, ils approvisionneraient les installations de Peenemünde pour alimenter les prototypes V1 et V2 en développement[7].

Au cœur du dispositif par ses productions, Henri Leroy n'ignore rien des destinations potentielles de tous ces vins. Il ne méconnaît pas le déroulement de la guerre et l'effondrement attendu du Reich. Il ne sous-estime pas non plus les risques qu'il endosse en répondant sans relâche aux contrats qui lui sont passés par le Reich nazi. L'ami Kloesser est toujours là, à ses côtés. C'est lui qui assume l'application des directives du bureau de l'armement et qui, expérience et compétences obligent, prend la direction finale du ravitaillement en carburant agricole pour le Reich au moment où Georg Thomas disparaît de l'organigramme nazi, emporté par les conséquences de son opposition à Hitler.

RÉSEAUX ET CONNIVENCES AUTOUR DU VIN

De la Reine Pédauque au Monico, la naissance d'un petit empire du vin

La Reine Pédauque. L'étrange patronyme a de quoi surprendre. Le nom de cette princesse wisigothe au pied palmé figure en bonne place sur le fronton de l'un des plus beaux restaurants-cabarets de Paris. Juchée sur le fronton style rococo d'un grand immeuble haussmannien dans le 8e arrondissement, rue de la Pépinière, la figure légendaire est fière de sa position dans une capitale abandonnée à l'ennemi. Depuis la fin du siècle précédent, cette rôtisserie d'exception est devenue un lieu très à la mode où se croisent des personnalités issues du grand monde. C'est François Anatole Thibault devenu Anatole France qui en consacre la célébrité à travers son roman éponyme. L'écrivain, grand critique littéraire devenu prix Nobel, a marqué l'histoire du lieu avant qu'un négociant en vins alors totalement inconnu, Pierre André, ne le rachète pour lui donner une seconde vie. L'homme est ambitieux, originaire de Lorraine, orphelin à onze ans, pourvu d'un physique robuste, visage large, front dégagé, une petite quarantaine, toujours impeccablement vêtu d'un complet à carreaux havane, il fait figure d'entrepreneur accompli consacré par une insolente réussite qui fait de lui l'un des maîtres du vin en Bourgogne. En avalant tour à tour plusieurs maisons réputées de la Côte bourguignonne, André exacerbe les jalousies, surtout lorsqu'il met la main sur le domaine du Château d'Aloxe-Corton qu'il rebaptise bien immodestement « Château-Corton-André ». En Bourgogne, peut-être plus que dans tout autre vignoble, c'est dans la terre que s'inscrit l'identification des crus, des clos, de leurs domaines et des dynasties. On ne pardonnera jamais à ce commerçant hors-sol son insolente réussite locale.

Pour autant, le choc de la guerre, l'étrange victoire allemande ne prend pas Pierre André au dépourvu, d'autant qu'il dispose de quelques atouts dans ce contexte si tourmenté. Le Reich nazi, il le connaît bien. Depuis quelques années, il était devenu l'associé d'une brasserie allemande, la Dortmund Union Brauerei. L'affaire s'est conclue lors de l'Exposition internationale de 1937 au pavillon du Grand-Duché du Luxembourg. Elle a pris son envol deux ans plus tard avec l'installation du grand restaurant de l'Exposition internationale de Liège en Belgique. C'est à cette occasion que le négociant d'Aloxe-Corton rachète à grands frais la maison champenoise Victor Clicquot de Reims qui s'impose déjà au seuil de la guerre comme l'une des très rares maisons de vins françaises ayant une filiale bien implantée dans le Reich nazi. Devenu actionnaire majoritaire de la Firma Victor Clicquot nach folger

AG, Pierre André est vite propulsé aux avant-postes du commerce des vins avec l'Allemagne. Avec la défaite de la France et l'occupation allemande, il est maintenant comme un poisson dans l'eau.

Au sein de la rôtisserie, tout va très vite. Les chiffres à la baisse de la clientèle s'interrompent pour inaugurer l'ère des belles et bonnes affaires. Encore marqué par un décor d'un autre temps, le restaurant est réhabilité à la suite d'investissements colossaux. Sans jamais fermer ses portes durant toute l'Occupation, il s'embellit sans cesse jusqu'à égaler, par l'excellence de ses plats et de ses vins, les plus grands palaces. C'est ici, dans le grand salon et les salles annexes, que le nouveau propriétaire entretient une clientèle très en vue durant ces années sombres. L'établissement propose sans complexe des menus au tarif du marché noir, tous supérieurs à mille francs, le tout arrosé de grands bourgognes de la Côte de Beaune et surtout de son célèbre « Bourgogne Reine Pédauque », pinot noir issu des belles caves d'Aloxe-Corton.

C'est dans ce lieu chic et huppé de la capitale que se manifeste au grand jour la collaboration officielle. Officiers allemands, responsables politiques collaborationnistes notoires, industriels et nouveaux riches se pressent ici. André profite de ses nouvelles amitiés et de ses relations d'estime avec André Terrail, chef du George-V et de La Tour d'Argent, hauts lieux de la gastronomie mondiale. Avec Terrail, il devient propriétairs de l'une des plus belles caves de Paris. Rien ne manque dans le sous-sol de la Rôtisserie qu'il approvisionne soigneusement de ses chais de Bercy où le négociant tient une succursale. La petite affaire prend une telle ampleur qu'André s'attire la sympathie, et peut-être même l'amitié, d'Octave et Louis Vaudable, tous deux propriétaires du restaurant Maxim's et négociants en vins patentés à Beaune.

Si La Tour d'Argent et Maxim's s'imposent parmi les beaux établissements privilégiés par le haut état-major nazi en France, la Rôtisserie de la Reine Pédauque devient vite la cantine de luxe des officiers allemands et de toute la faune de la collaboration locale. On n'y vient pas par hasard. Toute place à table répond à une réservation. La plupart du temps c'est une invitation, car André gère un carnet de clientèle très étoffé qui témoigne de son rôle d'entremetteur entre personnalités souhaitant faire des affaires. Ces dernières chargent le maître de la maison d'engager les contacts et d'organiser lui-même l'entrevue gastronomique.

C'est ici encore que Édouard Chaux, président du Cercle européen des Champs-Élysées, tient quelques-uns de ses salons, toujours très arrosés de vins d'exception. La réussite est telle que André ouvre vite une annexe à son restaurant, baptisée Le Soleil dans la Cave, juste à côté, au n° 6. Le lieu devient vite un caveau d'approvisionnement pour officiers allemands et pour une frange de la collaboration mondaine. On trouve tous les vins chez André, même les plus rares, et le négociant bourguignon se charge de dégoter personnellement ce qu'il y a de mieux pour ses clients et amis. À quelques minutes de là, Le Monico, cabaret-spectacles du 66, rue de Pigalle, complète le petit empire parisien du négociant.

Concurrences et règlements de comptes à Paris

Avec une telle position, Pierre André s'attire beaucoup d'ennemis, des concurrents jaloux, des ultras de la collaboration en mal d'action, des représentants suspicieux de la police économique ou judiciaire française, ou des auxiliaires des services allemands formés au racket des établissements de luxe. Depuis son installation dans la capitale, des rumeurs le concernant sont soigneusement alimentées par certains collaborationnistes, dont le factieux antisémite Louis Darquier de Pellepoix, devenu Commissaire général aux Questions juives. C'est à son initiative qu'un tract est diffusé à grande échelle dans plusieurs quartiers de la ville décrivant André sous les traits d'un commerçant nomade et cosmopolite, sans attaches et cherchant à dissimuler la réalité de ses origines juives. En réponse à ce coup porté contre sa personne et ses affaires florissantes, le négociant adresse un courrier très personnalisé à l'attention de l'agitateur antisémite :

« Il n'y a en effet, aucune honte à reconnaître ses origines quand elles ne sont pas tarées. Si j'étais juif, je n'aurais pas de honte à le reconnaître. Si j'étais libre-penseur, non baptisé, je pourrais vous dire, parodiant ainsi une devise célèbre : "Juif ne suis, chrétien ne daigne, André suis", mais je suis chrétien et n'éprouve aucune honte à l'affirmer.

Ce que j'ai honte (*sic*), voyez-vous, c'est d'avoir à fournir la preuve de mon aryanité pour faire cesser une…

équivoque qui ne peut exister que dans le cerveau nébuleux de quelque "Arthur" désaxé ou d'argousins maladroits. (...)

Il y avait (selon votre lettre) équivoque (...) lorsque d'aucuns, qui devraient bien être stigmatisés d'une étoile qui ne serait pas de Sion, mais de... Charenton, disaient obséquieusement, les bras étendus devant les trésors de leur cave : "Vous désirez de bons vins, nobles militaires. Allez donc un peu plus loin, au Château de la Maison André, évacué sur l'ordre du patron. Vous pourrez vous servir à votre aise et cela est sans importance car André n'est qu'un prénom qui cache un nom de juif!!!..." (...).

S'il en était autrement, croyez encore que je me tiens à votre disposition pour vous démontrer, mais à vous seul, et de visu, que je n'ai pas été baptisé selon les rites juifs [1] ! »

Échaudé, André sait qu'il doit s'entourer de protecteurs. Le premier d'entre eux est un certain docteur Eckardt, chef de bataillon, membre des services de l'Abwehr, un militaire discret, méthodique et opportuniste, amateur de jolies femmes et buveur invétéré. La relation est d'importance car l'officier dépend directement du colonel Rudolph, chef du renseignement militaire à l'hôtel Lutetia, un ambitieux maladif, prétentieux et sans scrupule. Le nazi est surtout un débauché, amateur de grands vins et de parties fines. C'est de lui qu'André se recommande lorsqu'il est inquiété ou lorsqu'il s'agit de réaliser une affaire fructueuse. Le négociant est parvenu par cette voie à obtenir l'exclusivité dans la fourniture des casinos d'officiers administrés par les services de l'hôtel Majestic. Placée sous la direction du major Blakeley et de l'oberleutnant Thöne, cette administration conserve la haute main sur la gestion des jeux d'argent du haut personnel militaire de l'armée d'occupation. Son champ de compétence couvre tous les hôtels et casinos occupés de Paris, de Normandie, puis de la Côte-d'Azur et de Monaco. C'est une entrée royale pour favoriser les rencontres et les mondanités toujours très propices aux affaires.

En retour, la Rôtisserie de la Reine Pédauque ne désemplit pas. On compte certains soirs une file continue de voitures, militaires ou non, garées devant l'établissement et ornées des Ausweis protecteurs. Mais toute cette agitation attire l'amertume d'une partie de la police française et du personnel de la préfecture de Paris qui multiplient les contrôles. Dans la cible des agents, le cabaret Le Monico est décrit comme un établissement tellement fréquenté par l'armée occupante qu'il en est devenu une adresse allemande, à tout point de vue. L'attention de la préfecture n'est pas sans conséquence pour ces dizaines de lieux de plaisirs qui respectent bien peu la réglementation en vigueur. Au printemps 1943, une notification ordonne la fermeture nocturne du cabaret au couvre-feu de dix heures. En l'absence d'Eckardt, c'est un certain docteur Hornes, conseiller de l'administration militaire d'occupation au Majestic, qui est appelé à l'aide. L'affaire est réglée en direct. André peut continuer ses affaires, la police ne bougera pas.

Pour autant, c'est du côté allemand que l'on s'agite. À Berlin, on s'exaspère de l'image de dépravation que donne Paris perçue comme une capitale des plaisirs pour l'occupant et où le vin coule à flots jusqu'à amollir les caractères les plus endurcis. D'ailleurs, Hitler a exigé qu'on limite au strict nécessaire la présence des soldats de l'armée d'occupation dans la capitale française pour expédier en masse plus d'hommes vers l'Est. Le général SS Carl Oberg, casquette sombre à tête de mort fleurie de tibias, botté et ceinturé, un homme tout rond, au crâne rasé, qui porte sur son nez relevé et ses joues bouffies de larges lunettes cerclées, est arrivé sur place un an plus tôt afin de restaurer l'ordre nazi et garantir l'autorité des SS. Or, les relations entre le commandement militaire allemand et les services de la SS sont devenus détestables. Le jeu des protections n'est donc pas sans risques alors que les réseaux entretenus par la Wehrmacht et relayés par l'Abwehr sont de plus en plus ouvertement concurrencés par ceux du service de renseignement des SS, et plus largement par la Gestapo.

En septembre, le Majestic relaie plusieurs ordres de fermetures administratives pour faire bonne figure, dont celui du Monico. Dans les temps qui courent, il faut donner des gages. C'est bien ce que pense Hans von Boineburg-Lengsfeld, le commandant du Grand Paris, la figure parfaite du baron teuton. Placé sous le commandement de Carl-Heinrich von Stülpnagel, le commandant en chef des troupes d'occupation en France, il fait du zèle à son corps défendant. C'est à lui que André s'adresse dans un courrier étourdissant de témoignages naïfs et complaisants. Il y rappelle toute sa proximité avec le Reich. En se présentant comme un adhérent inconditionnel à la cause allemande. Il rapporte son amitié avec le docteur Eckardt qui répond de lui. Pour enfoncer le clou, André revendique sans détour une ascendance allemande, lui l'orphelin de Lorraine. Il certifie son engagement aveugle pour la cause nazie, précisant que « c'est vous dire, indépendamment que ma mère était allemande, que je ne suis pas un "Collaborationniste" pour la circonstance, ou de la… dernière heure ! (…) mais bien au contraire. Tous ceux qui me connaissent savent que je suis un collaborateur-né[2] ».

Le chef de groupe allemand chargé des affaires administratives à Paris est bien embarrassé : « Il me semble que nous avons fait ici quelque chose comme un impair. » Il est décidé que la demande doit être réexaminée avec une bienveillante considération. Il ne faudrait pas que croyant bien faire, un officier entérine une décision qui le conduise directement sur le front de l'Est. La vraie question est de savoir si les protecteurs de l'établissement sont suffisamment intouchables et s'il est plus risqué de maintenir la fermeture du cabaret que d'ordonner sa réouverture.

En octobre, la Gestapo entre dans le jeu. Un capitaine, le Sturmbannführer Schneider, fait savoir à André qu'une réouverture complète lui sera assurée, assortie d'une protection pour toutes ses affaires, dans la mesure où la gestion de ses établissements passerait entre les mains de ses services. Schneider n'est pas un nouveau venu dans le milieu parisien. Plus connu sous le nom de « Käpt'n Schneider », il est un ancien officier de la marine de guerre allemande. De cette période, il a gardé un goût immodéré pour l'alcool. Le « Käpt'n » sait boire, et beaucoup, et il a développé à Paris un vrai penchant pour les vins français de grands crus. Sans que l'on sache vraiment quel était son rôle précis en tant que chargé de mission de la Gestapo à Paris, il surveille, infiltre, noyaute les lieux mondains, les restaurants et les boîtes de nuit. Surtout, l'ancien marin fait des affaires à partir d'un petit service privé qui semble fonctionner comme un bureau d'achat non officiel pour ravitailler de très hauts gradés, dont le général SS-Gruppenführer Max Thomas, combattant en Russie, envoyé récemment en retrait du front, sur les rives de la mer Noire.

Dans cette affaire, André a peut-être perdu sa mise, mais il garde la main. Le Monico peut ouvrir toute la nuit. La Gestapo investit son personnel. Les comptes ne sont plus de son ressort direct. Les bons vins en provenance de Bourgogne et d'ailleurs vont circuler plus vite et plus fort. Les chiffres témoignent d'une accélération rapide de son commerce. Le Soleil dans la Cave devient un bureau d'achat de vins à lui tout seul. Il n'est plus nécessaire d'avoir des agents de commerce. Seule, la prospection de volumes de vin à acquérir est essentielle. L'important est de ne jamais décevoir ses amis. L'influence grandissante du négociant à Paris se fait savoir. Le milieu de la collaboration gravite autour des adresses bien connues de ses établissements. Pour preuve de son nouveau pouvoir, André peut se rendre utile efficacement, d'autant qu'il associe à ses amitiés allemandes un second cercle d'influence, très puissant lui aussi, mais cette fois au cœur du pouvoir collaborationniste.

Clergé, Croix-de-Feu et collabos

Le portrait exposé dans la grande salle de la Rôtisserie de la Reine Pédauque ne passe pas inaperçu. La tête large enfoncée dans un corps épais, stable, toison blanche, stature d'un pape dans sa large robe de cardinal, la figure de l'archevêque de Paris Emmanuel Suhard rassure certains adeptes de la collaboration toujours présents en nombre dans l'établissement. Parmi eux, l'abbé Maillet, illustre fondateur de la maîtrise des Petits Chanteurs à la Croix de Bois, placé depuis les années 1930 à la tête d'un vaste réseau ecclésiastique fondé sur le succès mondial de la manécanterie, est un habitué du lieu. Si, depuis la défaite, la manécanterie poursuit ses concerts à travers le monde, ses manifestations sur le sol métropolitain rejoignent toujours les préoccupations du nouvel ordre français et européen soutenues par certains des plus hauts prélats de l'Église catholique, dont le cardinal archevêque de Paris, l'archevêque de Bordeaux, Monseigneur Feltin, et l'évêque de Dijon, Monseigneur Sembel, tous fervents partisans de Vichy.

L'abbé Maillet est un proche d'André. Les deux hommes se sont connus au sein de la Ligue des Croix-de-Feu avant qu'André ne fasse de son restaurant l'un des lieux de rencontre de certains de ses membres. C'est ici que « Monseigneur » Jean de Mayol de Lupé les rejoint à l'occasion de repas patriotiques, en amont de défilés du souvenir ou de pèlerinages sur les champs de bataille. Héroïque combattant dans l'infanterie, décoré de la médaille militaire, André conserve des contacts étroits avec les vieux briscards en devenant président de l'Amicale des anciens du « 44e » puis en s'engageant durant l'entre-deux-guerres au sein de la très puissante Ligue. Invités chaque année depuis 1938 dans son restaurant de Paris, les anciens du 44e Régiment d'Infanterie se retrouvent notamment autour de celui qui fut leur officier.

S'ils ne manquent pas de vins à table, dans son établissement assis sur l'une des plus belles caves de Paris, les bourgognes, Beaune Reine Pédauque et Corton Château-André s'associent volontiers en fin de repas aux liqueurs de Tarragone, Grande Chartreuse et eaux-de-vie de Voiron, jaunes et vertes, estampillées élixirs des Pères Chartreux, tous fraîchement revenus de leurs trente-sept ans d'exil. Mais la « sainte liqueur » doit surtout sa présence aux liens tissés entre « Monseigneur » et les moines autrefois réfugiés au monastère de Farneta en Toscane. C'est de ce refuge en Italie fasciste que Mayol de Lupé entretient depuis longtemps de fortes relations avec les prieurs, Dom Jacques-Marie Mayaud et, surtout, le révérend père général Dom Ferdinand Vidal. Depuis, les moines ont retrouvé leur « désert » montagneux des Préalpes et une reconnaissance légale bien utile.

Autour de ces hommes et derrière ce monde de prélats, André participe à un cercle d'influence politique très actif et puissant. Il le prouve en 1943, lorsque la condamnation à mort du comte Robert-Jean de Voguë, chef de la maison Moët & Chandon et président fondateur du Comité interprofessionnel des vins de Champagne, est annoncée. Le grand négociant champenois est gravement impliqué dans des activités de résistance qui doivent le conduire à un procès, sans doute sans appel. L'affaiblissement continu du haut commandement militaire allemand en France n'encourage pas André à alerter ses amitiés de ce côté-là. Le Käpt'n Schneider pourrait certes être un atout à jouer pour faire libérer son éminent confrère. André s'en défendra pourtant plus tard, précisant que son rôle s'est appuyé sur l'intervention d'un cercle d'amis, religieux et anciens combattants, très introduits auprès du gouvernement français et des autorités allemandes.

Révélant son nom, il affirme que son ami « Monseigneur » Jean de Mayol de Lupé, ancien combattant, Bourguignon lié au milieu du vin comme lui, proche du cardinal archevêque de Paris, lui aurait rendu ce service immense, faisant jouer ses relations personnelles auprès de l'ambassadeur Abetz. Pour s'assurer en parallèle d'un relais des collaborationnistes parisiens, il invite à dîner Philippe Henriot, milicien actif et personnage très influent, dans son restaurant de la rue de la Pépinière. En tant qu'orateur sur Radio-Paris, Philippe Henriot est un redoutable propagandiste et l'un des collaborationnistes les plus connus en France. C'est aussi un opportuniste et un intrigant, habitué des lieux à la mode où il cultive ses relations étroites avec les nazis, toujours autour de quelques bonnes bouteilles de vin. C'est autour d'un magnum de champagne Victor Clicquot qu'André affirme avoir su être convaincant, arrachant à Henriot une promesse ; celle de son intervention auprès des autorités allemandes afin de sauver la tête du Champenois. L'engagement est pris. De Voguë ne sera pas exécuté. C'est toute la Champagne qui souffle.

TOUTES HONTES BUES

Une pétillante collaboration

L'arrestation de Robert de Voguë à l'automne 1943, pour activités anti-allemandes, a été un choc pour le monde viticole champenois. L'éviction de ce personnage incontournable du vignoble marque à l'évidence un tournant et fournit aux autorités allemandes l'occasion d'accentuer la mise sous tutelle de toute la filière du champagne. Première cible de cette réorganisation, la maison Moët & Chandon est entièrement reprise en main par Otto Klaebisch, le « Führer du champagne ». Le délégué du Reich nomme un négociant qui lui est proche, Pierre-Alain Jacquin de Margerie. L'intermédiaire, réputé fidèle, est très investi auprès des services allemands. L'homme d'affaires réputé d'Aÿ est surtout l'époux, en secondes noces, de Colette Taittinger. Accompagné d'un administrateur français, il est également un proche du capitaine Raeder, une brute allemande bien connue pour sa férocité. Si le nom du nazi ne passe pas inaperçu, c'est qu'il est un officier d'administration incontournable au sein du service des transports de la feldkommandantur et, surtout, le neveu du grand amiral allemand Erich Raeder.

L'influence du capitaine agit à travers celle de son oncle et c'est bien lui qui se charge de faire délivrer tous les permis de circuler pour Paris et dans toute la France. Il devient l'un des officiers clefs dans les circuits d'approvisionnement locaux des vins de Champagne. Couvert de cadeaux offerts par les acheteurs et revendeurs de vins, il a table ouverte dans toutes les maisons de négoce. Il dîne chaque semaine chez Pommery & Greno à Reims, maison dirigée par le marquis de Polignac. Le neveu du grand amiral y est d'ailleurs toujours reçu avec les honneurs dus à sa famille. Après la disparition du marquis Jean d'Aulan, parti rejoindre les Forces françaises libres, puis abattu dans les Vosges, c'est au tour de la société Piper-Heidsieck d'être mise sous la tutelle d'Otto Klaebisch qui se fait personnellement nommer administrateur.

Du côté français, un personnage tient alors une place incontournable dans les circuits du champagne. Maurice Doyard, délégué général du Comité interprofessionnel du vin de Champagne, est le premier d'entre eux. Vigneron des Côtes-de-Blancs, cet ancien instituteur, candidat malheureux à la députation, est doté d'une intelligence assez vive que son caractère très primaire met au service d'un grand arrivisme. Profitant du bouleversement engendré par la défaite, il se hisse du rang de chef de file syndical à celui de délégué général du Comité interprofessionnel en tandem avec Robert-Jean de Voguë, représentant le commerce. D'emblée, Doyard est un collaborationniste très actif qui répète à qui veut l'entendre son soutien indéfectible à la victoire nazie. Décomplexé, il multiplie les signes de soumission au régime de Vichy, ce qui lui vaut en retour une infinie reconnaissance du pouvoir en place [1].

En mai 1942, lors de la réception d'une délégation du Comité interprofessionnel des vins de Champagne placée sous la conduite de René Bousquet, préfet régional, par le chef de l'État Philippe Pétain, Maurice Doyard est en première ligne. Il accompagne Robert-Jean de Voguë, président du Comité interprofessionnel, Claude Fourmon, directeur adjoint, Maurice Pol-Roger, représentant des négociants en vins de Champagne d'Épernay, de Luze, représentant du Syndicat des cadres, employés et agents de maîtrise, Parmentier de Chamery, représentant des propriétaires récoltants, et Charles Théron, directeur régional des Contributions indirectes et commissaire du gouvernement. À cette occasion, les négociants remettent une enveloppe de plus de deux millions de francs, produit de la collecte faite par le Comité interprofessionnel au profit du Secours national. Doyard ne cache pas sa joie. Il en fait même beaucoup. Dans la presse, il rapporte à quel point tous furent très impressionnés par « la simplicité et la paternelle cordialité » de cette réception sans aucun protocole. Il est fier et heureux d'avoir approché « le grand Français qui a accepté l'héroïque et noble tâche de guider la France dans sa rénovation ». En rappelant sa proximité avec le régime de Vichy, Doyard rapporte son admiration pour l'action du préfet Bousquet, un proche ; mieux encore, un intime [2].

Collaborateur très zélé, il multiplie les témoignages de sa proximité avec les officiers allemands et en particulier avec l'acheteur officiel. D'ailleurs, il reçoit très régulièrement chez lui Otto Klaebisch et son adjoint Frank Müller. Ces rencontres sont l'occasion pour eux de festoyer autour de grands crus de Champagne. Les deux représentants allemands sont de la partie, aux côtés de la famille, le jour du mariage de la fille de Maurice Doyard. La noce, qui s'étend sur cinq jours, rassemble plus d'une centaine d'invités, tous honorés de la présence de Klaebisch. On boit beaucoup à cette occasion. Au temps des pénuries pour tous, les tables accueillent entre les homards et le gibier sauce vin rouge une galerie complète de crus d'exception, Avize 1928, Bouzy rouge et blanc 1931 et 1934, Pommery brut 1921, 1926 et 1938, Lanson brut 1919 et 1939, Veuve Clicquot Grande Réserve 1932, liqueur Bénédictine Vieille Réserve, cognac Martell et Fine Champagne Rémy Martin, un cortège de vins, d'eaux-de-vie et de liqueurs à faire pâlir la cohorte d'officiers allemands présents. Les réjouissances se terminent par une orgie digne d'un patricien romain.

Pour Doyard, l'humble instituteur d'extraction paysanne, le tâcheron des terres crayeuses de Champagne, le gueux devenu syndicaliste, la réussite est étourdissante et il en expose tous les signes. Si sa situation était très critique avant la guerre, ses nouvelles fonctions et les relations qu'il a acquises depuis la défaite lui ont permis de gagner une petite fortune. Il ne se refuse plus rien. Au volant de sa Delage huit cylindres noir nacré, il circule de propriété en propriété, contemplant ses terres, ses chais, son domaine équestre, et supervisant de nouveaux investissements et des extensions immobilières dans toute la région. Libéré de la présence de Robert-Jean de Voguë, après son arrestation, Doyard marque son ascendant sur le Comité interprofessionnel aux côtés du nouveau représentant du commerce champenois, le marquis de Polignac, dirigeant de la maison Pommery & Greno.

Polignac, du Comité France-Allemagne au Groupe Collaboration

Homme avenant au physique discret, le marquis Marie Charles Jean Melchior de Polignac fait figure de « plus grand snob de France » aux dires de William C. Bullitt, l'ambassadeur des États-Unis à Paris jusqu'en 1940. Petit, mince et fier, le marquis est en effet issu de l'une des plus anciennes familles de la noblesse française. Si le personnage ne manque pas d'orgueil, il se targue avec raison de posséder l'un des meilleurs carnets d'adresses de France. Ces relations nombreuses ont été tissées tout au long d'un riche itinéraire personnel marqué dès l'âge de vingt-deux ans par la direction de la maison des champagnes Pommery qu'il hérite de sa famille. Curieux, innovant et doté d'un réel esprit d'entreprise, Polignac crée à Reims en 1911 le Parc Pommery à l'attention de ses employés et de leurs familles, se prévalant d'un esprit paternaliste éclairé, moral et « hygiéniste », à la fois chrétien et libéral. Le lieu est conçu comme un jardin de détente dédié aux pratiques sportives, avant de devenir le premier centre d'éducation physique de France. Polignac y fonde le Collège d'athlètes de Reims, inauguré en 1913 en présence du président du Comité international olympique Pierre de Coubertin et du président de la République Raymond Poincaré. Organisateur de la Grande Semaine d'aviation de la Champagne, un meeting international aérien, il crée sur ses fonds personnels la coupe Pommery, une compétition d'aviation de grande renommée. À la fin du premier conflit mondial, Polignac devient un relais de la politique des États-Unis en France, lui l'époux d'une citoyenne américaine, avant de porter après l'armistice des initiatives locales en faveur du financement de la reconstruction de la ville de Reims. Sa déception est immense lorsqu'il apprend le retrait américain des négociations de la conférence de paix de Paris, abandonnant en Europe des vainqueurs exsangues face à des vaincus revanchards. Ces nombreux engagements ne l'éloignent pourtant jamais de sa passion pour l'éducation physique et sportive qu'il conçoit comme une méthode ralliant discipline du corps et renforcement moral sur le modèle promu au même moment par Georges Hébert. Devenu membre du Comité international olympique en 1921, il est avec le comte Clary à l'origine de la candidature et de l'organisation des Jeux de Paris et de Chamonix en 1924. Durant ces années, il conforte ses convictions politiques très conservatrices, marquées par le choc de la guerre, l'obsession d'un déclin qu'il redoute et la conviction d'un nécessaire sursaut salutaire fondé sur un redressement moral et national qu'il appelle de ses vœux.

Avec d'autres, le marquis de Polignac succombe très tôt à la fascination exercée par les ligues, dont les célèbres Jeunesses Patriotes créées par Pierre Taittinger, lui-même propriétaire à Reims d'une prestigieuse maison de Champagne. S'engageant au sein des Croix-de-Feu, il fonde en 1919 l'Accueil franco-allemand en étroite relation avec le comte, puis marquis, Fernand de Brinon, avocat et journaliste, farouche partisan d'un rapprochement pacifique et durable entre la France et l'Allemagne. Il se lie alors à Abel Bonnard, hommes de Lettres, bientôt académicien, et à Georges Claude, physicien chimiste et industriel de renom, tous deux membres de l'Action française de Charles Maurras. Son attention se porte donc vite sur les expériences politiques qu'il juge fascinantes, venues d'Italie puis d'Allemagne à partir de 1933. Son intérêt pour le nazisme grandit après plusieurs voyages dans le Reich, autant motivés par ses activités professionnelles que par la séduction du modèle politique qu'il rêve de voir adapté en France.

Polignac entretient alors des relations étroites avec l'un de ses importateurs de champagne attitré, Joachim von Ribbentrop. Marié à la fille du plus important fabricant de mousseux d'Allemagne, Otto Henkell, le commerçant allemand a connu depuis peu une réussite politique fulgurante en devenant le protégé du chancelier Adolf Hitler. Sous ses grands airs d'aristocrate, doté d'un physique avantageux, Ribbentrop plaît beaucoup à Polignac qui le présente à son ami Fernand de Brinon à l'occasion d'une partie de chasse en Champagne. La rencontre fait merveille, à tel point que le journaliste décroche dans la foulée un entretien exclusif avec Hitler. Grâce à son ami Polignac, Fernand de Brinon devient le premier journaliste français à être reçu par le chancelier du Reich, le 16 novembre 1933. Quelques jours plus tard, il publie dans les colonnes du *Matin* les « déclarations sensationnelles » qui lui ont été faites, ne dissimulant pas son inconditionnelle admiration pour le chef nazi qu'il reverra à plusieurs reprises par la suite.

C'est à l'issue de cette première entrevue que Hitler invite personnellement une délégation d'anciens combattants français en Allemagne à laquelle se joint Melchior de Polignac. Inspiré par les grands rassemblements hitlériens, le Champenois met à disposition du colonel François de La Roque, président général des Croix-de-Feu, le Parc Pommery pour y recevoir près de douze mille Croix-de-Feu venus de Paris et de l'est du pays le 14 avril 1935. Au programme des festivités, l'ouverture par un meeting aérien laisse place au défilé des sections, puis à un flot de chants et de discours ponctués d'acclamations et de saluts romains. Les mots et directives prononcés frappent l'attention et rappellent les objectifs : « Vous barrerez la route à tout ce qui est rouge, à tout ce qui exerce une action occulte, sans assumer de responsabilité : j'ai nommé la franc-maçonnerie et tout ce qui se sépare du drapeau tricolore », entend-on. Polignac exulte. Pourtant, aucune amitié ne naîtra entre les deux hommes. En créant le Parti social français (PSF) quinze mois plus tard, le grand parti de masse de la droite conservatrice, de La Rocque confirme son hostilité complète à l'égard de l'Allemagne nazie, son rejet du fascisme et son refus de l'antisémitisme. Sur cette orientation, la rupture est consommée avec Polignac.

L'adhésion du marquis champenois au Comité France-Allemagne, dès sa création le 16 novembre 1935, s'impose donc comme une évidence. Membre fondateur, Melchior de Polignac intègre son conseil d'administration dans lequel il côtoie tous les notables et dirigeants d'associations d'anciens combattants français, dont le très influent Jean Goy, président de l'Union nationale des combattants. Cette couverture publique en faveur de l'entretien de la mémoire de la guerre, de ses victimes et survivants, apporte au Comité d'importantes sources de financement privé, notamment par l'intermédiaire de l'industriel Ernest Mercier, dirigeant de la Compagnie française des pétroles (CFP), et public à travers le Quai d'Orsay, jusqu'à la déclaration de la guerre en 1939. Dans ce cercle d'amitiés politiques, il retrouve Otto Abetz, l'homme de confiance de son ami Ribbentrop, à la tête du Comité France-Allemagne, la Deutsch-Französische Gesellschaft (DFG), également créé en 1935 et animé par des universitaires nazis dont Friedrich Grimm, conseiller personnel d'Adolf Hitler, collaborateur de Goebbels et avocat du IIIe Reich.

Présidé par le commandant René Lhopital, ancien officier d'ordonnance du maréchal Ferdinand Foch, puis par le député de Paris Georges Scapini, président de l'Union des aveugles de guerre, le Comité français se donne pour objectif de « favoriser le développement des rapports privés et publics entre la France et l'Allemagne dans tous les domaines, et plus spécialement au point de vue intellectuel, scientifique, économique, artistique et sportif afin de contribuer, par une meilleure compréhension réciproque, à la consolidation de la paix européenne ». Si la peur d'un retour à la guerre anime incontestablement ses membres, chacun rallie aisément les thèses antisémites et anticommunistes qui viennent conforter la promesse nazie d'une renaissance civilisationnelle continentale sous la conduite de l'Allemagne. L'argent et l'habileté diplomatique d'Otto Abetz feront le reste.

Sous l'influence de Fernand de Brinon, son principal initiateur et animateur, le Comité organise des conférences, des voyages en Allemagne, reçoit des délégations et des dirigeants nazis à l'occasion de banquets, de réceptions et de cocktails d'exception. Tout ce petit monde dîne et sable le champagne à la Coupole, la grande brasserie à la mode de Montparnasse. On y débat, échange, prononce des discours, livre des exposés. On y entretient surtout des relations et des estimes réciproques autour d'une coupe ou d'un verre. Le jour venu, ces précieux liens seront le gage d'un nouvel édifice politique. En parallèle, Polignac est membre du club du Grand Pavois à Paris, cercle mondain de la haute société parisienne et relais occulte des cagoulards. Il participe aux dîners de galas et aux cocktails qui sont organisés chaque semaine en alternance Chez Maxim's et au Café de Paris. C'est ici qu'il retrouve Fernand de Brinon, l'autre marquis, dont l'allure et les idées le ravissent. Polignac approvisionne le club politique en champagne, soigneusement étiqueté « Club G.P.[3] ».

C'est donc naturellement que, le 25 septembre 1940, à la suite de la défaite française, le marquis champenois rejoint le Groupe Collaboration qui vient d'être officieusement fondé afin de remplacer le Comité France-Allemagne. Dès sa création, le « Groupement des énergies françaises pour l'unité continentale » forme un monde à part. Très élitiste, cette association d'intellectuels et de notables qui passent leur temps à courir les grands restaurants ne forme ni un parti, ni un mouvement politique au sens propre.

Il s'agit d'un club chic et mondain promoteur des « échanges spirituels » entre les deux nations. Tous ses membres sont convaincus de l'impérieuse nécessité de maintenir au mieux les privilèges de leurs existences. Dans une société où l'on rebat les cartes, où des minorités agissantes tiennent la réalité du pouvoir, ils s'autoproclament bastion des valeurs françaises et de la survie du pays après le traumatisme de la défaite. Tous perçoivent la chute de la France comme une juste punition. L'occupation allemande devient à leurs yeux une prodigieuse opportunité. Pour Melchior de Polignac et les membres fondateurs, l'effondrement de la France au printemps 1940 n'est qu'une lointaine conséquence de l'état d'abandon et de délitement dans lequel le pays se trouve depuis plus de dix ans. Les forces politiques dirigeant le pays l'ont conduit à tourner le dos à son prestigieux passé, à ses traditions et à ses valeurs. Pour ces lointains héritiers d'Aristide Briand et de l'espoir perdu d'un rapprochement franco-allemand initié par les accords de Locarno, un européisme pacifique aurait dû voir le jour, autour et avec l'Allemagne.

Au sein du Groupe Collaboration, Polignac retrouve des amis et des proches. Ils sont parfois issus du monde du vin, comme Félix Henri Gondry, patron de Lanson Père & Fils et de Veuve Laurent Perrier & Cie. Gondry, c'est l'autre homme fort de la Champagne. Cet aventurier, belle et grande gueule, jovial et courtois, toujours tiré à quatre épingles, n'a jamais dissimulé ses sentiments pro-allemands. Ils sont de notoriété publique. Avant-guerre déjà, il fanfaronnait annonçant la défaite prochaine de la France et appelant les uns et les autres à se rallier au modèle nazi. Depuis 1940 et la réalisation de sa funeste prophétie pour le pays, Gondry reçoit tous ceux qui comptent parmi les représentants du nouvel ordre. Dans son hôtel particulier de Reims ou dans sa propriété de Tours-sur-Marne, les officiers allemands sont accueillis presque quotidiennement à l'occasion de repas toujours très festifs. L'ami Klaebisch est bien sûr l'un des plus fidèles visiteurs, d'autant que les deux hommes se connaissent depuis longtemps. Gondry fréquentait déjà le futur « Führer du champagne » alors que ce dernier n'était encore qu'un voyageur de commerce représentant la maison Lanson en Allemagne. Tous ces déjeuners et dîners sont l'occasion d'échanger leurs connaissances sur la situation politique, de coordonner leurs actions pour l'écoulement du champagne et de s'accorder des moments de plaisir et de distraction, comme ce fut le cas lors de la réception organisée par Gondry pour l'anniversaire de Klaebisch. Le dignitaire allemand reçoit ce jour-là pour cadeau un violon Stradivarius ; un cadeau hors de prix pour un ami très cher.

Dans les réunions parisiennes du Groupe Collaboration, Polignac retrouve également les négociants bordelais Descas, Calvet et Eschenauer, Yves Glotin, directeur de Marie Brizard, pétainiste de la première heure, et les négociants bourguignons Henri Leroy, Pierre André et Marius Clerget. Chaque dimanche à Paris, le marquis champenois et son épouse organisent près des Champs-Élysées une « cocktail party » réunissant les piliers de la collaboration et des personnalités allemandes dont Otto Abetz, son épouse, et des habitués de l'ambassade allemande. L'humour pince-sans-rire du marquis et ses anecdotes amusent son entourage et le placent au cœur de l'un des salons les plus prisés de la capitale sous l'Occupation.

Il existe peu de rendez-vous aussi estimés, en dehors des soirées arrosées chez l'étonnante vicomtesse Marie-Laure de Noailles, artiste, mondaine, écrivaine et peintre. D'origine juive, portant une broche frappée d'une faucille et d'un marteau en diamants constamment fixée à ses robes, elle organise des réceptions somptueuses avec le chorégraphe Serge Lifar et d'innombrables officiers allemands dans son hôtel particulier du 11, place des États-Unis dans le 16e arrondissement de Paris. Autre extravagante, Marie-Louise Bousquet, journaliste de mode et rédactrice de l'édition française de *Harper's Bazaar*, la luxueuse revue new-yorkaise, qui révéla Christian Dior quelques années plus tôt. On ne manque jamais de champagne aux réceptions qu'elle organise chaque mardi et jeudi dans son immeuble parisien du 3, place du Palais-Bourbon. Seule Florence Gould parvient à rivaliser avec elle. Épouse du milliardaire américain des chemins de fer Frank Jay Gould, femme de Lettres passionnée d'art, elle anime un salon du Tout-Paris de la collaboration à l'hôtel Bristol, puis dans son hôtel particulier de l'avenue de Malakoff où se pressent les plus hautes autorités allemandes de la capitale. Helmut Knochen, chef de la Gestapo à Paris, y croise le capitaine Ernst Jünger, écrivain, figure intellectuelle, coqueluche des salons parisiens et officier de l'administration militaire allemande, ou le lieutenant Gerhard Heller, éditeur et traducteur nazi, Sonderführer de la Propagandastaffel en charge de la censure littéraire pour les autorités d'occupation à Paris. Si les réceptions de Madame Gould ne se distinguent pas pour autant par la qualité des mets et des vins qui y sont servis, en dehors du champagne Lanson abondamment livré, celles de Paul et Hélène Morand, de la marquise de Mun, de la princesse Murat ou de la famille Dubonnet complètent le paysage d'une capitale assiégée par des salons et cocktails mondains très arrosés consacrant les noces d'un vainqueur adulé avec une haute société conquise. Mais à ce jeu-là, Madeleine Mumm fut sans aucun doute la pionnière d'une collaboration mondaine sans limite.

La vie dissolue de Madame Mumm

Vedette de la vie parisienne, Madeleine Mumm, née Allen, avait épousé en 1937 Gottfried Mumm alors qu'elle n'était pas encore divorcée de son précédent mari. Dotée d'un physique très avantageux, elle charme et séduit tout son entourage avec une facilité déconcertante, masculin comme féminin d'ailleurs. Installée à Paris en octobre 1940 dans un hôtel de l'avenue d'Iéna, elle se fait connaître de tous par sa vie extravagante, ses mœurs légères, et la conduite d'un salon placé au cœur de la collaboration mondaine la plus tapageuse [4]. Les archives de la préfecture de Police de Paris relèvent dans ses rapports que Madeleine Mumm « sortait en compagnie d'officiers supérieurs allemands, notamment avec le major von Blomberg, ex-commandant de la place de Saint-Germain-en-Laye, et le colonel Berlichinger, chef d'une Panzerdivision, ses relations avec ces derniers semblaient dépasser le stade de l'amitié et, lors de son départ de la capitale, elle était accompagnée par le colonel Berlichinger qui, depuis quelque temps déjà, avait élu domicile chez les époux Mumm.

« La femme de Mumm qui avait un grand train de vie, organisait de fréquentes et grandioses réceptions en faveur d'officiers allemands, notamment le capitaine Kikebuck, le général von Massow, le major Herts, le major von Guerner, et le comte Donoff, de la Gestapo.

« Elle recevait également des personnalités françaises : le comte de Voguë, François Dupré, directeur de l'hôtel George-V, Mme Besançon de Wagner, directrice de la maison Maggy Rouff, le prince de Rohan, le marquis Melchior de Polignac, le comte de Chambrun (gendre de Laval) et sa femme, la princesse Antoinette de Crouy, maîtresse du major von Guerner, M. et Mme André Dubonnet, Sacha Guitry, la marquise de Béjarry, les époux Dassouville, Horace de Carbuccia, l'ex-ministre Bichelone (*sic*).

« Elle a pris part, en outre, à des parties de chasse organisées dans la propriété des Dubonnet à Montgermont (Ille-et-Vilaine) en compagnie de Brinon et d'autres personnalités politiques.

« Elle était également en relation avec Otto Abets (*sic*) (ambassadeur d'Allemagne) et Knochen, chef des SS et des SD à Paris.

« Elle était également en relation avec l'ambassadeur d'Italie, les industriels Cointreau et Delage et Serge Lifar.

« La née de Mumm (*sic*) était très intimement liée avec Mme Ruth Dubonnet, ex-comtesse de Vallombrosse. Toutes deux sont susceptibles d'avoir appartenu au réseau du SR et CE allemand dénommé Arbeit Sondern Stat[5], mais aucune précision n'a pu être obtenue à ce sujet[6] ».

« Un autre rapport ajoute que l'épouse Mumm « se rendait également fréquemment chez Pellenc (...) dont le domicile servait de lieu de rendez-vous à de nombreuses femmes élégantes s'adonnant à la débauche en compagnie d'officiers allemands qui venaient les y retrouver.

« Mme de Mumm voyait également très souvent et recevait à sa table la comtesse Vorontsoff, (...) laquelle est de mœurs très légères et alcooliques. Âgée de 36 ans, (...) après avoir été au mieux avec les officiers allemands, elle ne se refuse pas davantage aux membres de l'armée américaine.

« Ses deux cousines (la princesse de Mestchersky et la comtesse Vorontsoff) semblent avoir servi de couverture à Mme de Mumm qui avait parfois des explications à fournir à M. de Mumm, "explications" qui auraient été fort embarrassées s'il n'y avait pas eu de complicités dans l'entourage de M. de Mumm[7] ».

Un rapport confirme que « les réceptions et soirées les plus courues à Paris s'organisaient avec la participation de nombreux industriels du vin (...) et leurs approvisionnements en vins, champagnes, cognacs et liqueurs garantissaient la réussite des événements (...) comme la venue d'officiers allemands et de personnalités[8] (...) » en parallèle et en concurrence avec les réceptions organisées par Laure Dissard, une autre reine de l'Occupation[9].

Les réceptions chez Madame Dissard

Jolie femme brune au visage subtilement maquillé, à peine rehaussé de touches de fard, celle qui est décrite comme une « mythomane très dangereuse » par son premier mari, l'affairiste britannique Charles Ricou, est guidée par une obsession : faire fortune et s'établir dans la haute société. Mariée au banquier allemand Walter Kleinknecht en 1938, elle s'est établie par la suite dans un hôtel particulier au 22, boulevard de La Tour-Maubourg où elle reçoit dès l'automne 1940 une foule de dignitaires de l'ordre nouveau. Dès lors, son salon devient vite l'un des plus huppés de Paris, offrant aux invités des mets et des vins d'exception [10]. Les goûters et réceptions dansantes de l'après-midi précèdent les dîners de gala du soir jusqu'à très tard dans la nuit. On retrouve alors parmi les invités d'honneur tous ceux qui comptent parmi les hauts responsables allemands dans la capitale française, avec un accent porté sur les personnalités de la Luftwaffe. Les plus assidus sont Rudolf Scheiding, délégué de Hermann Göring en France, responsable du plan de quatre ans, le colonel Beins, puis le colonel Rolf Diedrichs, tous deux chefs d'état-major de l'armée de l'air nazie en France, seconds du général Friedrich Hanesse. Du côté français, elle noue des relations utiles avec Pierre Laval et Marcel Déat, et plus intimes encore avec Jean Bichelonne, ancien directeur de cabinet de Raoul Dautry devenu secrétaire général du ministère de l'Industrie. Elle reçoit et séduit Jacques Benoist-Méchin, secrétaire d'État à la vice-présidence du Conseil chargé des rapports franco-allemands jusqu'en septembre 1942, Pierre Cathala, ministre secrétaire d'État à l'Économie nationale et aux Finances, Max Bonnafous, ministre de l'Agriculture et du Ravitaillement, Hubert Lagardelle, ministre du Travail jusqu'en 1943, Anatole de Monzie, plusieurs fois ministre, ancien député et maire de Cahors, omniprésent dans les cercles du pouvoir vichyste, Lucien Lamoureux, ancien ministre des Finances, Adrien Marquet, ancien député, maire de Bordeaux et éphémère ministre de l'Intérieur de Vichy.

Traquant les bonnes affaires, couvrant les sociétés destinées à être « aryanisées », Laure Dissard s'intéresse aux parfums et aux grands vins, toujours très recherchés par l'occupant. Pour les premiers, elle se lie avec un certain Gutmann, l'un des hauts responsables du trust allemand IG Farben. C'est à lui qu'elle présente Jacques Fath, couturier de renom sur la scène parisienne, pour projeter une collaboration industrielle fructueuse. Établi rue François-Ier en 1940, puis au 39, avenue Pierre-Ier-de-Serbie dans un somptueux hôtel particulier, le maître de la haute couture organise également des soirées mondaines très arrosées aux côtés de Lucie Daouphars, dit « Lucky », l'ancienne soudeuse devenue égérie de la maison Dior, les célèbres mannequins Bettina et Sophie Litvak, et Geneviève Boucher de La Bruyère devenue son épouse.

Laure Dissard se lie enfin d'amitié avec Wilhelm Merker, condamné pour espionnage en faveur de l'Allemagne avant la guerre. Ce dernier gère une boîte de nuit, le Monte-Cristo, lieu de réjouissances bien connu des officiers de la SS dont le capitaine, SS-Hauptsturmführer, Theodor Dannecker, correspondant d'Adolf Eichmann à Paris, l'un des hauts responsables de l'extermination des juifs et de l'application de la « Solution finale » en France. Cupide et corrompu, Dannecker place sous son contrôle et la protection de ses SS des dizaines de clubs, boîtes de nuit et cabarets de la capitale, qu'il faut sans cesse ravitailler en vins et alcools. Installée dans une immense propriété acquise boulevard de la Saussaye à Neuilly, Laure Dissard déploie tous ses talents lors de réceptions somptueuses et de soirées dansantes où rencontres et échanges libertins sont arrangés. Très vite, le lieu devient le plus prisé des SS, associant rencontres intimes et champagne, Lanson de préférence, à proximité de l'extravagante villa du Sturmbannführer-SS Karl Bömelburg. Pour les extras, des repas sont organisés sur commande chez Maxim's, Drouant, au Fouquet's ou à La Tour d'Argent selon des plans de table bien établis afin de favoriser des rencontres d'affaires ou des relations plus intimes[11].

Tout cet univers est couvert par les chefs de l'avenue Foch, Helmut Knochen, chef de la sécurité et du renseignement de la SS, bourreau sanguinaire et grande figure des salons et réceptions, et son supérieur direct à partir de 1942, Carl Oberg, chef de la SS en France. C'est dans le climat festif soigneusement entretenu par l'entremetteuse, autour de coupes de champagne et de grands bordeaux, bourgognes et cognacs, que se nouent des contacts fructueux entre les chefs nazis et les personnalités françaises de premier plan. À partir du printemps 1942, Friedrich Engelke, dit Fritz, ancien secrétaire particulier de Himmler, devient incontournable. En charge par le SS Obergruppenführer Oswald Pohl, dirigeant supérieur de l'économie et de l'administration de la SS, troisième personnage de la SS, chef de l'office central de l'administration et de l'économie (WVHA) incluant la gestion des camps de concentration et d'extermination, il coordonne la captation des marchandises utiles pour la SS. Avec son adjoint le SS-Obersturmführer Hans Kirschöffer, il recourt au chantage et au racket, utilisant ses SS comme rabatteurs de produits de luxe, empochant leur part au passage.

Constatant l'engouement pour les vins et les liqueurs, Laure Dissard prend contact avec des rabatteurs chargés de collectionner les produits les plus rares. Elle traite avec

Engelke et le fournit parfois directement. Parmi les habitués du salon de Madame Dissard, on retrouve également un autre incontournable de la capitale occupée, Hans Caesar, commissaire gérant des banques ennemies à Paris, en charge des banques anglo-américaines placées sous séquestre et de la surveillance des établissements bancaires français. Il travaille avec Carl Schäfer, commissaire allemand de la Banque de France, proche d'Eric Staffeld, collaborateur direct de Göring, directeur du Deviesenschutzkommando, le commando de protection des devises, chargé de capter l'or et les bijoux, et son adjoint Alfred Hartmann, proche de Hitler, installés rue Pillet-Will.

En 1943, Laure Dissard rachète le château de Surville, majestueuse bâtisse du XVIIIe siècle au confluent de la Seine et de l'Yonne près de Montereau, sans abandonner ce qui était devenu le premier salon politique de Paris où se nouent des relations et se jouent des marchés. À la fin de 1943, Erna Hanfstaengl, sœur de Ernst, l'un des premiers soutiens de Hitler, devenu son bouffon sous le pseudonyme de Putzi, est envoyée par Hitler pour sonder la ville. Devenue agent de l'office central de sécurité du Reich nazi, prise sous la coupe de Laure Dissard qui lui fait découvrir les beautés de Paris et les vins français [12], elle s'installe avenue des Champs-Élysées dans une suite de l'hôtel Claridge. Si cet univers, fait de fêtes et de réceptions toujours très arrosées, participe à l'entretien d'un esprit de bonne collaboration, l'homme qui, depuis le début de l'Occupation, en garantit la pérennité demeure Otto Abetz, grand protecteur des mondanités franco-allemandes et responsable d'une politique de séduction bâtie sur le Groupe Collaboration.

LA COLLABORATION MONDAINE
AU « ROYAUME D'OTTO »

Le Groupe Collaboration au centre du jeu

Inspirateur et initiateur de la création du Groupe Collaboration, Otto Abetz finance son fonctionnement sans compter, comme il le fait pour l'hebdomadaire *La Gerbe* dirigé par Alphonse de Châteaubriant et dans lequel paraissent des articles aux prestigieuses signatures : celles d'Abel Bonnard, de Drieu La Rochelle, membres du Groupe, et de Jean Giono, Marcel Aymé, Paul Morand, Jean Anouilh ou Jean Cocteau. Il finance également les *Cahiers franco-allemands* édités à Karlsruhe sous le contrôle de Fritz Bran, un proche de Ribbentrop. Avec Polignac à ses côtés, Abetz mise sur la tenue de salons chargés d'entretenir une intense vie mondaine faite de déjeuners, de cocktails et de dîners. Outre les réceptions à l'ambassade, tous les mercredis après-midi, rue de Lille, où se croisent intellectuels, journalistes et hommes d'affaires, la collaboration mondaine au « royaume d'Otto », comme le désigne l'écrivain Céline, s'appuie sur le Groupe qui existe surtout à travers son Comité d'honneur. On retrouve en son sein la fine fleur des acteurs de la vie intellectuelle et artistique de la capitale, les princes du Tout-Paris, sous le haut patronage de « Son Excellence » l'ambassadeur Fernand de Brinon. Au sommet, quatre d'entre eux siègent à l'Académie française : « Son Excellence » Monseigneur le cardinal Baudrillart, Pierre Benoît, et les deux Abel, Bonnard et Hermant. À leur côté, on distingue Georges Claude, scientifique, membre de l'Institut et grand propagandiste, Pierre Drieu La Rochelle, homme de lettres, René Moulin, membre du Conseil supérieur des colonies, le marquis Melchior de Polignac, désigné « industriel et négociant en champagne », et une femme, la seule, Claire Croiza, fille d'un colonel américain, cantatrice internationale et professeur de chant au prestigieux Conservatoire de Paris.

Si le Comité d'honneur assure crédibilité et respectabilité, les vingt et un membres du Conseil d'administration animent le club placé sous la conduite d'un comité directeur en charge de sa gestion quotidienne. L'homme fort du Groupe est Alphonse de Châteaubriant, son président, célèbre écrivain français, d'origine aristocratique, auteur de *Monsieur des Lourdines* qui lui a valu le prix Goncourt en 1911, et *La Brière*, prix littéraire de l'Académie française en 1923. Châteaubriant offre son nom, sa popularité, son influence et la « force spirituelle » de sa pensée « mystique » depuis qu'en 1937, à la suite d'un séjour en Allemagne, il avait publié *La Gerbe des Forces*, texte dans lequel il approfondit sa pensée politique et exprime sa fascination pour Hitler et pour le nazisme dans lequel il perçoit un « recommencement de l'œuvre de Dieu ». Le prestigieux écrivain est secondé par

Jean Weiland, ancien représentant en champagne, proche de Polignac, ami d'Otto Abetz et de Joachim von Ribbentrop, et René Pichard du Page, cousin de Châteaubriant, conservateur à la bibliothèque de Versailles. Ernest Fornairon, écrivain, assume la charge de secrétaire général, alors que Joseph Thérol, puis Renée Lechat veillent à la charge de trésorier. Il s'agit d'un collaborationnisme élitiste, de bon ton, pour gens « bien comme il faut », respectables et « bien éduqués » ; un collaborationnisme distingué, de « bonnes manières et en bonne compagnie » précise une circulaire du commandement militaire allemand en France au moment de son autorisation officielle en 1941. C'est bien ce que montre son fonctionnement.

Au cœur de cette entreprise de conquête des cœurs et des esprits de tous ceux qui comptent et exercent une quelconque influence politique, Jean Weiland fait figure de grand chambellan et de véritable maître des banquets. Grand bourgeois, sa carrière débute aux côtés du maire de Versailles, Gaston Henry-Haye, ancien ambassadeur de France aux États-Unis et membre actif du Comité France-Allemagne. Il exerce auprès de lui les fonctions de conseiller politique. Avec René Pichard du Page, il est l'un des plus fortunés du comité directeur. Jusqu'en 1941, c'est dans son hôtel particulier de l'avenue du Président-Wilson que se déroulent les réceptions et les banquets toujours bien arrosés, avant qu'un siège administratif ne soit créé au n° 26 de la rue Bassano, dans le 16e arrondissement, puis au n° 9 rue de Marignan dans le 7e arrondissement. C'est ce duo qui organise les réunions et les conférences, planifie les activités et le programme, les repas, vins, champagnes et alcools compris.

Pour répondre au succès du Groupe Collaboration et surtout à sa croissance rapide, le comité d'honneur crée au printemps 1941 des sections thématiques, sortes de cercles de réflexion qui deviennent très vite incontournables dans la capitale française. Aux sections « Littéraire », « Théâtrale », « Musicale », « Arts plastiques », « Juridique », et « Jeunes de l'Europe nouvelle », s'ajoute la prépondérante section « Économique et sociale » présidée par l'architecte Paul Marme, sous l'influence de Jacques Duboin, banquier et industriel, rédacteur du journal collaborationniste *La France au travail*, et de Jean Maillot, économiste.

C'est avec le concours de l'Institut allemand inauguré le 1er septembre 1940 dans le somptueux hôtel Talleyrand-Sagan de la rue Saint-Dominique, relayé par ses cinquante-six filiales en province, que le Groupe Collaboration organise de nombreuses manifestations culturelles et artistiques, spectacles théâtraux et musicaux, conférences, lectures, projections de films, promotions de pièces de théâtre, de concerts, de livres, et accueil d'invités de prestige. Chacun de ces événements est accompagné de cocktails, banquets, lunchs et collations largement arrosés de vins fins, champagnes et liqueurs des meilleures appellations ou des plus grandes marques. En mars 1941, à l'occasion de la visite à Paris de Heinrich George, l'un des plus célèbres acteurs allemands du IIIe Reich, interprète notamment du *Jeune Hitlérien* et du *Juif Süss*, Jacques Copeau, personnalité incontournable du monde intellectuel et artistique français, et Karl Epting, directeur de l'Institut allemand, organisent une réception d'accueil parrainée par le Groupe Collaboration au foyer des artistes de la Comédie-Française.

Sur place, on sert à la vedette nazie quelques grands vins de France, comme il se doit, dont un très frais et très plaisant blanc pétillant de Touraine, ainsi qu'un pernand-vergelesses 1929, vin issu d'un village vigneron proche de Beaune où sont établies la troupe théâtrale et la famille de Jacques Copeau. À l'issue de la première journée, après avoir assisté à *La Nuit des rois* de Shakespeare, mise en scène par Copeau, George est reçu à l'ambassade d'Allemagne. Plus de six cents convives, tous détenteurs d'une invitation personnelle, se bousculent, sociétaires, artistes des théâtres parisiens, journalistes, venus admirer la grande vedette nazie, l'approcher, et peut-être trinquer avec elle à la prospérité de la vie culturelle franco-allemande. Dans les lieux, des dizaines de serveurs se faufilent entre les hôtes, plateau d'argent à la main, livrant coupes de champagne, riesling, silvaner et burgunder de Bavière, autour des somptueux buffets dressés dans chacune des salles. Comme pour chaque réception de l'ambassadeur, la maîtresse de maison, Madame Otto Abetz, comble ses hôtes d'attentions. Suzanne, l'ex-secrétaire de Jean Luchaire, française de naissance, s'expose, parle, rit, charme, et met en relation les uns avec les autres, toujours une coupe à la main.

Ce soir-là, on ne compte plus les verres de champagne servis, accompagnant petits-fours aux truffes, terrine de foie gras au Grand Marnier, jambon fumé de Westphalie, cerf en médaillons, pigeon d'Alsace, gâteau de forêt-noire, confiseries aux noisettes et amandes, pralines et dragées, café, liqueurs, amers et bitters allemands, Bénédictine et cognacs. Pour le champagne, le Pommery & Greno du marquis de Polignac s'impose. Pour ceux qui, hors de ce monde, sont soumis aux rigueurs du rationnement, c'est un moment presque irréel. Les plus étourdis par la soirée seront reconduits individuellement, tard dans la nuit, par des voitures de l'ambassade. Le lendemain soir, après avoir joué deux représentations d'une comédie de Schiller, Heinrich George est invité Chez Maxim's où il dîne avec Sacha Guitry, Harry Baur, Albert Préjean, Annie France et Ginette Leclerc.

Le 3 juin 1941, aux Studios Francœur, le Groupe Collaboration est représenté pour un nouvel événement touchant le cinéma français. Le président de Pathé, Ferdinand Liffran, trinque avec Raoul Ploquin, président du Comité d'organisation de l'industrie cinématographique, en charge de la « renaissance » de la production française. Ce jour-là, Jean Weiland est aux côtés des représentants allemands venus en nombre fêter le premier jour de tournage de *Romance de Paris* de Jean Boyer, une production musicale avec Charles Trenet en vedette. Le docteur Otto Dietrich, responsable cinéma de la Propaganda-Staffel de Paris, et le major Schmidke, chef de la Propaganda-Abteilung qui contrôle l'ensemble des médias français, sont ravis. Autour du fabuleux cocktail, on échange, une coupe de champagne à la main, à propos de la nouvelle organisation du cinéma français. Adrien Remaugé, directeur général de la société Pathé, et Raymond Borderie, directeur des productions et cousin de Marcel Borderie, l'un des grands négociants de Libourne, spécialiste français des vins de liqueurs et des vins apéritifs et toniques, sont présents pour affirmer le renouveau d'une firme « autrefois tombée entre des mains indignes ». Car depuis sa banqueroute retentissante en 1935, la société Pathé avait en effet disparu de la production française et internationale. Écrasé par le discrédit animé d'un antisémitisme virulent, son ancien propriétaire, Bernard Natan, avait été écarté, dans l'attente de sa déchéance de nationalité et d'une déportation déjà très probable vers les camps de la mort.

Autour de ces nouveaux hommes forts du cinéma français, on retrouve Jean Boyer, célèbre réalisateur, scénariste et auteur de chansons populaires, et des vedettes dont Jean Tissier, André Alerme, Louise Pauline Mainguené dite Sylvie, et Robert Coquillaud, plus connu sous le nom de Robert Le Vigan, mouchard de la Gestapo et proche d'Alfred Greven, l'homme de Goebbels, patron de la Continental Films, la société de production sous contrôle allemand. En accordant les autorisations de tournage délivrées par Ploquin, le docteur Dietrich octroie les « cartes de travail » aux acteurs, cautionne les financements, entérine les scénarios et, finalement, pilote tout le cinéma français. À cette occasion, il donne son accord pour une reprise de la production cinématographique française. Les premiers tournages peuvent démarrer avec un objectif, celui de distraire la population française pour mieux la détourner de ses tourments quotidiens par « des divertissements, légers, superficiels, voire kitsch » comme l'exige Goebbels. Si les coupes de champagne sont abondantes sur les clichés pris au cours de la réception, elles peuplent également largement les films produits à partir de 1941. Les productions françaises portées par l'occupant allemand distraient bien l'attention par le foisonnement des bulles. De la coupe du baron Rolland dans *L'Assassinat du Père Noël* de Christian-Jaque, aux flûtes du champagne Félix Potin Carte Verte, promu « meilleur champagne » dans *Péchés de jeunesse* réalisé la même année par Maurice Tourneur, aux magnums du Palladium, boîte de nuit peuplée de danseuses aux seins nus, dans *Le Dernier des six* de Georges Lacombe et Jean Dreville, jusqu'à la coupe offerte au commissaire Maigret dans *Les Caves du Majestic* de Maurice Tourneur en 1944, le champagne coule à flots dans la majorité des films produits par la Continental. La distraction par l'image de ce qui n'apparaît plus dans la vie quotidienne exalte l'esprit pour devenir une sorte d'obsession visuelle et narrative. Frappés par les privations et par le coût exorbitant des grands vins, les Français sont invités, le temps d'une séance, à boire par procuration, dans des scènes de mariages, de repas, de banquets, de spectacles et de fêtes. C'est aussi le vin maudit, celui de la privation, du marché noir ou des vies dissolues et indécentes, le Moët & Chandon dans *L'Honorable Catherine*, le Krug 1926 dans *L'Inévitable Monsieur Dubois*, ou le champagne Castelnau, très discrètement marqué d'une étonnante croix de Lorraine dans *Florence est folle*, réalisé durant les derniers mois de l'Occupation.

Le 15 mars 1942, le restaurant Maxim's ne désemplit pas. Les hommes d'affaires et notables de la collaboration ont laissé la place aux vedettes du cinéma monopolisant pour la soirée le prestigieux établissement sous les auspices du Groupe Collaboration. Au programme, la célébration du grand départ pour l'Allemagne. Après les écrivains, les chanteurs, les peintres et les sculpteurs, c'est en effet au tour des acteurs d'être invités pour une tournée de promotion dans le Reich nazi en faveur de « l'Europe nouvelle ». Au cours du dîner, Viviane Romance, Danielle Darrieux, Suzy Delair, Junie Astor, René Dary ou Albert Préjean trinquent avec le docteur Dietrich, en présence d'Otto Abetz. L'ambassadeur d'Allemagne est l'organisateur de l'opération avec Alfred Greven de la Continental et Carl Froelich, président du groupement du cinéma allemand. Au retour de la « tournée d'amitié » des ambassadeurs du septième art français, le docteur Dietrich invite la presse parisienne pour fêter l'événement sur la terrasse du 52, avenue des Champs-Élysées, siège de la Propaganda-Staffel. « Hollywood n'existe plus », écrit à cette occasion Jean Luchaire.

Un mois plus tard, le 18 avril, l'actrice allemande Anne Kersten du théâtre de Munich est accueillie par un fastueux cocktail organisé par le Groupe Collaboration au foyer de la Comédie-Française, en présence de Mary Marquet, Madeleine Renaud et Maurice Escande. La réception est à la hauteur de l'événement. L'actrice nazie est venue interpréter *Iphigénie en Tauride* de Goethe. Pourtant, l'événement marque un scandale déclenché par les représentants du collaborationnisme. Dans l'hebdomadaire *Je suis partout*, Alain Laubreaux, journaliste et écrivain antisémite, dénonce la présence du nouvel administrateur nommé par Vichy, Jean-Louis Vaudoyer, désigné « l'ectoplasme du dictateur enjuivé ». Quelques semaines plus tard, l'écrivain fanatique sera frappé publiquement par Jean Marais qu'il avait surnommé « l'homme au Cocteau entre les dents ».

Avec l'enlisement de la guerre, le calendrier des festivités parisiennes s'étoffe, toujours sous le patronage du Groupe Collaboration. Le 15 mai 1942, au musée de l'Orangerie des Tuileries, Arno Brecker, sculpteur attitré du IIIe Reich, est reçu en grande pompe par les autorités françaises. Une foule grouillante mêlant uniformes allemands, complets sombres, tailleurs et robes de soirée, accueille le sculpteur préféré de Hitler, salué par l'ambassadeur Otto Abetz, l'organisateur de la venue de l'artiste nazi dans la capitale, aux côtés des hauts représentants allemands et, pour Vichy, du ministre de l'Éducation nationale, Abel Bonnard, du délégué général du gouvernement Fernand de Brinon, et du secrétaire d'État Jacques Benoist-Méchin. Le monde artistique est représenté par un comité d'honneur rassemblant tous les « pèlerins de Berlin », dont les sculpteurs les plus en vue. À leurs côtés, on retrouve au premier rang Jean Cocteau, poète, peintre, dessinateur, dramaturge et cinéaste, et Serge Lifar, danseur et chorégraphe antisémite appointé à la Gestapo. Dans les salles, on se presse autour des géants de pierre, ces athlètes nus empruntés à l'Antiquité et caractérisant le style monumental nazi. Jamais en retard d'un bon mot, Sacha Guitry lâche : « Heureusement qu'ils ne sont pas en érection, on ne pourrait plus circuler ! » La même année, et les suivantes, l'Opéra de Paris propose des spectacles wagnériens toujours parrainés par le Groupe Collaboration alors que ses membres organisent de grandes tournées où chaque spectacle et conférence est l'occasion d'offrir cocktails et dégustations de vins et d'alcools les plus sélectifs.

Pour un marché continental du vin

Le fil rouge idéologique de cette croisade culturelle et politique demeure le dépassement de la nation en faveur du « couple franco-allemand » pour la création d'une « union européenne » toujours pensée et bâtie autour de l'Allemagne. Les économistes collaborationnistes prédisent l'intégration européenne, l'abolition des frontières et la création d'un marché commun, sous l'impulsion du Reich. Le bloc économique ainsi constitué pourra se doter d'une monnaie unique, le Reichsmark, une « monnaie unifiée et solide » prédit l'économiste Marc Augier. Dans un climat apocalyptique marqué par la chute de la nation, « la France, si elle veut vivre, ne peut être qu'européenne », écrit-il. Tous succombent à la fascination pour l'Allemagne, associée à de grandes affinités pour le régime de Salazar, ou celui de Franco. Les conférences de Marcel Braibant, spécialiste des questions agricoles, traitent de la viticulture dans la perspective idéologique vichyste. Il rapporte les qualités du modèle corporatiste de Salazar. La France, naturellement agricole, se voit attribuer une responsabilité immense : celle d'approvisionner le continent. Dans sa conférence du 25 septembre 1941, « L'Europe, espace vital de l'agriculture française », Braibant délivre sa conviction d'un avenir fondé sur un vaste marché unique européen pour les produits agricoles et pour les vins français.

Prolongeant cette pensée, Émile Servan, industriel et vinificateur du Midi, homonyme du journaliste et homme de lettres dirigeant le quotidien économique *Les Échos de l'exportation*, publie un texte coparrainé par le Groupe Collaboration et le Rassemblement national populaire, parti fondé en février 1941 par Marcel Déat autour du projet d'une Europe hitlérienne unifiée. Dans son rapport intitulé *Les vins Français devant la nouvelle Europe*, l'auteur, président de la Section de viticulture du parti fasciste, délivre une véritable charge contre les tenants d'une restriction de la production de vin en France au nom du maintien de sa qualité. Les règles établies avant-guerre, soumettant les récoltes à une législation restrictive, imposent en effet une drastique limitation des plantations décrites par Servan comme obsolètes et dangereuses. Au moment où la France n'a pas d'autres issues que celle d'accroître ses exportations sur un marché européen en cours d'unification, le vin est perçu par l'auteur comme la source incontournable d'une prospérité à venir. L'appel à la production libre de contraintes, sans droits de plantation, ni restrictions de volumes ou de coupages, s'inscrit dans la vision nouvelle d'un grand marché nazifié à conquérir. Émile Servan écrit :

> « Nos yeux sont ouverts à la collaboration, mais nous n'imaginons pas que le vainqueur, s'oubliant, nous distribuera une manne bienveillante sans contrepartie !
>
> Il est naturel que l'Allemagne tende à écouler chez nous une partie de sa production industrielle.
>
> Privés d'or, avec quoi acquitterons-nous les livraisons qui nous seront faites, sinon par une compensation tirée de nos propres envois ?
>
> Le vin est l'un de nos puissants moyens de troc, puisque nous en produisons beaucoup et que les consommateurs

allemands l'apprécient. On le voit par les troupes d'occupation (*sic*).

Pour être payée, l'Allemagne aura besoin de favoriser ces échanges, conformément à sa politique d'interpénétration européenne (*sic*).

L'intérêt des deux parties fut, de tout temps, la garantie des accords.

Encore convient-il, une fois les soldats allemands rentrés à leurs foyers (*sic*), qu'on ne leur expédie pas, sous une étiquette plus ronflante, des vins inférieurs à ceux qu'ils ont connus durant l'Occupation [1]. »

L'appel à dépasser le cadre devenu trop étroit des appellations d'origine contrôlée rejoint alors les préoccupations du grand négoce français qui, partout dans le pays, demande à produire plus librement les vins en s'exonérant notamment des délimitations foncières fixées à la suite de plus de vingt années de réglementations. Émile Servan écrit qu'« on a perdu de vue que le Bordelais, comme la Bourgogne, ne doivent pas leur prestige au seul terroir, mais aussi et surtout à la respectable lignée de leurs maîtres de chai. Les bons coupages qui constituent aujourd'hui encore le délicieux champagne n'auraient pas, eux non plus, atteint leur renommée mondiale sans le moine Dom Pérignon, l'ancêtre des fins soigneurs du vin ».

Le rapport fait, à n'en pas douter, l'effet d'une bombe, comme s'en réjouit déjà en avant-propos du texte Édouard Chaux, collaborationniste de premier plan, secrétaire général du Rassemblement national populaire, et président du Comité de collaboration économique européenne, ou Cercle européen. Au même moment, une campagne virulente se déchaîne contre les responsables désignés de la pénurie de vin que connaît la France. Député de l'Hérault, parlementaire chevronné, Édouard Barthe, artisan dans les années 1930 de l'élaboration d'une réglementation restrictive de la viticulture, est désigné comme le principal responsable d'une situation devenue très préjudiciable à l'intérêt national, créant la pénurie, alimentant la hausse des prix et endiguant les exportations vers l'Allemagne.

Depuis des mois, des personnages influents dont Pierre Pucheu, collaborationniste zélé devenu ministre de l'Intérieur du gouvernement de Vichy, demandent la tête de celui qui incarne selon eux la « crise du vin ». Le 11 octobre 1941, Édouard Barthe est arrêté par la police française à la gare de Vichy. Transporté jusqu'à Paris, le président de l'Office international du vin, chef de file des vignerons et grand organisateur de la réglementation viticole française, est interrogé au siège du commandement militaire allemand à Paris. Au-delà des questions viticoles, les motifs politiques de son arrestation ne manquent pas. Les attaques répétées de Barthe, avant la guerre, contre le grand patronat français rassemblé au sein du Comité des forges, ont laissé des traces. C'est en effet en tant que parlementaire patriote que, en 1919, il avait vivement interpellé la Chambre des députés, accusant le grand patronat industriel français d'avoir poursuivi clandestinement les échanges commerciaux avec l'Allemagne durant les hostilités et d'avoir constamment joué le jeu de l'ennemi. Il avait justifié ses propos dans son ouvrage intitulé *Le Comité des Forges contre la Nation*, publié la même année. Cela lui vaut depuis une haine tenace de la part des grands industriels français, dont Pucheu est l'un des principaux représentants.

Désormais interdit de toute activité au sein des organismes de défense viticole, Barthe assiste impuissant au démantèlement du système de protection de la viticulture qu'il avait patiemment mis en place. C'en est fini du soutien à l'arrachage des vignes, à la distillation et à la lutte contre les mauvais produits. Tous les dispositifs visant à restreindre la production viticole en France pour en améliorer la qualité tombent. Pour autant, l'édifice des appellations d'origine contrôlée se maintient. Les vins les plus réputés demeurent soumis à une réglementation qui délimite géographiquement leur localisation, les rattachant ainsi au discours agrarien plus que jamais promu par le chef de l'État.

Pétain n'est pas juif !

Au cœur de la tourmente, et alors que la France s'épuise à répondre aux exigences allemandes, la période de l'Occupation est celle de la mise en avant des valeurs rurales. L'agrarisme vichyste entend dans ce sens défendre un ordre des champs et des vignes formant un solide rempart face aux revendications sociales et au péril révolutionnaire. C'est dans ces valeurs que s'inscrit désormais durablement le destin de la France. Or, ce discours né dans les décennies qui ont précédé la défaite s'appuie résolument sur le culte du terroir ; c'est-à-dire sur la représentation d'une terre vue comme impérissable, ancrée dans l'immortalité des échelles géologiques ; celle de son histoire et du temps long.

Ce projet politique est celui du régime de Vichy, de Pétain son chef et des idéologues de la Corporation paysanne. C'est le temps de la régénération nationale par la promotion d'un discours « hygiéniste » rénové dans cette période de déclin. On s'attaque aux indices de la déchéance et le pouvoir dénonce l'alcoolisme et ses conséquences corruptrices. Pour autant, le vin demeure à l'écart des interdits. Si Pétain entend vouloir en limiter la consommation, l'homme qui fut l'un des plus grands promoteurs de ce breuvage national, naturel et hygiénique, durant l'entre-deux-guerres, en reconnaît les très grandes vertus. Il s'agit donc surtout de mettre en œuvre ce que le chef de l'État a déclaré dès le 25 juin 1940 : « La terre, elle, ne ment pas. Elle est la patrie elle-même. Un champ qui tombe en friche, c'est une portion de la France qui meurt. Une jachère de nouveau emblavée, c'est une portion de la France qui renaît. »

Dans cette perspective, la quête d'influence sur les affaires de l'État exacerbe les rivalités et s'accompagne vite d'une véritable course de clocher pour honorer la politique de Vichy. Une première initiative est prise par un groupe de professionnels bourguignons le 30 mai 1942, sous l'impulsion du Syndicat des négociants en vins fins de Beaune[2]. C'est au nom de soixante-six maisons de négoce de Bourgogne ayant accepté de participer à l'opération qu'un lot de bouteilles parmi les crus les plus prestigieux de toute la Bourgogne viticole est offert au chef de l'État comme preuve de fidélité à sa politique. En retour, chaque donateur reçoit un portrait dédicacé du Maréchal ainsi qu'un courrier de remerciement à son attention[3].

Ce gage de communion autour d'une unité nationale ne passe pas inaperçu, d'autant que la veille une autre délégation de représentants des notables locaux, cette fois des propriétaires, s'était déplacée à Vichy, sous la direction du préfet régional Charles Donati. Elle confie au Maréchal le titre de propriété d'une vigne parmi les plus prestigieuses de Bourgogne. Il s'agit d'une portion de 51 ares et 10 centiares située au lieu-dit les Teurons à Beaune. L'ancienne « Cuvée des Dames hospitalières » est désormais rebaptisée « Clos du Maréchal ». À la tête de la délégation, le négociant Maurice Drouhin représente à la fois la ville de Beaune et la Commission administrative des Hospices aux côtés de son maire, Roger Duchet, un caméléon de la politique locale, passé, comme beaucoup d'autres ailleurs, de la gauche radicale à une droite de raison, avant de devenir un collaborateur bienveillant, puis très actif de la politique vichyste. De retour à Beaune, Duchet s'empresse de raconter cette entrevue dans le journal local :

« Arrivés à l'Hôtel du Parc, nous avons été introduits près du maréchal par le docteur Ménétrel, chef de son secrétariat particulier, et avons été présentés par M. le préfet régional Donati auquel revient l'heureuse idée d'offrir au chef de l'État une vigne de Bourgogne. Le Maréchal s'est réjoui de posséder une parcelle du célèbre domaine des Hospices de Beaune. C'est avec intérêt qu'il a reçu de nos mains l'acte de vente, le plan de sa nouvelle propriété et l'originale clef de la vigne qui porte désormais le nom de Clos du Maréchal. [...] Nous avons admiré l'étonnante vigueur physique du Maréchal. Il s'est entretenu avec nous d'une façon simple et familière qui nous a tous profondément touchés.

C'est avec joie que nous lui avons présenté l'hommage de notre Bourgogne. Nous sommes heureux et fiers de posséder maintenant sur notre "Montagne" de Beaune le "Clos du Maréchal"[4]. »

Autour de lui s'est associé tout le gotha de la viticulture locale, la fine fleur de l'agrarisme local, dont Joseph Clair-Daü, viticulteur, président des Associations viticoles du département, secrétaire de la Chambre d'agriculture, membre de la Corporation paysanne et maire de Marsannay-la-Côte, et Pierre Mathé, conseiller général de Saint-Jean-de-Losne, ancien député de la Côte-d'Or et figure nationale du Parti agraire. Revenus enthousiastes, ils soutiennent unanimement le projet de la cérémonie de bornage du Clos du Maréchal. Organisée par le préfet au printemps 1943, elle mobilise à nouveau les notables locaux autour de l'idéal d'une France éternelle, provinciale et rurale, et de l'exaltation des valeurs et du travail laborieux du petit vigneron.

Dans cet épisode apparaît toute la mystique pétainiste que l'on retrouve exposée jusque dans l'acte notarial établi pour cette parcelle de vigne. Empressé, mais sans doute inquiet, le notaire de Dijon retenu pour la signature est en charge de faire appliquer la législation dans toute sa rigueur. Le réglement applicable prévoit la présentation d'un certificat de conformité, délivré par l'administration des hypothèques, dans lequel l'identité du bénéficiaire doit être déclinée avec la mention obligatoire de « non-judéité » conformément aux principes adoptés par la loi du 3 octobre 1940 portant sur le « statut des juifs ». L'article 1er de cette loi définit alors comme juif « toute personne issue de trois grands-parents de race juive ou de deux grands-parents de la même race, si son conjoint lui-même est juif». Volontairement très approximative en raison de sa base idéologique raciale, cette définition se révèle pourtant plus sévère que celle que l'occupant allemand lui-même vient d'instituer en zone occupée. Elle se renforce encore en 1941 sous l'autorité du commissaire général aux Questions juives Xavier Vallat, élargissant les exclusions professionnelles et conduisant les spoliations destinées à assurer l'«aryanisation économique» du pays organisée par la loi du 21 juillet 1941.

Dans les faits, la présentation exigée d'une preuve de «non-judéité» inverse juridiquement la responsabilité de la preuve, créant une présomption d'appartenance à la religion juive devenue bien embarrassante pour le notaire en charge de l'acte. Peu importe la gêne supposée, l'origine contrôlée du chef de l'État est certifiée en bonne et due forme par la mention lapidaire portée sur l'acte: «N'appartient pas à la race juive. N'a pas d'ascendance juive.» La mention est confirmée, s'il en était besoin, dans l'acte déposé à la conservation des hypothèques de Beaune, le 18 juin 1942:

> «Le maréchal Pétain est né à Cauchy-la-Tour (Pas-de-Calais), le 24 avril 1856, (…) il est de nationalité française et non israélite (…)».

Dans le prolongement de l'événement, le négoce local conduit avec les autorités municipales beaunoises la cérémonie commémorant le 500e anniversaire des Hospices, les

21 et 22 juillet 1943. La fête est stupéfiante. Marquée par la représentation religieuse du Miracle du Pain doré, jouée sous la direction de Jacques Copeau dans la cour d'honneur des Hospices, l'événement rassemble les principaux responsables politiques locaux, en la présence de hauts dignitaires ecclésiastiques du pays, dont le cardinal-archevêque de Paris monseigneur Suhard.

Les responsables allemands ne sont pas oubliés et l'ensemble des réjouissances est placé sous le patronage du proconsul allemand local, le Weinführer Adolf Segnitz. La réussite est telle qu'elle confirme la renaissance tant attendue, quelques mois plus tard, de l'un des moments phares du calendrier vitivinicole bourguignon, celui de la prestigieuse vente de charité des Hospices, interrompue depuis 1939. Ressuscité le 17 novembre 1943, l'événement renoue avec les fastes de l'avant-guerre. Les négociants locaux sont aux avant-postes pour faire valoir par leurs achats des pièces de vins offertes toute leur générosité. Sous la présidence du maire Roger Duchet, les enchères s'envolent à des niveaux inconnus, dépassant les dix millions de francs pour la récolte 1942. Jamais les négociants acheteurs n'auront été si motivés, et peut-être si enrichis. Certaines pièces atteignent et dépassent les deux cent mille francs, comme c'est le cas pour la Cuvée des Dames hospitalières. Le vin du tout nouveau Clos du Maréchal Pétain est adjugé à cent mille francs la pièce, trois cent mille francs le lot de trois, adjugé aux établissements Leroy de Meursault, et à deux cent dix mille francs la pièce, quatre cent vingt mille francs le lot de deux, à la maison Patriarche Père & Fils de Beaune. Les eaux-de-vie partent de cinquante mille à soixante mille francs l'hectolitre, dépassant tous les records précédents. Lors de cette vente de charité, plusieurs négociants en vue se taillent la part du lion. Parmi eux, André Boisseaux, Henri Leroy, Raoul et Marius Clerget, et Pierre André sont les très grands acheteurs. C'est un moyen utile de témoigner de leur action bienfaisante et charitable au moment où la défaite allemande venue de l'Est se confirme. On ne pense et on n'agit pas différemment plus à l'ouest, dans le vignoble du Bordelais.

« Le Maréchal-Vigneron »

C'est ainsi que dans le monde viticole girondin, où les principes agrariens et traditionalistes du chef de l'État sont reçus très favorablement, le préfet régional de Bordeaux, François Pierre-Alype, propose de baptiser la récolte 1941 « Année du Maréchal ». La suggestion est accueillie avec enthousiasme par les viticulteurs du Médoc. Quoi de plus glorieux que d'honorer le chef en se rattachant à son immense prestige ? L'affaire suscite un tel enthousiasme en Gironde que le 5 avril 1943, une délégation de notables girondins, conduite par Fernand Ginestet, représentant de la propriété et du commerce du vin de Bordeaux, aux côtés de Maurice Salles, président de la Fédération des syndicats des grands vins de Bordeaux à appellation contrôlée, Édouard Kressmann, président du Syndicat des négociants en vins et spiritueux de Bordeaux, et Pierre Martin, président de la Fédération des caves coopératives de la Gironde et du Sud-Ouest, est reçue par le chef de l'État en personne.

Le moment est solennel car la délégation est venue offrir au Maréchal rien de moins que la production d'une partie du prestigieux vignoble de Château Margaux, rebaptisée dans la foulée « Clos du Maréchal[5] ».

Au cœur de ces épisodes se dessinent de nouveaux rapports et de nouvelles hiérarchies dans le corps social, d'où émergent les figures du vigneron ancré dans le travail de la terre. Ils convergent vers la volonté de mettre en œuvre de nouvelles hiérarchies compatibles avec l'idéologie du régime et la volonté de l'occupant. Ils rejoignent le nouveau droit du sol inauguré quelques années plus tôt par la mise en œuvre d'une protection de la dénomination des vins par leur origine. Dans cette vision, le vigneron est devenu le principal promoteur des qualités immuables tirées d'un sol sacré. Il est celui qui extrait de sa vigne tous les bienfaits et les dons que la nature a bien voulu lui accorder.

C'est cette relation très privilégiée avec le sol et avec l'origine du vin, désormais devenue obsédante, qui fonde les conditions d'émergence du mythe fantasmé du terroir éternel consacré par Vichy. Le terroir est vu comme l'ultime composante d'une identité immémorielle, à l'abri des transformations, des ruptures et des bouleversements du monde, c'est-à-dire des formes modernes de décadence et de dégénérescence qui avilissent l'ordre originel des choses et corrompent les sociétés. Il y a dans cette interprétation une dimension fondamentalement mélancolique et nostalgique qui sanctuarise la vigne et son sol, et place le vigneron hors du temps en l'inscrivant dans un ordre social immuable et éternel.

C'est ici que naît en Bourgogne le concept commercial nouveau valorisant la production et l'élevage « au domaine » rompant avec les pratiques antérieures du commerce et dénonçant les vins uniformes et standardisés face à la typicité des productions de cru et d'origine. La nouvelle image commerciale qui se rattache à cette révolution vitivinicole née dans les années 1930 mais consacrée par Vichy sacralise l'origine du lieu de production du vin, devenu le « terroir », dans lequel se fond désormais toute la propagande sur le vin à travers un renouvellement complet du discours régionaliste.

Il n'est donc pas étonnant de voir l'édifice réglementaire des vins d'appellation adopté en 1919, puis celui des vins d'appellation contrôlée admis en 1935, se maintenir. D'autant qu'en échappant aux réquisitions ordonnées par le ministère du Ravitaillement, les vins bénéficiant de la reconnaissance réglementaire par « l'origine » sont sanctuarisés. Ils entrent dans une catégorie réservée à l'élite des productions tant convoitées par Berlin. À partir de 1942, on assiste donc à une multiplication de décrets qui répercutent les sollicitations des commissions interprofessionnelles locales cherchant à créer, à étendre ou à élever, des vins dans des appellations supérieures leur permettant d'échapper à la menace des réquisitions destinées à la population civile française, pour mieux, au final, vendre à l'occupant allemand.

La célébration du travail de la terre et des valeurs agraires portée par le pétainisme, dans le prolongement de l'agrarisme républicain, s'associe à la mythologie de la « race » qui plaît tant à l'occupant nazi. Si la « Révolution nationale » prétend ainsi vouloir conjurer la décadence urbaine et politique en opposant les nomades cosmopolites aux indigènes ruraux, elle rejoint les principes défendus à Berlin soutenant les supposées prédilections d'un sol travaillé par une « race ». Le contenu de cette idéologie a été largement propagé par Richard Walther Darré, ministre de l'Agriculture et de l'Alimentation du Reich, désigné « Führer des paysans », principal théoricien « du sang et du sol ». L'idéologue nazi avait rappelé lors du dernier Congrès international du vin à Bad Kreuznach en Allemagne, fin août 1939, le lien indéfectible qui existe entre une communauté « raciale » et la terre qu'elle cultive et qui lui est prédestinée : le sang féconde la terre qui fonde la « race ». Dans son approche, le terroir viticole s'inscrit dans une vision immobile du temps. Elle est l'expression d'un ordre immuable où tout changement, bouleversement ou rupture, précipite le processus de dégénérescence biologique et de décadence sociale. De ses théories d'agronome, il dégage l'idée qu'une communauté de paysans inscrits dans un sol ancestral à travers des fermes agricoles inaliénables et indivisibles infuse ses forces à la famille, créant la « race », épurant et rejetant les éléments indésirables comme autant de souillures.

Cette interprétation s'inscrit plus largement dans la conception nazie de la « race » germanique issue de sa terre. Mais cette union avec le sol nourricier exige une nécessaire mise en valeur. De cette terre ainsi possédée, héritée ou conquise, des générations de paysans et de vignerons doivent en arracher les productions par un constant labeur. Ainsi perçu, construit, discipliné, le sol le plus ingrat est conduit à produire ce que l'on exige de lui. Dans cette orientation, les vignobles allemands sont élevés en archétypes. Outre-Rhin, il n'existe aucune région viticole prédestinée. Seule la volonté humaine qui s'y est déployée pour implanter des vignes de qualité, jusque dans des terres aux conditions naturelles parfois très hostiles, peut expliquer la réussite des productions qui en sont issues. La vigne, plante colonisatrice par excellence, devient alors la parfaite projection dans le sol du vouloir humain. Mais elle est également une plante indigène qui consacre par ses vins le fruit d'un enracinement des générations passées. De ce point de vue, les idéologues nazis associent volontiers la vigne et le vin à l'esthétique et à la symbolique caractérisant ce qu'ils considèrent comme l'esprit « aryen » qui a pu être perpétué là où, en Champagne, en Bourgogne ou en Aquitaine, l'implantation primitive de vignobles d'excellence n'a rien d'évident au regard des conditions naturelles. Là encore, l'histoire travestie, mythifiée et fantasmée par les nazis, marque par son empreinte.

C'est dans ce contexte que le régime pétainiste favorise le développement d'un folklore localisé dans lequel se mêlent étroitement mythologie locale et coutumes réinventées. Partout en France, le folklore régionaliste va bon train, surtout lorsqu'il s'inscrit dans une vision « moyenâgeuse » où trônent des ducs, des princes et des grands chambellans, dans des décors de carton-pâte animés de figurants en tuniques bariolées. Le pétainisme vante le corporatisme et son attachement au sol, au champ et à la vigne, transmis par le fascisme rural alors que l'intérêt porté depuis longtemps aux expériences italiennes et portugaises est immense. Dans cette représentation des choses, seule l'autorité sacrée du sol et de la nature mis en valeur s'impose. Elle permet de légitimer une autorité naturelle sans avoir à la justifier. L'homme est donc présenté comme subordonné à un ordre cosmologique et soumis aux rythmes de la nature. Jusqu'à la fin du conflit, ce discours s'intensifie dans un contexte d'exacerbation de la politique raciale et antisémite.

« ARYANISER » LES DOMAINES ROTHSCHILD

Une affaire bien embarrassante

À Bordeaux, l'affaire fait grand bruit. Dans un vignoble marqué par une saignée inimaginable de sa production, où les vins du Médoc, du Haut-Médoc, de Graves, de Sauternes, de Saint-Émilion, partent par convois de centaines de wagons chaque mois, le délégué allemand Heinz Bömers est sous pression. Après le coup de semonce du Reichsmarschall à la fin de l'année 1942, il doit conclure un accord rapide avec les autorités françaises. Göring entend sans attendre faire main-basse sur ces domaines de renommée mondiale et sur tous les stocks et productions gérés par la société vinicole de Pauillac. Si l'affaire ainsi décidée paraît entendue, sa complexité doit être appréhendée au travers de l'incroyable enchevêtrement administratif qui la compose dans un contexte de plus en plus tourmenté. Car les maîtres nazis, aussi puissants soient-ils, doivent toujours composer avec les règles locales chargées d'assurer un semblant de légalité à leurs captations. C'est là le gage de la perpétuation du bon fonctionnement du dispositif de pillage mis en place [1].

C'est dans ces conditions que Bömers mobilise Descas, son fidèle second, l'homme de main des manœuvres françaises. Le négociant français informe et sonde le petit microcosme local. Il avertit, explique, rassure parfois, sur les pratiques et dispositifs de convergence avec l'occupant. Début 1943, en janvier semble-t-il, sans que les archives attestent une date précise, il organise une rencontre avec certains des personnages les plus influents du vignoble. Louis Eschenauer, plus connu sous le sobriquet d'« Oncle Louis », est de ceux-là. L'homme des grands, comme des petits arrangements avec l'occupant allemand est surtout l'un des plus importants négociants en vins des Chartrons. Né à Bordeaux en 1870, il est le descendant d'une dynastie de banquiers originaires de Hesse. Fils et petit-fils de négociants installés à Sète, Louis Eschenauer s'est vite bâti un véritable empire commercial après la Grande Guerre à Bordeaux d'où il s'était spécialisé dans les vins de Saint-Émilion destinés à la clientèle allemande[2]. Depuis, celui que l'on surnomme le « Roi de Bordeaux » n'a eu de cesse d'entretenir de solides relations commerciales avec la riche clientèle du Reich, ainsi qu'avec de puissants négociants allemands importateurs de vins français, dont Bömers. Leur amitié a débuté bien avant la guerre. Elle n'a pas cessé depuis. Chaque semaine ou presque, Bömers le reçoit à sa table et, comme il se doit, d'autres invitations sont données en retour. Tout cela est de notoriété publique. D'ailleurs les deux hommes ont plusieurs participations croisées dans le capital de sociétés vinicoles communes dont celle des Grands Vins français qui ne commercialise que des productions à destination de l'Allemagne. Depuis 1940, ils sont également associés dans la gestion des très prestigieux Château Lestage à Listrac et Château Bel Air à Soussans. L'amitié rapproche considérablement leurs intérêts communs.

À la table d'« Oncle Louis », au 93 de la rue de l'Abbé-de-l'Épée, dans sa luxueuse propriété de Camponac ou au restaurant du Chapon Fin dont il est copropriétaire, se retrouvent côte à côte les plus hauts dignitaires de l'armée d'occupation à Bordeaux et les notables et personnages influents de la ville lors de dîners d'affaires somptueux. Ces rendez-vous sont réputés pour les mets et les vins qui y sont servis et pour l'importance des accords qui y sont passés. Ce sont autant d'événements mondains qui animent la petite société collaborationniste locale. Au-delà, c'est autour de cette table que se tranchent la plupart des questions portées à la connaissance des autorités allemandes locales. Grand amateur de chevaux et de belles voitures, Louis Eschenauer cultive cet art de vivre propice à ses amitiés, comme à ses affaires. Pour mener à bien la direction générale de ses établissements, il peut compter sur son petit cousin, Georges Lung, fils de courtier, homme de goût et passionné d'art, qui entretient lui-même depuis longtemps d'excellentes relations avec une riche clientèle allemande.

Parmi les connaissances les plus utiles d' « Oncle louis », Ernst Kühnemann, dirigeant de la maison allemande Julius Ewest à Berlin, est issu d'une famille originaire du même village de Hesse que les Eschenauer. Officier de carrière, affecté dans la Kriegsmarine en tant que commandant en chef du port et de la base sous-marine de Bordeaux, il relaie avec efficacité les sollicitations de son ami, notamment afin que son personnel échappe au Service du Travail Obligatoire et ne soit mobilisé en Allemagne.

À leurs côtés, Édouard Kressmann, président du Syndicat des négociants de Bordeaux, toujours très avisé et compétent, et Armand Cruse, important négociant, un intime de Bömers, ami d'Adolf Segnitz et germanophile convaincu. Tous sont très conscients de l'importance du compromis qu'il faut tirer. Dans le contexte, personne n'ignore que la guerre est perdue pour l'Allemagne. On pense pourtant que l'occupant est encore là pour longtemps. Heureusement d'ailleurs car, dit-on, qui sait ce qu'il se passerait si les « rouges » venaient à prendre le dessus dans le pays ? On contacte Daniel Lawton, courtier, quai des Chartrons, intermédiaire fidèle et actif qui connaît bien le Reichsmarschall Göring et son penchant pour les grands vins de Bordeaux et pour tout ce qui rapporte gros.

Depuis 1940, le milieu du négoce local, négociants des Chartrons en tête, était parvenu à enterrer l'affaire la plus embarrassante du vignoble. La politique d'« aryanisation économique » mise en place par Vichy à la suite de la loi du 5 octobre 1940 avait très directement concerné les prestigieux domaines du baron Philippe de Rothschild, soit l'un des plus beaux ensembles vitivinicoles au monde. Déjà déchu de sa nationalité française dans le cadre du décret du 6 septembre, le baron devait être complètement évincé des affaires et perdre dans la foulée tous ses biens, droits et effets mobiliers. Les sociétés du domaine de Mouton d'Armailhacq et de Pauillac lui appartenant avaient été dès lors officiellement mises sous séquestre par l'État français sous le contrôle du directeur de l'Enregistrement et des Domaines de la Gironde M. Lavabre, désigné administrateur provisoire. Les responsables techniques étaient maintenus et les domaines continuaient leurs activités sans que les autorités occupantes s'en émeuvent. Bömers était d'ailleurs ravi de pouvoir maintenir ainsi l'un des flambeaux du vignoble tout en captant au profit du Reich, et au sien, les productions de prestige qui en étaient issues.

Dix-huit mois plus tard pourtant, la surprise est de taille lorsqu'un décret daté du 30 avril 1941 ordonne de réintégrer Philippe de Rothschild dans la nationalité française. Une ordonnance, qui prescrit la mainlevée du séquestre et la remise des biens à l'intéressé, doit être rendue par le président du tribunal de Lesparre. Mais une telle décision entre inévitablement en contradiction ouverte avec l'application des ordonnances allemandes concernant les « biens juifs ». La réintégration de Philippe de Rothschild dans ses droits de citoyen français bouleverse donc la donne et exprime ouvertement le face à face entre deux États, entre deux pouvoirs, et entre deux légalités.

Du côté de Berlin, les choses sont d'autant plus simples qu'une série d'ordonnances allemandes de 1940 concernant la gestion des « affaires juives en France » prévoit que toute opération juridique effectuée par la France dans ce domaine depuis sa défaite peut être déclarée nulle et non avenue. Pour l'administration française, deux priorités s'imposent alors, celle d'éviter le démembrement du groupe vitivinicole qui aboutirait à la perte de leurs identités, et celle de devancer la mainmise allemande sur ces joyaux viticoles nationaux.

C'est dans cet objectif que le préfet de Bordeaux nomme le directeur régional de l'Enregistrement et des Domaines de la Gironde, commissaire gérant des domaines et sociétés Rothschild. La décision est coordonnée par Descas qui choisit de troquer avec son ami le Weinführer le maintien des biens Rothschild dans l'escarcelle française contre la mainmise complète du Reich sur leurs stocks et productions. Descas arrache pour cela l'aval du Commissariat général aux questions juives, alors que Bömers entreprend de son côté le Commandement militaire allemand de l'hôtel Majestic pour lui soutirer un accord de principe. En nommant un fonctionnaire commissaire gérant des biens, Vichy garde la main sur les propriétés et peut à terme mettre en place toutes les mesures nécessaires à sa politique.

L'opération n'est pas encore accomplie lorsque la loi du 22 juillet 1941, relative aux « entreprises, biens et valeurs appartenant aux juifs », aligne subitement la législation française sur les ordonnances allemandes. Promulguée le 26 août suivant, elle régularise les mesures frappant les biens juifs à la demande des autorités allemandes. Parallèlement à ce duel juridique et administratif, Bömers poursuit ses achats massifs, puisant dans les stocks du domaine. Les ordres demeurent officiellement passés par l'association du commerce allemand des vins. Dans les faits, le Weinführer semble s'assurer des commandes et des règlements de pure forme afin de dissimuler l'identité des véritables destinataires. La société vinicole de Pauillac livre en continu les grands crus bordelais du domaine. Des dizaines de milliers de bouteilles de Château Mouton Rothschild, Château Lafite et Château d'Armailhac sont évacuées par convois, chaque fin de semaine, en direction du Reich. Si les bénéfices de l'année 1940 sont historiques pour le domaine, ceux de 1941 et 1942 apparaissent plus exceptionnels encore, bien qu'aucune comptabilité ne retrace la réalité des prix effectifs réellement payés, ni à qui ils ont été payés.

Passe d'armes entre Berlin et Vichy

La situation est d'autant plus importante que la vente du domaine devenu la « poule aux œufs d'or » du vignoble, demeure plus que jamais à l'ordre du jour. Devant la complexité et l'enchevêtrement de la propriété des biens concernés, la vente semble finalement devoir se faire à la découpe, par tranches soigneusement identifiées. L'attention première se porte sur Château Lafite et ses 69 hectares de vignes. Le domaine représente alors l'une des plus illustres composantes de la société vinicole de Pauillac, patrimoine de la famille de Rothschild depuis 1868, et dont une part revient à James de Rothschild, ressortissant anglais domicilié à Londres.

Dans ces conditions, le bien tombe très spécifiquement sous le coup des ordonnances allemandes visant les propriétés ennemies et qui prévoient la mise sous séquestre du bien directement par Berlin cette fois. Il y avait là de quoi donner des sueurs froides au directeur des domaines à Bordeaux qui s'alarme aussitôt devant la menace d'éclatement irréversible du domaine. Le ministre-secrétaire d'État à l'Agriculture, Pierre Caziot, est interpellé. Au printemps 1942, il signe au nom du gouvernement Darlan un arrêté déclarant d'« utilité publique » des travaux de mise en valeur de la propriété en vue de la création urgente de « terrains d'expériences et d'application » destinés à l'installation d'une école agricole. L'audace politique est incroyable. C'est en effet en vertu de ce détournement organisé de la fonction du bien viticole que le tribunal devient subitement compétent pour prononcer l'expropriation du domaine, par une simple ordonnance, au profit de l'État français qui s'en empare finalement au nez et à la barbe de Berlin le 1er novembre 1942. Dès lors, tous les stocks de vins, les approvisionnements et tout le mobilier dépendant de la propriété sont mis à l'abri des prétentions nazies.

À Paris, cette orientation fait l'effet d'une bombe. Au Majestic, Carl-Heinrich von Stülpnagel, commandant en chef des troupes d'occupation en France, le « Militärbefehlshaber in Frankreich », qui avait succédé à son cousin dix mois plus tôt, est fou de rage. Cette première partie remportée sur tapis vert par Vichy annonce clairement les intentions françaises. Il s'agit de reprendre le domaine de Mouton Rothschild qui appartient à Henry de Rothschild, également déchu de la nationalité française et résidant au Portugal. Ce sera ensuite celui de Mouton d'Armailhacq, propriété de Philippe de Rothschild qui, lui, n'est plus déchu de sa nationalité mais tombe en tant qu'« Israélite » sous le coup des mesures d'interdiction et d'expropriation frappant les juifs. Si Stülpnagel fait immédiatement savoir à Bömers que ce sujet dépasse ses compétences, il rapporte au Führer du vin de Bordeaux que tout cela ira loin. Bömers le sait déjà, lui qui est convoqué sans plus tarder au Ritz pour donner des explications au maître des lieux.

C'est dans ces conditions que plusieurs réunions de travail ont lieu au début de l'année 1943. À la suite des injonctions de Göring, Bömers et Descas sollicitent l'intervention du très influent négociant bordelais Louis Eschenauer, un proche du Reichsmarschall. Lui seul semble en mesure de calmer les tensions des deux côtés. Sous son influence directe, un administrateur allemand, Gustav Schneider, est désigné à la tête du domaine. Il le connaît bien. L'homme est un expert et il saura rassurer des autorités allemandes très échaudées par l'outrecuidance française. Le Reich reprend alors la main. L'État français est à son tour mis hors jeu. Toutes ses prérogatives sont annulées. L'expropriation prononcée en juillet 1942 est déclarée caduque. Les banques françaises reçoivent une interdiction d'intervenir. Ce qui restait de la souveraineté française en matière de puissance publique et de pouvoir réglementaire est balayé d'un trait. Charge au gouvernement français de saisir la Commission d'armistice de Wiesbaden s'il le juge utile. Cette fois, c'est à Vichy que la colère gronde[3].

Le domaine à Vichy, les profits pour Göring

Début juillet, la crise est à son comble lorsque Louis Eschenauer est à nouveau invité à intervenir en faveur d'un compromis plus acceptable par les deux camps. En contrepartie d'une requalification du rôle de l'administrateur, désigné simple « observateur », l'État français conservera provisoirement l'administration complète du domaine. L'affaire semble se terminer par une belle victoire française. Mais derrière cette abdication feinte de Berlin se cache une autre réalité.

Depuis l'été 1943 en effet, le cours de la guerre semble complètement échapper à la volonté de Hitler. Six mois après le désastre de Stalingrad, lors duquel près d'un demi-million de soldats allemands ont été tués, cent mille faits prisonniers dont deux mille cinq cents officiers, vingt-quatre généraux et un maréchal du Reich, les Anglo-Américains viennent de débarquer en Sicile. Au cœur de l'été, la bataille de Koursk marque le début d'un inexorable reflux allemand à l'Est. Compte tenu de cette situation internationale qu'il est désormais bien difficile d'ignorer, chacun est très conscient au sein des autorités allemandes d'occupation qu'il est plus utile de capter des profits immédiats, des valeurs numéraires et des devises, à amasser pour des lendemains qui s'annoncent difficiles, que des biens immobiliers.

En somme, l'heure n'est plus aux investissements fonciers et à l'acquisition de domaines viticoles, aussi prestigieux soient-ils. Berlin exige la mainmise complète sur toutes les productions et ventes opérées, ainsi que le versement de droits d'administration considérables sur tous les domaines concernés. Transférés sur des comptes administratifs enregistrés auprès de la Barclay's Bank à Paris pour le compte de la Treuhand und Revisionsstelle, ces versements juteux sont ensuite directement virés à l'Aéro-Bank, rue Scribe à Paris, pour le compte de la Luftwaffe et donc de Hermann Göring en personne. Les services de Himmler ne sont pas en reste. Sur sa demande, Bömers rencontre Max Simon, l'un des acheteurs attitrés de la Waffen-SS, et organise la livraison de cent mille hectolitres de grands vins sélectionnés du domaine, et dix mille hectolitres de cognac et d'armagnac.

Parallèlement, les officines et unités allemandes déclenchent un déferlement de commandes à l'automne 1943 dans tous les vignobles. Six cent mille hectolitres de vins du Midi sont convoyés vers l'Allemagne en septembre et octobre, deux cent cinquante mille hectolitres en novembre, auxquels s'ajoutent cent vingt mille hectolitres de vins de Bordeaux, au moins quatre-vingt mille hectolitres de vin de Bourgogne et le double pour le Beaujolais et les Côtes-du-Rhône. À l'approche de l'inexorable issue, le Reich se noie dans un déluge de vin.

BOIRE LE CALICE JUSQU'À LA LIE

Naufrage d'un bateau ivre

Au seuil de l'année 1944, les événements se précipitent et chacun pense pouvoir jouer sa carte personnelle. Si l'effondrement du Reich nazi n'est plus qu'une question de mois, le chef du négoce des vins français Roger Descas demeure incroyablement fidèle à l'action qu'il mène depuis 1940, comme si renoncer à collaborer le rendait coupable de tout ce qu'il avait entrepris jusqu'alors. Ignorant le cours de la guerre, il répond aux exigences du commandement militaire du Majestic, honore tous les contrats passés avec les bureaux d'achats, officines et intermédiaires de la Wehrmacht et de la Kriegsmarine. Il répond aux attentes de la Waffen-SS et sert les intérêts de l'ambassade d'Allemagne, à chaque fois, à la demande de son ami Bömers.

En février, lorsque surgit la question d'un reliquat de vin issu du contingent de 1943, Descas est présent. La quantité en jeu est significative puisqu'il s'agit de sept cent cinquante mille hectolitres de vins de choix et de vins courants auxquels s'ajoutent trente mille hectolitres de cognac, d'armagnac et d'eaux-de-vie de qualité. C'est au total une somme de plus de cinquante millions de francs de vins qui n'ont pas été livrés au Reich pour des raisons techniques, un manque de moyens de transport et des défaillances logistiques liées notamment à la multiplication des vols et disparitions, des attaques de la Résistance et des bombardements alliés.

Convoqué à l'hôtel Majestic, Descas confirme que le reliquat des expéditions a bien été repris du côté français par le Ravitaillement général. Dans ces conditions, l'adjoint du général commandant lui signifie que Berlin entend obtenir le remboursement immédiat des millions engagés. S'il est entendu que le ministère pourvoira à ce remboursement par l'intermédiaire du Groupement national d'importation et de répartition des vins et spiritueux, dont Descas est le président, l'affectation des fonds ne semble pas bien arrêtée. C'est ce que croit comprendre le négociant français à la suite de sa convocation au mois de mars à l'ambassade d'Allemagne à Paris [1].

Lorsque Roger Descas arrive rue de Lille, l'hôtel Beauharnais est métamorphosé. Après plusieurs mois d'attaques aériennes et de menaces « terroristes » quotidiennes, la capitale française n'est plus une ville sûre pour les occupants, même pour leur ambassade. Deux guérites tricolores, noir, blanc et rouge, ceinturent le porche de l'entrée principale, couvrant des soldats casqués, mitraillette à la main. Une automitrailleuse lourdement équipée interdit le passage et la façade est comblée sur plusieurs mètres de sacs de sable empilés. En se fiant aux souvenirs de Jacques Benoist-Méchin, invité régulier des lieux, on prend la mesure de la dimension crépusculaire de la période et du lieu. Tout juste six mois ; dans six mois tout sera fini ou presque pour les nazis en France. Otto Abetz vient pourtant de rentrer de Berlin. Le Reich entend exposer la prétendue solidité de sa position par un maintien et une assurance de tous ses représentants sur place[2].

L'ambassadeur est formellement convié à recevoir tout ce qui compte de personnalités à Paris afin de conduire l'entreprise psychologique chargée de convaincre les esprits que le Reich nazi n'est pas perdu. Les déjeuners, cocktails et dîners s'enchaînent. L'hôte excelle depuis longtemps dans ce domaine. Les vins coulent à flots. Les bouchons de champagne claquent. Pas toujours sous de bons auspices. Les souvenirs de Benoist-Méchin, homme de lettres, ancien ministre de Vichy, baron du collaborationnisme et précurseur d'une alliance militaire franco-allemande inconditionnelle, sont étonnants. C'est ici que, quelques jours avant la venue de Roger Descas, Abetz a tenu le fameux dîner « très simple, sans chichis ni protocole » entre lui et un groupe de collaborationnistes parisiens influents. Aux côtés de Benoist-Méchin sont invités le romancier et journaliste, dandy et séducteur, Drieu la Rochelle, l'écrivain tourmenté Céline et le peintre autodidacte Eugène Paul dit Gen Paul. Du vestibule plongé dans l'obscurité, on aperçoit les larges fenêtres recouvertes de tentures noires. Le grand salon est sinistre, éclairé par quelques rares lampes, offrant aux invités une ambiance funèbre ; celle de la fin d'un monde. C'est ici que se serait déroulée, à en faire trembler les verres, la scène du coup de sang de Céline, éclatant de colère, hurlant, sous l'emprise de quelques bons vins :

> « Pourquoi ne nous dites-vous pas qu'Hitler est mort ?
> – Hitler est mort ? s'exclame Abetz en écarquillant les yeux.

– Vous le savez aussi bien que nous ! Seulement, vous ne voulez pas le dire. Mais on n'a pas besoin d'être ambassadeur pour le savoir : ça crève les yeux ! Les Juifs l'ont remplacé par un des leurs [3] ! »

Si les murs résonneront encore longtemps de l'écho du délire d'un faux Hitler fantasmé par un docteur Destouches déchaîné et impossible à contenir, la scène exprime la folie ambiante qui commence à prendre possession de tous. C'est dans ce contexte que Roger Descas débarque rue de Lille. Le lieu est bien connu du négociant. Il s'y est rendu de nombreuses fois, chaque année, pour traiter d'affaires générales couvrant le volume des contingents arrêtés à Wiesbaden, la nature et la qualité des vins, ou le bon déroulement des livraisons jusqu'à leurs destinations. Il y est rejoint sur place par François Chasseigne, fraîchement nommé secrétaire d'État à l'Agriculture et au Ravitaillement dans le cinquième gouvernement Pierre Laval. Cet ultra de la collaboration s'inquiète de l'aggravation de la crise du vin. Il ne s'attarde pas sur les besoins d'une population française pourtant de plus en plus cruellement rationnée, alors que le Ravitaillement général fixe depuis longtemps des volumes de vin impossibles à prélever dans les faits. Il explique que la crise est due en grande partie aux difficultés de transport causées par les bombardements et les sabotages, mais aussi par « les agissements d'un certain nombre de personnalités du marché des vins ». Il ordonne que des « mesures énergiques » soient prises contre ceux qui ne jouent plus le jeu d'un commerce loyal avec l'Allemagne. Abetz acquiesce, bien qu'il ne soit désormais plus qu'une courroie de transmission pour d'autres services.

Chasseigne évoque sans détour son intention de mettre les professionnels du vin sous pression. Venant de la part d'un personnage politique qui s'est très clairement rapproché des SS, en se liant notamment d'amitié avec le SS-Standartenführer Helmut Knochen, second du SS-Gruppenführer Carl Oberg, cela a de quoi inquiéter nécessairement son interlocuteur. Chasseigne fraie également avec les hommes de la rue Lauriston. Il connaît bien Henri Lafont avec qui il partage certaines soirées, et il ne craint jamais d'en faire trop en sollicitant ses amis de la milice française. Accompagné de Marcel Bernard, directeur de la police économique, le ministre est venu tancer le représentant national du négoce, en présence de l'ambassadeur, témoin attitré chargé de rapporter les propos. Au-delà, il s'agit d'un ultimatum qui est fait à Descas. Charge à lui de répondre au plus vite aux exigences de Berlin. Il s'agit en premier lieu d'obtenir avant la fin du mois le fameux paiement de l'acompte versé sur les contingents de 1943, auxquels s'ajoutent de nouvelles exigences en vins couvrant le manque à percevoir de cette année, associées à une forte augmentation des livraisons prévues pour l'année 1944. L'objectif semble bien inaccessible. On ne sait rien de la position de Bömers, absent lors de cette entrevue pour le moins explosive.

C'est au mois de mai que, à la suite des demandes restées sans réponse, Chasseigne laisse le champ libre à Joseph Darnand, chef de la milice, secrétaire général au maintien de l'ordre. Avec le soutien des SS, le bourreau français ordonne l'arrestation en bloc de tous les dirigeants nationaux de la filière vitivinicole, Roger Descas en tête, l'intendant Charron, son directeur général, Bertrand, l'ancien directeur, et Saignes, le président du Syndicat du commerce en gros des vins de l'arrondissement de Narbonne. Il ordonne l'arrestation et l'incarcération de Maurice Laban, journaliste et conseiller technique de sociétés, négociant et homme d'affaires bien connu. Au nom du gouvernement de Vichy, il se déclare résolu à frapper sévèrement les responsables, si haut placés soient-ils. Quelques jours plus tard, vu l'imminence du naufrage, Heinz Bömers intervient personnellement à Paris pour faire libérer Roger Descas, alors placé en résidence surveillée à l'hôtel Bristol, un des palaces d'exception de la capitale.

Le grand déménagement

Juin 1944. La cause allemande est devenue désespérée. À l'Est, L'Armée rouge lance l'opération *Bagration* qui stupéfie Berlin par sa puissance de feu. Les jours du pouvoir nazi sont désormais comptés. Les Alliés débarqués en Normandie n'ont pas été rejetés à la mer. Le 31 juillet, alors qu'ils avancent sur Paris, le ministre nazi Hans Hemmen ordonne que le tribut de l'occupation versé par la France au Reich soit porté de cinq cents à sept cents millions de francs par jour. Vichy refuse poliment par la voix de Pierre Cathala, ministre omnipotent, devenu secrétaire d'État à l'Économie nationale et aux Finances, mais aussi secrétaire d'État à l'Agriculture, cumulé à la direction du ministère du

Ravitaillement. Le maître allemand de l'économie française est décrit comme fou de rage. Devant Cathala convoqué au Majestic pour s'expliquer, il ordonne le paiement d'un acompte anticipé de l'échéance française du mois d'août. Le ministre français s'en remet poliment à la décision du chef du gouvernement Pierre Laval. Quelques jours plus tard, ce dernier accorde sans autre discussion le versement immédiat par la France d'une provision de huit milliards de francs à l'Allemagne.

Pourtant, à Paris et dans les villes de province, c'est le grand déménagement. Les occupants plient bagages dans une précipitation et une débandade inimaginables. Des camions de la Wehrmacht emportent des tonnes de caisses d'argenterie, autant de bijoux, d'œuvres d'art, de mobiliers précieux, de vins et de spiritueux. On brûle tout ce qu'on ne peut pas charger. On évacue des piles d'archives vidées en urgence des grands hôtels qui ont administré la France durant quatre années. Celles qui ne le sont pas, sont incendiées. Venues des beaux quartiers, les grosses berlines de tourisme des officiers, recouvertes de filets de camouflage parsemés de feuillages, filent à toute allure, drapeau à croix gammée sur le capot. Des généraux passent dans d'étincelantes torpédos bondées de valises, emportant des galonnés aux uniformes noirs ou feldgrau, aux côtés de femmes fardées, coiffures extravagantes, couvertes de bijoux et emmitouflées dans d'épaisses fourrures.

Le déferlement des troupes alliées venues du Nord, puis de Provence, chasse progressivement l'ennemi. Après les villes côtières, les bombardements se multiplient, ciblant tous les ponts, les tunnels et toutes les voies ferrées. Toutes les grandes gares régulatrices sont anéanties l'une après l'autre, les aérodromes et les ports sont détruits. Partout, en Champagne, en Bourgogne, dans la vallée du Rhône jusqu'au Midi, de la Loire à l'Aquitaine, les routes sont jonchées de camions, de blindés, de carcasses de véhicules éventrés, déchirés, disloqués, percés de balles ou carbonisés. Comme en 1940, elles sont encombrées de milliers de réfugiés, mais cette fois, ce sont les soldats allemands qui se rendent en masse.

Dans ce chaos général, les groupes et mouvements de la Résistance prennent le contrôle de pans entiers du territoire. De nouvelles administrations se mettent en place, des Comités départementaux de la Libération sont institués afin de traiter des faits de collaboration et plus largement des innombrables complicités avec l'ennemi. Après la peur des nazis et de leurs auxiliaires, voici venu le spectre de la guerre civile. On se tue un peu partout en France, pour ou contre les libérateurs, pour ou contre de Gaulle, et surtout pour ou contre les communistes.

En ce qui concerne la plupart des négociants, patrons et chefs d'exploitation du monde du vin, la peur des « bolcheviks » est bien la première des inquiétudes. Chacun s'effraie devant un avenir devenu bien incertain. On s'aperçoit parfois qu'on a mal joué. Les Allemands paraissaient pourtant bien être là pour au moins trente ans. Quelle désillusion ! Ils ont tenu quatre années, pas plus. Quatre années folles, durant lesquelles le vin s'est vendu ; très bien vendu même, sans doute trop. Les stocks se sont épuisés à une vitesse prodigieuse et le spectre de la surproduction s'est subitement évanoui. Avec lui, c'est un nouvel ordre qui s'est imposé, éloignant pour longtemps, au grand soulagement de certains, le « péril rouge » des frontières de la France. Même si les derniers mois n'ont pas été à la hauteur des fastes des premières années de l'occupation allemande, la défaite française a eu du bon pour certains, et la victoire alliée n'est pas rassurante.

Un déjeuner d'adieu pour le Weinführer

À deux pas de l'imposante silhouette médiévale du célèbre Hôtel-Dieu à Beaune, face à l'entrée du Restaurant du Marché, l'une des meilleures adresses de la ville, le président du Syndicat des négociants en vins de Bourgogne, François Bouchard, a du mal à dissimuler son appréhension. Le matin du 18 août 1944, Adolf Segnitz lui a confirmé la nouvelle. Les premières unités américaines et britanniques ont dépassé Sens, puis Joigny dans la nuit. Auxerre sera perdue dans les prochaines heures. Dans l'arrière-côte et dans les campagnes environnantes de Beaune, les hommes du maquis se montrent désormais à visage découvert. Ils menacent de s'en prendre aux maisons de négoce et aux domaines suspectés d'avoir collaboré avec l'ennemi et accumulé des profits énormes durant la guerre. Segnitz quittera Beaune dans l'après-midi pour passer la nuit à la Feldkommandantur de Dijon. De là, sous escorte motorisée, il a prévu de rejoindre les unités mobiles de la Wehrmacht stationnées en Haute-Saône, avant d'engager un repli rapide vers l'Allemagne. Cette fois, c'est bien la déroute. Tout est perdu. Après un peu plus de quatre années d'occupation, une page se tourne, de manière inéluctable et irréversible.

Quatre ans plus tôt, personne n'aurait imaginé cela. À Beaune, comme dans beaucoup de petites villes de province, la défaite n'avait pas été vécue par tous comme un traumatisme, bien au contraire. Après la catastrophe du printemps et l'impensable effondrement de l'armée française dans l'Est, en moins de deux semaines, une partie de la population s'était rapidement convertie au nouvel ordre imposé par le vainqueur. En manifestant très tôt son sens de l'accommodement, par une réception des plus amicales à l'attention des autorités militaires allemandes, le maire Rochet Duchet avait montré l'exemple, dès juin 1940. Il fut suivi, durant toute cette période, par la fine fleur du commerce local. Il faut dire que la ville, et la région qu'elle représente, avaient beaucoup à apporter. Le précieux butin, ce trésor tant convoité que l'occupant avait choisi de capter, tenait dans des kilomètres de caves, des centaines de celliers et de chais, tous abondamment remplis par les produits d'un vignoble bourguignon alors à bout de souffle, croulant sous une surproduction nationale récurrente depuis des décennies.

Après quatre ans de purge, d'achats massifs opérés par l'occupant, le marché du vin était enfin assaini. Si les contraintes et la lourdeur administratives de Vichy ont parfois gravement pesé sur le négoce, les exportations vers le Reich ont toujours été aisées. Ce temps de la défaite aura été pour certains celui, enchanté, des jours heureux d'un commerce rendu libre et prospère et dont on se souviendra encore longtemps. Si ce ne sont pas exactement ces mots que François Bouchard délivre à son ami Adolf, il a choisi, aux côtés de ses collègues les plus éminents de la place beaunoise, de le remercier par un dîner d'adieu, au Restaurant du Marché, dernier geste amical et confraternel à l'attention de celui qui les a toujours épaulés.

Le repas avait été confirmé la veille dans les bureaux du Syndicat des négociants en vins, siège du commerce local et secrétariat de Segnitz pour ses affaires, depuis son arrivée à Beaune. Il n'est alors même pas question de savoir s'il est opportun ou non de tenir ce dernier moment convivial dans l'un des lieux publics les plus en vue de la ville. Pourquoi cacher ce que tout le monde sait ici ? Chargé des prélèvements en vin pour le vignoble de Bourgogne, des Côtes-du-Rhône et de la Provence, Segnitz a été un personnage incontournable et puissant. Celui que certains appellent encore le « Führer du bourgogne » est d'abord et avant tout un important négociant en vins allemand. Professionnel avisé depuis qu'il a succédé à son père à la tête de l'établissement familial de Brême, l'homme, déjà paré d'un inimitable loden vert, a toujours été un proche des négociants locaux. La guerre s'est saisie de son destin en conduisant la chancellerie de Berlin, sous l'influence de Göring, à le nommer acheteur officiel pour la captation des vins en Bourgogne.

Des relations professionnelles qui liaient les négociants entre eux, une complicité et parfois des amitiés sont nées. La nécessité et les intérêts réciproques ont rapidement favorisé la fréquence des contacts toujours nécessaires pour organiser le programme des prélèvements allemands. Pour leur premier repas, François Bouchard se souvient qu'Adolf Segnitz avait soldé l'addition, emportant avec lui la promesse d'une prochaine rencontre. La réciprocité s'était alors installée bien naturellement, par courtoisie, associant tous ceux touchés par le privilège d'entrer dans son cercle.

Dans ces conditions, François Bouchard pourra toujours expliquer, quelques semaines plus tard, à l'automne 1944, alors que le vent a tourné, qu'il ne s'agissait là que de créer un environnement favorable à travers une habile proximité de façade qui berna largement le délégué du Reich. Mais l'interprétation est plutôt audacieuse. Les justifications avancées dissimulent déjà bien mal la nostalgie d'une relation réciproque bienveillante et amicale, brutalement rompue par le destin de la guerre. Deux ans plus tard, il aura d'ailleurs très à cœur, aux côtés de nombreux confrères, de retrouver à Beaune l'ancien responsable du pouvoir nazi, à l'occasion de l'édition 1946 de la vente de charité des Hospices. Pour tous, l'affaire du repas d'adieu est alors classée. Les autorités politiques et judiciaires unanimes considèrent qu'il n'y a là rien eu d'anormal. Aucune procédure judiciaire n'est engagée, sous la justification que ce type d'événements et de situations avait existé partout ailleurs et dans tous les autres vignobles de France.

Bordeaux sauvée par son vin ?

Prostré dans son bureau de l'hôtel de ville de Bordeaux, le maire Adrien Marquet marque le coup. D'une élégance d'aristocrate, front haut, traits sévères, regard aiguisé, moustache étroitement taillée sous un long nez, costume croisé, l'ancien ministre de Pétain sait qu'il joue là sa survie personnelle et, plus encore, le destin de sa ville. Engagé aux côtés du Reich dès 1933, Marquet est depuis longtemps impliqué par ses solides amitiés avec des personnalités nazies de premier plan avec lesquelles il a noué de fructueuses relations d'affaires. Très proche de Rudolf Schleier avec qui il entretient des relations personnelles, il est un intime d'Abetz qui a largement contribué à sa nomination au ministère de l'Intérieur de Vichy en juillet 1940. Mobilisé à Vichy, il avait pris l'initiative en chargeant son chef de cabinet à la mairie de Bordeaux, Raymond Cousteau, et le docteur Jean-Marcel Peter, agent de liaison auprès du commandement militaire allemand à Bordeaux, son interprète et homme de main, de rencontrer en son nom le chef de la Gestapo en France, le SS Standartenführer docteur Max Thomas, délégué de Heydrich en France, et ses adjoints Knochen et Carl Bömelburg. Depuis, Marquet est resté sous l'influence directe de Bömelburg.

Dans la matinée du 10 août 1944, un groupe d'officiers de la Wehrmacht lui a confirmé l'ordre donné de défendre le port, coûte que coûte, contre la progression des troupes alliées, annonçant par là une résistance farouche et la probable destruction de la ville par les bombardements de l'adversaire. Des unités terrestres allemandes sont déjà déployées sur place aux côtés de la Kriegsmarine, soit près de cinquante mille soldats. Parmi elles, plusieurs composantes du 64e corps d'armée et la 159e division d'infanterie placée sous les ordres de l'homme fort de la ville, le général-lieutenant Nake, un officier de vieille tradition, d'origine autrichienne.

Devant l'urgence de la situation, Marquet invite celui qui pourra sans aucun doute jouer le rôle d'intermédiaire efficace pour désamorcer la funeste mécanique qui s'est enclenchée. Louis Eschenauer semble être l'homme de la situation. Le négociant en vins le plus en vue de Bordeaux est également, depuis l'invasion en 1940, celui qui s'est imposé comme un acteur clef des relations avec l'occupant. À soixante-quatorze ans, « Oncle Louis », devenu l'empereur des Chartrons, n'a plus rien à perdre. Il est temps pour lui de jouer ses relations, cette fois pour sauver la ville et, peut-être, sa vie. Durant quelques jours encore, le négociant semble tenir le destin de Bordeaux entre ses mains, lui qui est un intime du capitaine de corvette Ernst Kühnemann, dirigeant de la prestigieuse maison allemande de négoce Julius Ewest et Hafenkommandant, commandant en chef de la base marine allemande locale. Corps trapu, tête dégarnie et visage tout rond, yeux en cerceaux, menton replet, Ernst Kühnemann, teuton ventripotent, présente à cinquante-huit ans une image débonnaire tranchant avec l'austère uniforme de la Kriegsmarine, teinte sombre et aigle nazi à la poitrine, boutons cuivrés, trois larges barrettes brodées et étoiles d'or aux manches. Si on lui prête souvent des intentions amicales à l'égard de la France, l'homme est un fervent nationaliste, fidèle à son engagement pour le Reich nazi et au serment prêté sans ambiguïté à son Führer. Le 19 août, Kühnemann relaie sans hésitation l'ordre secret lancé par le général-lieutenant Nake qui doit faire de Bordeaux une terre brûlée. Des bombes et des explosifs sont amorcés partout dans la ville et l'anéantissement complet du port par des mines est fixé au 25 août à 12 h 30. Le dispositif prévoit l'incendie de la cité et la destruction de tous les ponts dans les 48 heures.

Le 22 août, une partie des amorces sont détruites par un artificier allemand, Heinz Stahlschmidt, plus tard reconnu sous le nom de Henri Salmide, et la confusion est à son comble quand des fusillades éclatent, annonçant la mer de feu à venir. L'ultimatum lancé le même jour par la Résistance ne trouve pas d'écho. Mais c'est à la stadtkommandantur, face à l'Hôtel de Ville, que l'on engage une dernière discussion pour un cessez-le feu avec la Résistance qui autoriserait une retraite acceptable des troupes allemandes. Secondé par son adjoint et cousin, Georges Lung, Louis Eschenauer a jusqu'alors entretenu des liens étroits avec la Kriegsmarine. Il finit par arracher l'engagement d'un retrait allemand de la ville sans destruction contre un cessez-le-feu accepté par les groupes de la Résistance. Le 24 août la conférence de la dernière chance n'en ai pas une. La réunion au sommet rassemble à l'hôtel Ballande, siège du commandement allemand à Bordeaux, tous les protagonistes, hormis « Oncle Louis » qui a déjà obtenu toutes les garanties allemandes de son côté.

Au grand soulagement de Marquet, le général allemand Nake déclare vouloir épargner la ville et la destruction de son port dans la stricte application des lois de la guerre. Les troupes allemandes quitteront le « Gross Bordeaux » pacifiquement dans les prochaines heures si aucune action hostile n'est portée contre leur retraite. Un appel à la population sera affiché sur les murs dans ce sens. Le 26 août, alors qu'il exerce les fonctions de dernier commandant militaire de Bordeaux, Ernst Kühnemann rencontre le commandant Rougès, représentant de la Résistance, avec qui il conclut un accord permettant le retrait des troupes allemandes sans difficulté. Le soir même, Kühnemann se rend à un dîner d'adieu, amical et nostalgique, rue de l'Abbé-de-L'Épée, dans l'hôtel particulier de Louis Eschenauer. Deux jours plus tard, les hommes de la Résistance prennent possession de la ville. Mais l'événement ne fera pas d'Eschenauer, ni de ses confrères, des héros, bien au contraire.

À Bordeaux, en effet, le bilan de l'Occupation est sans appel. Une majorité des professionnels locaux du vin, rassemblés au sein du Syndicat des négociants présidé par Édouard Kressmann, ont participé de manière active au commerce avec l'ennemi, en répondant avec zèle aux demandes allemandes et en livrant des produits hors contingent sans aucune contrainte. Moins d'un an plus tard, le 25 avril 1945, le général de Larminat envoyé pour soutenir les combattants français engagés contre la « poche du Verdon », dénoncera avec fermeté la classe des négociants bordelais cupides et enrichis « que l'esprit de lucre avait trop souvent détournés du patriotisme ». Si Bordeaux n'a pas été « sauvé par son vin », comme le supposait Robert Aron, les principaux acteurs du monde du vin n'ont pas été sans raison liés au destin de la ville plongée dans les temps tourmentés de la guerre et de l'Occupation.

LES MAUDITS

« Châtier… les traîtres à la patrie »

Le 10 septembre 1944, Maurice Papon, directeur de cabinet du commissaire de la République en charge de l'épuration, appelle les Bordelais « à gagner l'épreuve de la Libération […] et à châtier avec justice mais sans pitié les traîtres à la patrie ». Parmi les maisons de Gironde, alors largement mises en cause, plusieurs sortent clairement du lot. Elles sont souvent très liées avec d'autres établissements d'Aquitaine et de l'ensemble du Midi viticole placés dans leur orbite. Il s'agit de la Société des Grands Vins français dirigée par Louis Eschenauer, Kressmann, Cruse, Dressayre, Dubonnet, Hugues, Marty, Pétrier, Pams, Teissier, Chantecaille, Delor, Marceau, Les Caves Coopératives de Puisseguin, Delperier, Schroder & Schyler, Theillassoubre, Mähler-Besse, Lalande, Horeau-Beylot, Joanne, Sauviac, autant de noms qui sont incontournables dans le commerce des vins sous l'Occupation [1].

La société Descas Père & Fils représente bien sûr l'une des maisons les plus emblématiques de cette période. Si la famille Descas est aux commandes de l'établissement, son actionnariat est partagé avec deux hommes forts du négoce local, Louis Eschenauer et Fernand Ginestet. Or, depuis 1940, la maison a réalisé une large partie de son chiffre d'affaires avec le délégué du Reich Heinz Bömers. Par son intermédiaire, elle a vendu des volumes considérables de vins à l'association des viticulteurs allemands, ainsi qu'à l'Intendance de la Wehrmacht, à la feldkommandantur de Bordeaux, au commandement militaire allemand en France et au revendeur nazi de la SS, Arnaud Bichon, à destination de Berlin, de Munich et de Hambourg, notamment. D'autres établissements ne sont pas en reste, dont La Vieille Cure à Cenon, spécialisée dans les livraisons aux cantines militaires, Marie Brizard & Roger à Bordeaux, pour laquelle l'armée allemande représente plus des trois quarts de son chiffre d'affaires, les maisons Souchet à Talence, les entrepôts Ferbos à Bordeaux, Pierre Moueix à Saint-Émilion, Casanovas et Albert Hiltpold au Bouscat, Les Fils de Bardinet et le Consortium Les Grands Vins, dont les volumes vendus jusqu'au front de l'Est défient l'imagination.

Dans ces conditions, la profession est sur la défensive. Le président Kressmann s'inquiète surtout des nombreuses suspicions relayées par l'opinion publique. Elles lui semblent aussi injustes que contre-productives, alors que l'économie française est presque entièrement paralysée par la peur. Il affirme qu'à Bordeaux, des enquêtes « vexatoires » sont menées contre des « négociants de vieille souche », véritables « maisons de verre qui n'ont rien à cacher ». Pourquoi un tel acharnement au moment où la reprise du commerce international se fait sentir ? Le président Kressmann rappelle à juste titre que la France aura à l'avenir plus que jamais besoin de ses vins et de ses spiritueux afin de rééquilibrer sa balance commerciale avec les autres puissances.

Le 1er décembre, il préside la délégation désignée pour rencontrer le ministre des Finances, René Pleven. Ce dernier se montre résolu : « Les milliards mal acquis seront récupérés, confisqués ou restitués. » Mais Pleven est surtout venu pour rassurer : « Pour les négociants ayant commercé de bonne foi avec les Allemands : pas de pénalités, simple répartition des bénéfices. » Le ministre rappelle d'ailleurs les consignes du gouvernement : « Il faut que la répression soit rapide, vigoureuse et, bien entendu, qu'elle commence par les cas les plus importants : qu'on ne perde pas de temps avec les petites affaires, ce qu'il me faut, c'est tout de suite [...] un certain nombre de personnages typiques dont il faut débarrasser la Nation[2]. »

C'est sur le terrain juridique que le représentant du négoce bordelais engage la bataille. La question du commerce avec l'ennemi défini dans le cadre de l'ordonnance du 18 octobre 1944 mérite que l'on s'y attarde un peu. Pris en effet au pied de la lettre, son contenu permettrait dans les faits d'inculper la quasi-totalité des industriels et des commerçants du pays. Pour aller jusqu'au bout des choses, une telle orientation ruinerait d'un seul coup toute l'économie française. Personne ne s'en remettrait. Mais de quoi parle-t-on au juste ? Et comment savoir qui était l'ennemi ?

Les poursuites engagées confondent selon lui les situations. En effet, la vente de vins aux acheteurs allemands durant la guerre était tout à fait légale. On ne peut donc pas reprocher à un commerçant d'avoir respecté les règles de droit qui s'imposaient alors à lui. Interrogé, le ministre de l'Agriculture François Tanguy-Prigent fait transmettre par ses services que les opérations régulièrement effectuées sous le rapport de licences d'exportation accordées par les administrations de l'Agriculture et du Ravitaillement depuis le 1er septembre 1939 sont conformes à la légalité, de même celles réalisées à la suite de protocoles que les organismes professionnels ont reçu mission d'exécuter. Mais c'est aussi le cas, par le fait, de toutes les opérations commerciales entrant dans le cadre des termes des ordonnances publiées. Tout cela mérite d'être expertisé, d'autant que l'ordonnance du 6 octobre 1943 renvoie aux tribunaux pour apprécier si les autorisations délivrées par le « prétendu » gouvernement de Vichy peuvent être retenues comme « faits justificatifs » ou « circonstances atténuantes[3] ».

Faute d'instructions précises adressées par les ministères à leurs administrations, tous les commerçants en vins et spiritueux sont potentiellement menacés de condamnations devant les Cours de justice. L'urgence doit donc conduire les pouvoirs publics à donner des instructions claires et bienveillantes aux organismes locaux chargés de faire appliquer ces ordonnances. Finalement, la seule responsabilité incombe au gouvernement de Vichy, lequel a débattu et fixé les contingents à accorder, signé les éventuelles licences d'exportation et confié aux organismes professionnels le soin de mener à bien les missions de contrôle.

Ce sont les ordonnances des 26 juin et 26 août 1944, modifiées par celles des 14 septembre et 28 novembre de la même année, qui mettent en place ce que l'on nommera « l'épuration judiciaire ». Elle est placée sous la responsabilité des Cours de justice et des Chambres civiques chargées de la répression des faits de collaboration. Établies dans les chefs-lieux des vignobles, les Cours de justice sont divisées en sections départementales présidées par un magistrat professionnel assisté de quatre jurés, sur les principes établis pour les Cours d'assises. En général, l'action débute à la suite d'une dénonciation qui donne lieu à une enquête de gendarmerie ouvrant, ou non, la voie à une procédure devant la Cour de justice ou devant la Chambre civique. Les Cours de justice peuvent alors prononcer des peines très lourdes, allant jusqu'à la peine de mort, alors que les Chambres civiques prononcent l'indignité nationale, punie de la dégradation nationale.

Plus spécifique, l'ordonnance du 17 octobre 1944, modifiée par celle du 29 mars 1945, institue l'épuration dite professionnelle dans les entreprises. Bâtie autour de la Commission nationale interprofessionnelle d'épuration, répartie en Comités régionaux interprofessionnels divisés chacun en Sections professionnelles, elle doit « éliminer sans délai des entreprises les individus qui sont présumés avoir une attitude ou une conduite antinationale ». Il s'agit d'éviter que « la reprise de l'activité économique du pays (...) [ne soit] entravée par la présence dans les entreprises d'éléments malsains et indésirables. » Toutefois, l'article 5 de la seconde ordonnance précise bien que : « Il n'y a ni crime ni délit lorsqu'il est établi que les rapports économiques avec l'ennemi ont été établis sous l'emprise de la contrainte[4]. »

Prolongeant l'épuration dite professionnelle, l'épuration financière est menée par les Comités de confiscation des profits illicites dont l'objet est de traquer et de pénaliser financièrement « toute personne, industriel, commerçant ou agriculteur ayant réalisé de façon notoire des profits illicites ». Il s'agit d'organiser la répression à l'encontre « des traîtres et trafiquants de marché noir ». L'objectif est de frapper au portefeuille « tous ceux qui ont édifié des fortunes scandaleuses au détriment de la France ». Ces principes édictés demeurent fidèles au programme du Conseil national de la Résistance (CNR), à mi-chemin entre exigences de justice et nécessités économiques.

Dès le départ, l'activité des comités, entre 1944 et 1946, s'annoncent donc débordante. Mais la faiblesse des moyens mis à leur disposition pour des dizaines de milliers de négociants en vins et de viticulteurs frappés par autant d'actions judiciaires conditionnera souvent la lenteur de l'avancée des enquêtes et des procédures et, finalement, parfois, leur abandon rapide. La quasi-totalité des affaires engagées dans le seul cadre des Comités locaux de confiscation a abouti au déclenchement de plusieurs dizaines de procédures en appel devant le Conseil supérieur de confiscation des profits illicites, contrariant l'exécution des décisions des Comités locaux, puis, souvent, conduisant à des recours devant le Conseil d'État, conclus par des confirmations, remises, modérations et admissions en non-valeur, voire par des amnisties jusqu'en 1953. Si les procédures relevant de l'épuration judiciaire et de l'épuration professionnelle se sont très souvent achevées par des « non-lieux », ou des condamnations très tardives rapidement couvertes par des amnisties, l'épuration financière menée par les Comités se distingue en revanche clairement par l'importance et la lourdeur des peines qu'elle inflige, notamment aux négociants en vins.

Dans le Bordelais, comme en Champagne ou en Bourgogne, les services d'enquête sont invités à frapper quelques personnages particulièrement voyants et emblématiques d'une période dont il faut vite tourner la page. En somme, il faut faire des exemples pour exonérer les autres. Seuls comptent les individus mis en cause « de notoriété publique », ceux qui se sont « manifestement enrichis pendant la guerre ». À Bordeaux, le cas le plus en vue est celui de Louis Eschenauer. « Oncle Louis » devenu le « Roi de Bordeaux », doté d'un physique encore solide de vieux sage élégant, crinière blanche et éparse, sourcils et moustaches broussailleux, visage sévère, s'est clairement affiché durant toute l'occupation allemande comme un partisan très actif de la collaboration. Il est d'ailleurs l'un des tout premiers personnages en vue à être arrêté à Bordeaux, le 1er septembre 1944. Emprisonné avec le maire déchu et ancien ministre de l'Intérieur de Vichy Adrien Marquet, il est jugé à huis clos les 10 et 11 novembre 1945 pour « Intelligence avec l'ennemi ». Un courrier, daté du 12 septembre 1944, fait à cette occasion sensation. Signé par le major Ernst Kühnemann à l'attention de son « ami » Eschenauer, le texte rapporte des propos couvrant l'incroyable proximité entre les deux hommes et la sauvegarde de Bordeaux que leur amitié a rendu possible :

> « Mon cher Oncle Louis,
>
> J'espère que cette lettre parviendra en tes mains. Elle t'apportera mes amitiés les plus cordiales et te dira que je me porte bien. (…)
>
> Je te remercie encore une fois de tout cœur pour tout le bien que tu m'as fait. Je suis tellement heureux que le pont et le port n'aient pas été détruits. Songe un peu : après notre retraite, je reçus, encore une fois, l'ordre de le faire, mais alors, c'était impossible.
>
> Aussitôt que la possibilité se présentera, je vous visiterai tous. Les trois années à Bordeaux sont, pour moi, inoubliables. J'aime cette ville et c'est pourquoi j'ai fait tout ce qui était en mon pouvoir pour elle. (…)
>
> Encore toutes mes amitiés les plus sincères et tous mes meilleurs vœux, en reconnaissance et fidélité, toujours, ton (signé) Ernst Kühnemann [5]. »

Au printemps 1945, le Comité de confiscation condamne Louis Eschenauer à plus de cent cinq millions de francs d'amendes et de confiscations cumulés. La peine est énorme bien que très inférieure à celle de son confrère et ami le négociant Marcel Borderie, de Libourne. L'ancien coiffeur pour dames, proche du ministre de l'Agriculture et du Ravitaillement de Vichy, Max Bonnafous, est condamné quelques mois plus tard à des amendes et confiscations financières cumulées d'un montant de plus d'un milliard de francs, soit près de la moitié, à lui seul, de toutes les condamnations enregistrées pour le département de la Gironde. Borderie, c'est l'homme de l'Œnotonique à Libourne, une énorme société de fabrication de vins toniques, d'apéritifs et de digestifs. Il est également l'un des organisateurs de la captation des vins du Midi et de la mise en orbite du commerce des vins à partir d'une cascade de sociétés-écrans monégasques.

Avec Bömers, Descas et Eschenauer, Borderie formait un quatuor exceptionnel. Bömers les invitait régulièrement, l'un et l'autre, ou les trois, au restaurant du Chapon Fin à Bordeaux, dans un salon privé qui leur était réservé. Tous les quatre faisaient de fréquents voyages dans le Midi, dans la voiture de Bömers, à Béziers, Narbonne, Montpellier et Nîmes. En 1943, Borderie accompagnait Bömers et Descas à Monaco afin de régler quelques affaires commerciales avec le Reich. Sur place, Borderie dirigeait la Sogal, Société générale d'alimentation, une société-écran partagée avec Ugo Giusti et spécialisée dans l'export de vins courants vers l'Alsace-Moselle. Dans le privé, tous ces personnages se retrouvaient régulièrement à l'occasion de vacances idylliques, souvent dans les Alpes françaises et en Bavière. La même année, Borderie, Eschenauer, Descas et Bömers avaient passé deux semaines avec leurs épouses dans le Bade-Wurtemberg pour suivre une cure thermale à Bad Mergentheim. Le moment fut « inoubliable », dans cette petite ville historique située au cœur de la vallée de la Tauber, dans un paysage de collines, de forêts et de vignobles d'où les vignerons allemands tirent un vin blanc sec de belle qualité. Marcel Borderie profita de ce répit pour passer une commande de vins de liqueur à destination du négoce local. En contact permanent, les trois négociants les plus proches de Bömers se sont toujours respectés et ils évitaient de se concurrencer.

La fin de la guerre devait rapporter en détail les faits, attitudes et compromissions de chacun au temps du grand accommodement. Le 11 novembre 1945, la Cour de justice de Bordeaux condamne Louis Eschenauer à une peine de deux ans de prison ferme, assortie de la dégradation nationale et d'une confiscation de tous ses biens. Il rejoint vingt et un autres négociants locaux, tous condamnés, dont Roger Descas, et surtout Marcel Borderie frappé de la peine de mort. Pour autant, l'opinion publique n'est pas dupe des conditions dans lesquelles se déroule cette « épuration ». Si quelques personnages en vue sont tombés, comme partout en France, les poursuites judiciaires s'avèrent vite complexes et hasardeuses.

Si les soupçons s'abattent sur toute la filière du vin, c'est bien sur le négoce que se focalise l'attention. Depuis longtemps la Résistance, notamment communiste, dénonce les gros « vinassiers » accusés de s'être enrichis abusivement. Face à la résistance supposée des « paysans-vignerons » le grand négoce est la cible de toutes les attaques. Le sujet est d'autant plus douloureux que l'inégalité des situations au sortir du conflit est criante. Une minorité de négociants devenus milliardaires a profité à plein d'un commerce prospère, au moment où d'autres ont fait le choix, parfois contraint, d'arrêter leurs activités.

À Beaune, en Bourgogne, les tensions s'exacerbent subitement lorsque Maurice Dard, négociant en vins de la ville, décide de fonder avec un groupe restreint de confrères qui lui sont proches, une association des négociants résistants. Renommée « Groupe vinicole de résistance commerciale », l'association a pour fonction de rassembler tous ceux qui « ont été lésés pendant la guerre au profit des maisons ayant travaillé avec l'ennemi». Les statuts de ce nouveau club précisent que ne peuvent adhérer que les négociants en vins n'ayant fait aucune vente à l'ennemi. Avec d'autres, Dard condamne violemment ses confrères qui ont poursuivi un commerce prospère et indigne avec les nazis. Il revendique fièrement la possibilité de vendre, avec les confrères qui l'ont rejoint, des vins aux armées alliées. C'est dans cet objectif commercial que les négociants autoproclamés «résistants» apposent une vignette sur leurs bouteilles, indiquant: «NOT A DROP OF WINE SOLD TO THE GERMANS DURING THE WAR»: «Pas une seule goutte de vin vendue aux Allemands durant la guerre.» C'est selon le même principe que l'on voit fleurir sur les en-têtes des lettres et factures la mention imprimée précisant: «MAISON N'AYANT PAS TRAVAILLÉ AVEC LES BOCHES PENDANT L'OCCUPATION[6].» L'un d'entre eux, Paul Naudin-Varrault, s'enflamme même lorsque la très parisienne Commission d'exportation des vins de France publie à l'automne 1944 un communiqué dénué de tout sens critique à l'attention de la presse britannique sous le titre: «Quatre ans de Résistance du Vin.» S'adressant au président de la Commission d'exportation, Jean Couprie, il se montre très direct en dénonçant l'hypocrisie du communiqué face à l'énormité du commerce qui s'est réalisé durant la période de l'occupation allemande. Le courrier se termine par une attaque en règle contre ses confrères:

> «Il se peut que dans d'autres régions que la Bourgogne les négociants en vins aient mieux compris leur devoir; mais en ce qui concerne la Bourgogne c'est absolument faux[7].»

Au sein du Syndicat des négociants de Bourgogne, les propos scandalisent, d'autant que plusieurs négociants parmi les plus en vue du vignoble sont empêtrés dans des procédures judiciaires bien embarrassantes pour leur réputation, et donc pour leurs affaires. Le groupement dissident est dénoncé, accusé de vouloir jeter le discrédit sur l'honneur et les affaires des plus éminents confrères. Naudin-Varrault est exclu du syndicat local pour « manquement grave à la solidarité professionnelle » et pour « concurrence déloyale par allégation de faits inexacts (...) [et] propos diffamatoires tenus (...) à l'encontre du Syndicat et de ses Membres ». L'urgence est de faire cesser les propos perçus comme mensongers et l'utilisation « abusive » des « papillons » qui discréditent le commerce.

« Ceux qui cherchent à m'accabler aujourd'hui, où étaient-ils à l'époque ? »

En Bourgogne, quelques rares négociants vont endosser le poids de la responsabilité de collaboration avec l'ennemi. Sans que cela soit planifié, un nom sort dans la presse qui retranscrit les affaires judiciaires en cours. Arrêté à l'été 1944, Marius Clerget est le premier mis en lumière. Sa ligne de défense repose sur une révélation peu ordinaire. Placé sous les ordres d'un mystérieux « Sergent X », il affirme avoir été un agent double, à la solde des Britanniques, chargé avec son confrère Henri Leroy d'infiltrer les plus hautes sphères de l'administration militaire allemande en

France. Sa mission aurait abouti à des réussites heureuses, notamment celle du noyautage du Cercle européen des Champs-Élysées, haut lieu de la collaboration parisienne. En s'introduisant jusqu'au commandement militaire de l'hôtel Majestic, Clerget serait devenu un proche d'importants officiers ce qui lui aurait permis de transmettre à l'Intelligence Service britannique des informations stratégiques, sans que l'on puisse en savoir plus[8].

Pour autant, Clerget est conscient qu'il ne s'en sortira pas facilement avec de telles élucubrations. Dans un pays encore largement marqué par la confusion, dans lequel n'importe quelle autorité fraîchement galonnée pouvait exercer un pouvoir discrétionnaire, c'est un mystérieux capitaine Marius issu d'un groupe de Résistants locaux qui vient libérer Clerget de la maison d'arrêt de Beaune contre une somme de deux millions de francs. La cavale du négociant passe par Paris, Lyon, Grenoble, puis Marseille et Monaco, terre promise de la Côte-d'Azur pour les collaborateurs en fuite. C'est de la principauté qu'il se manifeste auprès des autorités françaises afin d'affirmer que, contrairement aux apparences, il n'est pas en fuite. Son départ précipité s'explique par un besoin de repos qui l'a éloigné quelque temps de Pommard. Il dénonce l'injuste traque qui est menée contre lui, et évoque de puissants soutiens qui garantiront son honorabilité. Clerget affirme notamment être un proche d'Édouard Herriot, ancien président du Conseil, qui saura sans nul doute appuyer sa cause. Il rapporte avoir déjà versé deux millions cinq cent mille francs à la Résistance locale et précise qu'il est prêt à renouveler cette générosité comme expression de son soutien, en faveur de la « cause patriotique » commune qui le lie aux combattants de l'ombre, et enfin pour « rendre service à ses compatriotes[9] ».

Tout cela ne semble pas émouvoir le Comité départemental de confiscation des profits illicites de la Côte-d'Or qui prend acte de sa disparition et le condamne, après enquête, à une reprise de bénéfices de plus de vingt et un millions de francs et à une amende de plus de quatre-vingt-six millions de francs. Sans ambiguïté, le Comité rappelle à quel point Clerget a pu grâce à ses complicités avec l'occupant amasser une fortune scandaleuse, associé à son fils Raoul. L'étroite protection allemande dont il a bénéficié lui aurait permis de multiplier les fraudes sur les appellations d'origine, vendant massivement des vins du Midi ou d'Algérie sous des appellations renommées, assemblant, coupant, modifiant les origines et les millésimes.

Inculpé le 28 mai 1945 par la Cour de justice de la Côte-d'Or pour « commerce et relations avec l'ennemi », le négociant est reconnu avoir, jusqu'en 1944, « joué à 100 % la carte allemande ». Durant cette période d'enquête qu'il suit à distance de son exil doré, Clerget organise la liquidation de ses propres biens. Au domaine de Pommard, placé sous la direction de Marcel Lardy son beau-frère, des centaines de camions vident les stocks en cave vers des destinations multiples, des prête-noms et des confrères, à Bercy, dans le Rhône, dans le Midi et en Gironde. C'est la maison Calvet qui enlève le plus gros, embarquant des dizaines de milliers de caisses et de fûts de Pommard, Volnay, Meursault, mais aussi de Châteauneuf-du-Pape et de Beaujolais, direction Bordeaux. Sur place en Bourgogne, les inspecteurs des Renseignements généraux sont étourdis par l'activité qui s'organise autour du démantèlement du domaine ; étourdis et impuissants. C'est pourtant bien Marius Clerget en personne qui se rend à l'ouverture de son procès en janvier 1946, au tribunal correctionnel de Beaune. Avec le culot que ses proches lui connaissent, il témoigne de son action patriotique, notamment en faveur du ravitaillement des populations civiles, puis de la nécessité dans laquelle il s'est trouvé d'accepter à son domicile, sous l'influence du corps des officiers de la Kommandantur de Chalon-sur-Saône, le stock alimentaire du « soldat allemand » administré par la Croix-Rouge allemande. Le commerce avec l'Allemagne, il ne le nie pas :

> « C'était l'autorité occupante qui faisait la loi, que voulez-vous que je fasse ?
>
> Ceux qui cherchent à m'accabler aujourd'hui, où étaient-ils à l'époque ? Et que faisaient-ils ?
>
> Vous-mêmes, messieurs les juges, personne ne viendrait aujourd'hui vous demander pourquoi et comment vous agissiez n'est-ce pas ?
>
> C'était un autre temps. Voilà tout.
>
> Tout ce que j'ai fait était pour rendre service aux Français et aux Allemands, pour pouvoir obtenir autre chose d'eux. Voilà la vérité [10] ! »

La procédure s'éternise. Elle est complexe et doit prendre en compte les nombreux éléments d'une enquête qui se poursuit parallèlement. Les auditions se succèdent durant des mois. Pour sa défense, Clerget présente près de deux cents pièces attestant de ses activités de résistance durant toute la guerre. Celui que l'on désignait collaborateur notoire se présente comme un valeureux chef de la Résistance. Mieux, il a espionné l'ennemi derrière son dos, miné son action, combattu ses principes et son autorité, tout en sauvant des vies. Tout y passe : des laissez-passer distribués en nombre aux Résistants, des aides au franchissement de la ligne de démarcation, de la mise en sécurité de fortunes de familles juives, des démarches de libération de prisonniers auprès de la Gestapo, des renseignements fournis à la Résistance, jusqu'à la fourniture de matériels et d'argent au maquis, à coups de millions. Heureusement, Clerget disposait d'une fonction pour couvrir ses actions :

> « Le commerce des vins avec l'occupant ? Quel commerce ? C'était une couverture, habile et sérieuse, mais une couverture. Les Allemands s'y sont laissés prendre [11]. »

L'enrichissement est un fait mais :

> « J'estimais qu'en vendant aux Allemands, c'était de l'argent qui restait en France et qui me servirait après la guerre à aider avec les bénéfices que je ferais, quoiqu'en infime part, au relèvement de la France (*sic*). J'ai fait en sorte, et ceci depuis 1940, de me mettre en relation avec les Allemands, et ceci m'a été facilité par mon commerce des vins. J'ai donc été en relation avec la Kommandantur de Chalon-sur-Saône, que j'ai reçue à la maison, ce qui m'a permis d'avoir de nombreux laissez-passer, et de pouvoir faire sortir de prison des personnes ayant franchi la ligne de démarcation [12]. »

Mieux, en se rapprochant de Max Simon, le fournisseur attitré de la Waffen-SS, Clerget affirme avoir infiltré l'élite de l'armée allemande. Pour quels résultats ? On ne le sait pas.

Pour attester de son rôle actif au sein de la Résistance, Clerget fait comparaître un certain Roger Franc, Résistant dans la zone Sud jusqu'en 1943, organisateur du réseau « Marco Polo », spécialisé dans l'espionnage scientifique et militaire, sous les ordres du commandant Cordier.

Deux responsables du réseau de Résistance « Andromède » confirment le rôle de Clerget, son appartenance à la Résistance et au maquis « Tarzan ». Ils précisent que « Clerget a aidé la Résistance et il a risqué sa vie pour son idéal de bon Français ». Ceux-là mêmes qui avaient dénoncé l'attitude répugnante de Clerget se retournent subitement. Le capitaine de gendarmerie Delsol rapporte avoir changé d'opinion :

> « Je conçois très bien, maintenant que je sais que Clerget était un résistant, qu'il ait eu cette attitude [13]. »

Authentique Résistant, René Guérin, maire de Puligny-Montrachet, lui, comprend bien ces retournements :

> « Clerget a fait durant toute la guerre un trafic sensationnel avec les Allemands. C'est aidé d'un nommé Marius, chef des Milices patriotiques de Beaune, qu'il a offert à tous ceux qui le voulaient beaucoup d'argent mais à la condition de dire : "Marius Clerget a bien travaillé pour la Résistance." J'ai demandé à réfléchir par prudence pour ma famille restée chez moi, mais je n'ai donné aucune suite à sa proposition [14]. »

Fin 1946, la sentence tombe, Clerget écope de quatre ans de prison, six mille francs d'amende, la confiscation totale de ses biens présents et à venir et cinq ans d'interdiction de séjour. La peine est inédite en Bourgogne.

Elle stupéfie les observateurs et pétrifie la profession encore apeurée. Libéré par décret spécial du président de la République le 3 février 1948, il retrouve la libre disposition des biens transférés au nom de sa femme ou de ses amis. Six mois plus tard, une décision de la Cour de justice de la Côte-d'Or se prononce favorablement à la levée de la confiscation totale de ses biens qu'elle commue en une amende de dix mille francs et à l'annulation de l'interdiction de séjour, « compte tenu que celle-ci n'a jamais été respectée et que, pour autant, elle n'a pas suscité de protestations localement[15] » (*sic*).

Plus en vue à Paris, mais domicilié en Bourgogne, le négociant Pierre André est poursuivi à l'automne 1944 pour « Atteinte à la sûreté extérieure de l'État » et « Intelligence avec l'ennemi » par la Cour de justice du département de la Seine. On lui reproche la gestion de son cabaret. Il s'en sort avec trois mois de détention et une confiscation de près de quarante millions de francs. Le troisième homme, Henri Leroy, s'extrait d'un flot de procédure assorti d'une confiscation exemplaire de plus de quatre-vingts millions de francs. La procédure en correctionnel aboutit à un non-lieu à la suite de la mystérieuse disparition de son dossier, dérobé dans l'enceinte même du tribunal de Dijon.

« Au détriment de la richesse et de l'honneur national »

Comme partout ailleurs, la tension est également palpable en Champagne. Ici, nul n'ignore que le commerce a bondi jusqu'à avoir contribué à livrer à l'ennemi deux cents millions de bouteilles au moins. Compte tenu de l'importance des circuits clandestins et du rôle des bureaux d'achats et des intermédiaires occultes, les chiffres sont inévitablement très approximatifs. C'est sur l'activité des négociants-manipulants de Champagne que le rideau se lève progressivement. Le rapport dressé en janvier 1945 par la Direction générale des études et recherches du Comité régional de Reims sur le vin de Champagne sous l'Occupation est sans ambiguïté :

> « La détection des actes répréhensibles commis sous l'Occupation dans la production et le commerce du champagne est une entreprise de grande envergure si l'on tient compte de la multiplicité des intéressés. Certes, il sera nécessaire que chacun d'entre eux soit connu des services de répression et l'on trouvera chemin faisant un bon nombre de ces cas intéressants. Mais un fait demeure : les industriels du premier vignoble de France ont obtenu d'énormes résultats financiers, au détriment de la richesse et de l'honneur national[16]. »

Loin de proposer une accumulation de comportements antipatriotiques, le rapport rend compte de la cohérence de l'organisation d'une filière tout entière tournée vers la collaboration de masse avec l'ennemi. Le maire du Mesnil-sur-Oger, vigneron, est plus direct encore concernant son point de vue sur la situation générale du champagne. Il écrit qu'« il n'est pas un pays en France où l'on puisse dire que la terre a enrichi une caste aussi grande que celle du champagne ». À leur arrivée, « les Allemands ont poussé le commerce champenois » pour assurer leurs besoins et entretenir « des trafics internationaux ». Dans ce nouvel environnement « presque toutes les maisons de Champagne ont collaboré sur le plan économique». Il ajoute que la «présence d'agents allemands ou d'amitiés allemandes» a été une réalité incontestable «dans la plupart des maisons de Champagne[17]».

À la Libération, le commissaire aux comptes du Comité de confiscation des profits illicites qualifie de «stupéfiants» les bénéfices réalisés. La comptabilité de nombreuses maisons exprime l'indécente santé de leurs affaires. Parmi les maisons les plus florissantes, il cite des hausses de bénéfices variant de 20 % à 1 000 % par rapport à l'avant-guerre. Les résultats généraux concernant les quelque cent quatre-vingts maisons de Champagne permettent de fixer à environ un milliard le montant des bénéfices supplémentaires dus à la période de la guerre. L'étude rapporte encore que les marchands de champagne ont vendu aux Allemands «une énorme quantité de vin au marché noir», gage de «bénéfices énormes et incalculables». Parallèlement, ils ont «offert» des quantités considérables de champagne aux Allemands aux tarifs «Wehrmacht» dans le but d'entretenir une franche collaboration. Enfin, la fraude sur la qualité du vin vendu a abouti à une augmentation artificielle des volumes soutenue par deux vagues d'augmentation du prix de la bouteille.

Dans l'œil du cyclone, le Comité interprofessionnel des vins de Champagne est alors très affaibli. Depuis l'automne, Maurice Doyard a dû quitter ses fonctions. La section syndicale des vignerons de Vertus l'ayant «jugé indésirable». Mais Charles Théron, commissaire du gouvernement, chef du triumvirat du Comité interprofessionnel, également vice-président de la Commission des profits illicites du département de la Marne, concentre encore tous les pouvoirs. Or, le fonctionnaire est considéré comme ayant fait preuve d'une attitude très douteuse. Un employé des Contributions indirectes, subalterne de Théron, alors directeur des Contributions indirectes de Châlons-sur-Marne, rapporte des comportements indignes d'un représentant de l'État, ayant souvent confondu ses affaires personnelles avec celles rapportées à ses fonctions et, surtout, ayant participé lui-même à un intense marché noir durant l'Occupation, notamment pour le tabac et les alcools. Plus grave, Charles Théron aurait fait preuve d'un « zèle coupable pour les directives de Vichy », notamment en multipliant les intimidations et sanctions pour expédier plusieurs de ses agents en Allemagne. L'enquêteur des Contributions directes confirme les faits accablants qui frappent le haut fonctionnaire. Il écrit que « c'est alors qu'on le vit faire des banquets et entretenir des relations amicales avec le Führer allemand du champagne nommé von Klaebisch. Pour satisfaire ce boche, Monsieur Théron en tant que représentant du Comité interprofessionnel des vins de Champagne faisait réquisitionner le champagne pour le livrer aux Allemands [18] ».

Parmi les autres personnalités les plus inquiétées en Champagne, Félix Henri Gondry est accablé par la rumeur publique qui le désigne comme un « collaborationniste notoire », ainsi que d'autres responsables de la maison Lanson Père & Fils. Au-delà de sa proximité reconnue par tous avec Otto Klaebisch et les dirigeants de la Wehrmacht et de la Gestapo, on rapporte une confidence faite à Mme Dardenne, l'une de ses employées, qui évoquait les précautions prises « au cas où les Allemands perdraient la guerre ». On parle de millions soigneusement placés dans des investissements immobiliers et de l'or. Pour sa protection, « M. Gondry compte, dit-on, sur ses solides relations dans le cas où il serait inquiété par la Justice ». En parcourant les dossiers qui se trouvent dans le bureau du fondé de pouvoir de cette maison, on découvre une lettre compromettante pour son directeur. Cette lettre, faite en allemand, possède un brouillon rédigé en français et débute ainsi :

> « M. F.H. Gondry, directeur général Firma Lanson à Hôtel Majestic, Paris.
> Étant collaborateur depuis de nombreuses années et ayant envoyé mes fils travailler en Allemagne à la firme Henckell (*sic*), etc.[19] »

Le brouillon de cette lettre est fait sur du papier ordinaire pour machine à écrire. Quelques mots sont rectifiés par la main de M. Gondry. L'original de ce brouillon est tapé à la machine, en allemand, sur du papier à l'en-tête de la maison Lanson Père & Fils. Malgré les témoignages de patriotisme tardif, les accusations pleuvent sur la maison Lanson, comme sur d'autres.

Membre du conseil d'administration du Comité France-Allemagne avant le déclenchement de la guerre, puis membre du comité d'honneur du Groupe Collaboration, Melchior de Polignac est quant à lui arrêté le 6 septembre 1944 à Reims. Inculpé pour « intelligence avec l'ennemi », il obtient un non-lieu, avant qu'un second procès ne soit ouvert par la Chambre civique du département de la Seine en février 1946. Revendiquant fièrement le fait d'avoir su protéger les intérêts de sa maison de négoce, il déclare avoir opposé aux Allemands une réelle résistance passive qui a bénéficié à tout le vignoble champenois. Condamné à dix ans d'indignité nationale, il est rapidement relevé de cette peine pour « services rendus à la Résistance[20] ».

Après avoir abandonné ses fonctions à la tête de sa firme en août 1944, Gottfried Mumm s'était de son côté fait restituer deux millions de francs au siège de sa compagnie à Reims avant de rejoindre l'Allemagne aux côtés d'unités de la Wehrmacht. Capturé par les troupes américaines, il est interné en France en avril 1945. Libéré au mois d'octobre de la même année, il obtient le divorce de son épouse Madeleine et se consacre à d'autres affaires fondées en Suisse et au Lichtenstein durant l'entre-deux-guerres[21]. Sa sœur Elena, épouse de James Worth Thornton, fils de Henry Worth Thornton, président de la compagnie canadienne de chemin de fer, de nationalité américaine, tente sans succès de prendre la main sur la maison familiale. Mise sous séquestre par l'État, la compagnie Mumm & Cie est alors toujours présidée par René Lalou épargné par une enquête pour faits de collaboration durant la guerre et maintenu à son poste[22].

Pour autant, personne n'oublie que plusieurs établissements ont été placés sous la tutelle, directe ou indirecte, du délégué du Reich, sans autres marges de manœuvre. De son côté, le Comité interprofessionnel a organisé, coordonné et discipliné la filière afin qu'elle ne succombe pas au chaos d'un marché emporté par la marée des achats anarchiques. Enfin, des personnalités ont marqué les esprits par leur attitude courageuse, voire héroïque, à travers des faits de Résistance incontestable. Le marquis d'Aulan est de ceux-là. Membre du conseil d'administration des champagnes Kunkelmann, il entre en résistance avant de se tirer des griffes de la Gestapo pour rejoindre les forces françaises combattantes et tomber au champ d'honneur en Alsace. Gaston Poittevin, président du Syndicat général des vignerons jusqu'en 1941, est mort en déportation, comme son gendre Henri Martin, maire d'Hautvillers, député socialiste d'Épernay, président de la Fédération des coopératives vinicoles champenoises. Claude Fourmon, directeur du Comité interprofessionnel, a été déporté à Buchenwald, puis à Dora. Paul Chandon-Moët a été déporté et tué à Auschwitz, Camille de Mareuil, fondé de pouvoir et directeur commercial de Moët & Chandon, ainsi que Robert-Jean de Voguë, membre du réseau « Ceux de la Libération » ont été arrêtés par la Gestapo. Condamné à mort, le délégué général du commerce sera gracié avant d'être déporté à Bergen-Belsen en juin 1944. En provoquant la démission en bloc du bureau exécutif du Comité interprofessionnel, le choc de son arrestation annonçait la fin imminente de quatre années de compromission ; quatre années de complicités qui firent des vins de France le plus convoité des butins ; celui qui étourdit par ses noms les plus illustres, vaincus et vainqueurs.

ÉPILOGUE

Cricova, printemps 1967, à quelques centaines de mètres du village, près de Chisinau, capitale de la Moldavie, aux confins de l'Europe orientale. L'immense vignoble à flanc de coteaux qui marque l'empreinte viticole de la région depuis des siècles laisse apparaître une surprenante succession de cavités ouvrant la voie à un vaste labyrinthe de plus de cent kilomètres de galeries taillées dans la roche calcaire de cette ancienne carrière désaffectée. Nommés à la direction de cette plus grande cave à vins du monde, les représentants officiels en charge du site vinicole soviétique retiennent leur souffle. Un chargement maintenu secret et livré sous bonne escorte vient d'être réceptionné en provenance de Moscou. Dans la galerie centrale, à quatre-vingts mètres sous terre, devant eux, des centaines de caisses, le spectacle, presque irréel, d'une part du butin saisi en 1945 par l'Armée rouge, près de Königsberg, dans les caves du pavillon de chasse du ministre-maréchal nazi Hermann Göring. Volés deux fois, par le Reich, puis par l'Union soviétique, ces milliers de bouteilles de vins de prestige ont été par la suite dispersées, et pour la plupart bues, avant qu'une infime part de la collection ne soit retrouvée et transférée ici, au cœur du dédale moldave.

La fin de cet étrange voyage révèle le passé perdu d'un fragment du trésor de guerre amassé par l'insatiable ogre nazi. Amateur de très grands vins, Göring avait très tôt associé son incroyable prédilection pour les pierres précieuses, pour l'or, les bijoux, les œuvres d'art, à un goût immodéré pour les plus grands nectars français, principalement ceux issus des vignobles de Bordeaux et de Bourgogne. L'inventaire est stupéfiant. Les hommes désormais en charge du précieux trésor relèvent, inscrivent et dénombrent les bouteilles encore étiquetées, certaines estampillées de croix gammées, de mentions sur leur destination, ou sur le col desquelles figurait le cachet de cire de leur domaine d'origine. Ici, les plus grands bordeaux, Mouton Rothschild millésime 1916, Château Latour 1932, Château Mouton d'Armailhacq et Château Lafite Rothschild 1934, côtoient les prestigieux bourgognes de la Romanée-Conti, domaine Leroy, de Pommard ou de Nuits-Saint-Georges 1928, 1930 ou 1933, domaines Clerget, Lupé, ou encore des champagnes et cognacs de prestige. Plusieurs de ces bouteilles échappent à l'attention des observateurs aujourd'hui encore. Leurs étiquettes effacées, rendues illisibles par l'humidité et par le lent travail du temps, ne parlent plus. Une érosion de l'Histoire. L'oubli a fait son travail. Pétrifiées dans leurs galeries, elles semblent muettes, ne révélant plus ni la démesure, ni la culpabilité, ni l'esprit d'abandon de cette période si tragique.

Trophée de guerre et trésor pris à l'ennemi, chacune de ces bouteilles dévoile un pan du récit stupéfiant de ce qui a été le plus gigantesque pillage de vin de l'Histoire. Issu des centaines de millions d'autres, prélevé dans les plus grands vignobles français, ce butin est la part la plus visible des dizaines de millions d'hectolitres livrés presque sans limite aux élites nazies, au parti hitlérien, à l'armée allemande et à la population civile du IIIe Reich durant toute la guerre.

Dans tous les vignobles français, à Bordeaux, à Cognac, à Reims, à Épernay, à Beaune ou dans le Midi, l'histoire de ce pillage est aussi celle d'un immense tabou, toujours très présent aujourd'hui, à la croisée des chemins entre la persistance du mythe résistantialiste et l'incroyable compromission qui s'est alors emparée des esprits. Elle est encore celle d'une tragédie, d'un drame irréparable qui sauva la vigne et les vins de France de la dévastation au prix fort du déshonneur. Elle est enfin celle d'un étourdissement, d'un vertige et d'une chute qui emportèrent toutes les consciences vendues à qui le voulait, dans une soif de profits obscène où la fin justifie tous les moyens. C'est là, sans aucun doute, une leçon qu'il nous faut conserver.

NOTES

Prologue

1. *Signal*, n° 20, 2e numéro d'octobre 1943.

2. LAMBAUER Barbara, *Otto Abetz et les Français ou l'envers de la Collaboration*, Paris, Fayard, 2001, 895 p.

3. MODIANO Patrick, *La Place de l'Étoile*, préf. Jean Cau, éditions Gallimard, 1968, 153 p. ; rééd. 1985 ; éditions Gallimard, coll. « Folio » (n° 698), 218 p., 1975 ; rééd. 1986 revue et corrigée, 2004.

Introduction

1. SOUTOU Georges-Henri, *Europa ! Les projets européens de l'Allemagne nazie et de l'Italie fasciste*, Paris, Tallandier, 2021, p. 284-285.

Retour sur la chute

1. Proverbe allemand populaire au début du XXe siècle. Il était inspiré d'une expression yiddish exprimant une époque où, en Europe, seule la France avait émancipé les juifs. La formule a été ensuite reprise par l'écrivain allemand Friedrich Sieburg dans *Dieu est-il français ?*, livre

paru en 1929. Dans cet ouvrage, l'auteur dresse un tableau de l'état moral et culturel des Français. L'éditeur Bernard Grasset répond par la suite à l'auteur et revient sur le rôle de l'humanisme et de l'idéalisme français.

2. RAHN Rudolf, *Un diplomate dans la tourmente*, Paris, Éditions France-Empire, 1980, p. 182.

3. CALVI Fabrizio et MASUROVSKY Marc J., *Le Festin du Reich. Le pillage de la France occupée 1940-1945*, Paris, Fayard, 2006, p. 241-248.

La ruée vers l'or rouge

1. Archives départementales de la Côte-d'Or : 29U-59, Affaire Marius Clerget, 1945-1946.

2. Archives nationales : Z6/869 dossier 5805 de la procédure instruite par la Cour de justice du département de la Seine contre Roger Jean DESCAS.

3. Archives nationales : Z6-869-870, Dossier Descas. Rapports spéciaux. Situation de l'économie du vin en France, 1940-1941.

Les « Weinführer » prennent la main

1. Archives nationales : Z6-869-870, Dossier Descas. Notes d'instruction judiciaire. Le commerce du vin en France, 1940.

2. Archives nationales : Z6/869 dossier 5805, Compte rendu d'entretien au Majestic, 23 avril 1942.

3. Archives nationales : Z6/869 dossier 5805, notes complémentaires relatives au commerce des vins durant la guerre, 1945-1948.

4. *Ibid.*

5. Circulaire du Syndicat national du commerce en gros des vins et spiritueux de Bourgogne, octobre 1940.

6. Circulaires du Militärbefehlshaber in Frankreich (MBF), 27 octobre 1940, 13 décembre 1940 et 30 mars 1941.

7. HUSSON Jean-Pierre, « Le Vin de Champagne à l'épreuve de l'occupation allemande, 1940-1944 », DESBOIS-THIBAULT Claire, PARAVICINI Werner et POUSSOU Jean-Pierre (dir.), *Le Champagne, une histoire franco-allemande*, Paris, PU Paris-Sorbonne, 2013, p. 330.

Jeu de dupes et marché noir

1. DELARUE Jacques, *Trafics et crimes sous l'Occupation*, Paris, Fayard, 1993 (rééd. 1968), p. 19-21.

2. ARNOULT Pierre, *Les Finances de la France et l'occupation allemande : 1940-1944*, Paris, Presses Universitaires de France, 1951, p. 33-35.

3. Lire l'annexe : « Comment les Français ont financé leur propre exploitation », dans DE ROCHEBRUNE Renaud et HAZERA Jean-Claude, *Les Patrons sous l'Occupation*, Paris, Odile Jacob, p. 793-805.

4. DELARUE Jacques, *Trafics et crimes sous l'Occupation*, *op. cit.*, p. 78-81.

5. LUCAND Christophe, *Le Pinard des Poilus. Une histoire du vin en France durant la Grande Guerre (1914-1918)*, Éditions Universitaires de Dijon, Collection « Histoire », Dijon, 2015, 170 p.

Champagne !

1. Centre des archives économiques et financières : B-49509, Direction générale des études et recherches, deuxième direction, renseignements fournis par Madame

Gachez Marie-Françoise, domicilié au 45, rue des Capucins à Reims, ancienne dactylo interprète au bureau de l'Office de répartition du vin de Champagne de Reims, 22 février 1945.

2. Archives nationales : F/10/5363, Note sur le projet de groupement interprofessionnel du champagne, 1941, 8 p ; F/10/5363, Observations sur le projet de loi portant création du Groupement interprofessionnel du champagne, mai 1941, 3 p.

3. Husson Jean-Pierre, *Le Vin de Champagne à l'épreuve de l'occupation allemande (1940-1944)*, Paris, Institut historique allemand, 23 septembre 2005 ; Husson Jean-Pierre, *La Marne et les Marnais à l'épreuve de la Seconde Guerre mondiale*, thèse de doctorat sous la dir. de Maurice Vaisse, Université de Reims, 1993, 2 vol., 489 et 182 p.

4. Centre des archives économiques et financières : B-49509, Direction générale des études et recherches, deuxième direction, contrôle général de la zone Nord-Est, Comité régional de Reims, le vin de Champagne sous l'Occupation, vue d'ensemble, janvier 1945.

5. Sur l'histoire de la firme Mumm, on peut se rapporter à l'excellent ouvrage de Rolland Denis, *Mumm. Une incroyable histoire*, Chaumont, Le Pythagore Éditions, 2019, 247 p.

6. Archives de Paris, Registre matricules 6e bureau 1897, n° 78.

7. Centre des archives économiques et financières : B0047494/1 (D), Dossier vin et champagne, « affaire Mumm ».

8. *Ibid.*

9. Rolland Denis, *Mumm... op. cit.*, p. 172.

10. *Ibid.*

Les affaires sont les affaires !

1. Archives départementales de la Côte-d'Or : 1205 W-67-73, Commerce avec l'ennemi. Rapport de police sur les profits illicites dans le secteur du commerce des vins de Bourgogne, 23 novembre 1944.

2. Archives départementales de la Côte-d'Or : 29U-59, Procès-verbal de perquisition, Chassagny Henri Contrôleur du ministère des Finances, 15 janvier 1941. Déposition de M. Delsol Camille, capitaine de gendarmerie à Beaune, 2 juillet 1945. Note du procureur général de la cour d'appel de Dijon, parquet général au procureur de la « République » de Beaune, 9 septembre 1941.

Les Français au « régime sec » ?

1. Circulaire du Syndicat national du commerce en gros des vins et spiritueux, 13 octobre 1941.

2. Derys Gaston, *Mon docteur le vin*, préface « Hommage au vin du maréchal Pétain », aquarelles de Raoul Dufy, Paris, Draeger Frères, Éditions publicitaires Nicolas, 1935.

3. Déclaration du 7 décembre 1941.

4. *Illustration (L')*, n° 5138, 30 août 1941, « Du vinisme à la disette de vin », par Rozet.

« Otto », Lafont et consorts

1. Centre des archives économiques et financières : B49509/5 (D), Vins et spiritueux. Notes spéciales et enquêtes.

2. Centre des archives économiques et financières : B60247/1 (C), Rapports d'enquêtes. Commission spéciale vins et spiritueux.

3. Centre des archives économiques et financières : B-0049475/1, Service de collaboration économique, organisation et rôle au niveau national et régional : textes, correspondance avec le ministre du Ravitaillement ; réunions des secrétaires généraux : procès-verbaux ; statistiques ; liaisons entre les ministères : correspondance, circulaires ; commissariats régionaux, recherches de crimes de guerre : rapports de police, résultats d'enquêtes régionales sur la collaboration économique, 1944-1947, vins et spiritueux. Notes spéciales et enquêtes ; B-0049476/1, Collaboration économique, profits illicites : textes, enquêtes, affaires particulières, 1944-1945 ; B-0049476/2. Marché noir allemand : correspondance, notes, comptes rendus sur les suites données aux affaires de trafic, liste d'individus protégés par les Allemands, 1944-1947.

4. B-0049476/2b-c : Comptes rendus sur les suites données aux affaires de trafic, liste d'individus protégés par les Allemands, 1944-1947 ; Sergg Henry, *Paris Gestapo*, Paris, Dualpha, 2002, 247 p. ; Aziz Philippe, *Tu trahiras sans vergogne. 93 rue Lauriston. Histoire de deux « collabos » Bonny et Lafont*, Paris, Fayard, 1969, 281 p.

5. B-0049476/2d-e : Comptes rendus sur les suites données aux affaires de trafic, liste d'individus protégés par les Allemands, 1944-1947 ; Aziz Philippe, *Tu trahiras sans vergogne…*, *op. cit.*

6. *Ibid.*

7. *Ibid.*

8. Briand Luc, *Le Brassard. Alexandre Villaplane, capitaine des Bleus et officier nazi*, Paris, Éditions Plein Jour, 2022, 250 p.

9. Guillon Éric, *Abel Danos. Le Mammouth. Entre Résistance et Gestapo*, Paris, Fayard, 2006, 443 p.

Un rocher bien occupé

1. Centre des archives économiques et financières : B0047494/1 (A-D), Le commerce des vins à Monaco. Notes et rapports d'inspection, 1940-1947.

2. *Ibid.*

3. *Ibid.*

4. Centre des archives économiques et financières : B 33931, Rapports franco-monégasques, Correspondance de M. Deleau, vice-consul de France à Monaco adressée à Pierre Laval, chef du gouvernement, ministre secrétaire d'État aux Affaires étrangères, 3 février 1944. Rapport de l'Inspecteur principal de l'Enregistrement à M. le Conseiller d'État, directeur des Services fiscaux de la principauté de Monaco, 3 janvier 1944. Rapports franco-monégasques, Correspondance du Conseiller d'État monégasque et directeur des Services fiscaux, Henri Rafailhac, au ministre d'État de la principauté, 10 janvier 1945. Rapport M. Blot, inspection générale des Finances, « note sur la fraude fiscale dans le commerce des vins et des spiritueux », 21 janvier 1944 ; Rapport additionnel et annexes, 15 avril 1944.

5. Centre des archives économiques et financières : B0047494/1, Dossiers Négociants en vins à Monaco, Propos relatifs à la formation à Monaco de sociétés « holding » dont les agissements seraient préjudiciables à

l'Économie nationale, 1940-1944. Rapport M. Blot, inspection générale des Finances, « note sur la fraude fiscale dans le commerce des vins et des spiritueux », 21 janvier 1944, p. 9. Rapports des Services fiscaux sur le commerce et les relations économiques et financières avec la principauté de Monaco. Correspondance franco-monégasque et situation du commerce des vins et des alcools (1942-1944).

Le « grand Reich » corrompu par le vin

1. Goebbels Joseph, *Journal. 1939-1942*, Paris, Tallandier, 2009, 742 p.

2. Bajohr Frank, *Korruption ! Au cœur du système nazi*, Paris, Flammarion, 2017, 352 p.

3. Fabrice D'Almeida, *La Vie mondaine sous le nazisme*, Paris, Perrin, 2006, p. 285-288.

4. Goebbels Joseph, *Journal, op. cit.*

5. *Ibid.*

6. Centre des archives économiques et financières : B0047490/1-5, Notes de synthèse et rapports spéciaux, 1940-1949.

7. Sergg Henry, *Paris Gestapo, op. cit.* ; Dubois Edmond, *Paris sans lumière*, Genève, Payot, 238 p. ; Steinberg Lucien, *Les Allemands en France. 1940-1944*, Paris, Albin Michel, 1980, 377 p.

8. Buisson Patrick, *1940-1945. Années érotiques*, II, *De la Grande Prostituée à la revanche des mâles*, Paris, Le Livre de poche, p. 44.

9. Pigoreau Olivier, *Un espion nazi à Paris. Interrogatoire du SS Roland Nosek*, texte présenté et annoté, Paris, Histoire & Collections, 2014, 301 p.

Le grand tournant

1. Cf. son éditorial dans *Das Reich*, 31 mai 1942 ; cité par SOUTOU Georges-Henri, *Europa !, op. cit.*, p. 258.

2. DELARUE Jacques, *Trafics et crimes sous l'Occupation, op. cit.*, p. 78-81.

3. Centre des archives économiques et financières : B-49509, Bulletins de renseignements provenant des archives nationales, documents dits Majestic, dossier 66/70.

À la table des maîtres

1. *Ibid.*

2. Centre des archives économiques et financières : B-0049478/4, Collaboration économique, recherches de preuves en Allemagne, mission à Berlin : correspondance avec l'Administration militaire française en Allemagne, notamment documents dits Majestic, 1945-1946 ; Archives nationales : Z6/NL dossier 501, Correspondance de Pierre André, courrier du 29 octobre 1943 ; Archives maison Pierre André et Reine Pédauque : Correspondance de captivité de M. Pierre André, 13 novembre 1944 ; Archives maison Pierre André et Reine Pédauque : Note de M. Pierre André sur ses activités commerciales à Paris, janvier 1945 ; Archives maison Seguin-Manuel : Correspondance avec Adolf Segnitz, courrier du 13 janvier 1946 ; Seguin-Manuel Pierre, négociant à Savigny-lès-Beaune, propos recueillis par l'auteur, entretiens des 17 mars 2005, 24 juillet 2005, 30 octobre 2006 (90 mn) ; Liogier d'Ardhuy Gabriel, négociant à Aloxe-Corton, propos recueillis par l'auteur, entretiens des 7 mai 2004, 8 mai 2004, 27 mars 2005, 7 septembre 2006, 14 février 2007 (90 mn).

3. *Ibid.*

4. *Ibid.*

5. *Ibid.* ; KERSAUDY François, *Goering. L'homme de fer*, Paris, Perrin, 2022, 421 p.

6. Centre des archives économiques et financières : B-0049478/4, Collaboration économique, recherches de preuves en Allemagne, mission à Berlin : correspondance avec l'Administration militaire française en Allemagne, notamment documents dits Majestic, 1945-1946 ; Centre des archives économiques et financières : B-0049479/1, Collaboration économique, entreprises coupables et montant des marchés passés avec l'ennemi : états des recherches, 1944-1946 ; Archives nationales : Z6/A-869-870, Dossier de défense d'André Descas, 1945-1949 ; Archives maison Seguin-Manuel : Correspondance avec Adolf Segnitz, courrier du 13 janvier 1946 ; Seguin-Manuel Pierre, négociant à Savigny-lès-Beaune, propos recueillis par l'auteur, entretiens des 17 mars 2005, 24 juillet 2005, 30 octobre 2006 (90 mn) ; Liogier d'Ardhuy Gabriel, négociant à Aloxe-Corton, propos recueillis par l'auteur, entretiens des 7 mai 2004, 8 mai 2004, 27 mars 2005, 7 septembre 2006, 14 février 2007 (90 mn).

7. *Ibid.*

8. Archives nationales : Z6/A-869-870, Dossier de défense d'André Descas, 1945-1949 ; Archives maison Seguin-Manuel : Correspondance avec Adolf Segnitz, courrier du 13 janvier 1946 ; Seguin-Manuel Pierre, négociant à Savigny-lès-Beaune, propos recueillis par l'auteur, entretiens des 17 mars 2005, 24 juillet 2005, 30 octobre 2006 (90 mn) ; Liogier d'Ardhuy Gabriel, négociant à

Aloxe-Corton, propos recueillis par l'auteur, entretiens des 7 mai 2004, 8 mai 2004, 27 mars 2005, 7 septembre 2006, 14 février 2007 (90 mn).

Démesure d'une « bonne collaboration »

1. Archives départementales de la Côte-d'Or : ADCO, U7Cf-107, Extrait cité par le juge Bajotet d'une lettre de Leroy à Bömers du 28 octobre 1940.

2. Archives départementales de la Côte-d'Or : U7Cf-106, Dossier Leroy. Actes de procédure et rapports d'enquête, 1945-1949.

3. LORMIER Dominique, *Bordeaux brûle-t-il ? Ou la libération de la Gironde, 1940-1945*, Bordeaux, Les dossiers d'Aquitaine, 2003, p. 50-51 ; BRICE-ROELTGEN Catherine, *Le Groupe Collaboration, 1940-1944*, Maîtrise [Jacques Droz], Univ. Paris 1 CRHMSS, 1978, 227 p.

4. Lire à ce sujet l'excellente étude : FRIBOULET Jean-Édouard, *Un arrêt secret en Vendée ?*, Saint-Vincent-Sterlanges, 2020, 20 p.

5. *L'Ouest-Éclair*, 18 janvier 1938, p.1 ; bulletin municipal Sterlangeais du 2e semestre 1994 : Maurice Bertrand, maire honoraire, écrit : « Au plus fort de son activité, la production d'alcool atteignit 1200 hectolitres par jour absorbant ainsi la production vinicole locale qui n'était pas destinée à la consommation. À cette époque, il n'était pas rare, alors, de voir stationner à la gare et près de la distillerie, des trains de wagons, dont beaucoup prenaient le chemin de l'Allemagne. »

6. Archives départementales de la Vendée – 5M301-21 du 23 décembre 1937.

Et dans le Mot du maire André Fonteneau dans le bulletin municipal de 1984.

7. Archives départementales de la Vendée – 1W57/718.

Réseaux et connivences autour du vin

1. Archives nationales : Z6/NL dossier 501, Parquet, Cour de justice de la Seine. Information et exposé, 20 octobre 1945. Rapport de défense, non daté.

2. Archives nationales : Z6/NL dossier 501, Correspondance du 14 septembre 1943. Rapport sur l'affaire André, 4 novembre 1944.

Toutes hontes bues

1. Centre des archives économiques et financières : B49509/5 (D), Vins et spiritueux. Dossier Champagne viticole, notes et correspondances, 1940-1947.

2. *Ibid.*

3. GILBERT Joseph, *Fernand de Brinon, l'aristocrate de la collaboration*, Paris, Albin Michel, 2002, 652 p.

4. ROLLAND Denis, *Mumm*, *op. cit.*, p. 185-189.

5. Réseau placé sous la responsabilité du service de la sécurité de la SS (« Sicherheitsdienst des Reichsführers SS »), abrégé en SD, auprès de l'Amt VI (SD-Ausland), service de renseignement politique à l'étranger, dirigé par Walter Schellenberg à partir de 1942.

6. Archives de la préfecture de Police de Paris, dossier 378074.

7. Archives Mumm, rapport « très secret ». Renseignements concernant Mme de Mumm, sans signature, sans date, cité par ROLLAND Denis, *Mumm*, *op. cit.*, p. 188.

8. Archives de la préfecture de Police de Paris, dossier 554560.

9. JOSEPH Gilbert, *Une reine de l'Occupation. La vie incroyable et aventurière de Laure Dissard*, Paris, Albin Michel, 379 p.

10. *Ibid.*

11. *Ibid.*

12. Direction des Renseignements généraux, Interrogatoires de H. Knochen, 1947.

La collaboration mondaine au « royaume d'Otto »

1. SERVAN Émile, *Les Vins Français devant la nouvelle Europe*, Paris, Édition du Groupe Collaboration et du Rassemblement national populaire, 1941, 38 p.

2. LUCAND Christophe, *Les Négociants en vins de Bourgogne. De la fin du XIXe siècle à nos jours*, Bordeaux, Éditions Féret, collection « Histoire contemporaine », 2011, 522 p.

3. VIGREUX Jean, *Le Clos du maréchal Pétain*, Paris, Puf, 2012, 161 p.

4. VIGREUX Jean, « "La terre ne ment pas" : le terroir viticole à l'épreuve de la Révolution nationale de Vichy », Crescentis, *Revue internationale d'histoire de la vigne et du vin*, n° 1, « Le vin et le lieu », p. 99-109.

5. DURAND Sébastien, « Pétain, maréchal vigneron ? », KOSCIELNIAK Jean-Pierre et SOULEAU Philippe [dir.], *Vichy en Aquitaine*, préf. Denis PESCHANSKI, Paris, Les éditions de l'Atelier, 2011, p. 176-195.

« Aryaniser » les domaines Rothschild

1. Archives nationales : Z6/869 dossier 5805, Commission consultative des dommages et des réparations. Rapport

sur les dommages causés à la France par l'occupation ennemie. Monographie concernant les vins & spiritueux. Paris, 6 février 1946, 74 p.

2. Graneri-Clavé Mario (dir.), *Le Dictionnaire de Bordeaux*, Bordeaux, Éditions Loubatières, 2006, 480 p.

3. Centre des archives économiques et financières : B-60180, Direction générale de l'enregistrement, affaire Rothschild, 1940-1949.

Boire le calice jusqu'à la lie

1. Archives nationales : Z6/869-870, Ventes des vins destinés soit à l'économie allemande, soit à la Wehrmacht, durant les années d'occupation allemande. Résumé fait d'après les renseignements retrouvés dans les archives par les services du Groupement national d'achat des boissons, 3 décembre 1947.

2. Archives nationales : Z6/869-870, Dossier Descas, Mémoire de défense, 1947.

3. Roussel Éric, *Jacques Benoist-Méchin, À l'épreuve du temps. Souvenirs*, Paris, Tempus-Perrin, 2019, 1056 p.

Les maudits

1. Centre des archives économiques et financières : B0047490/1 (D), Note dactylographiée, ministère des Finances, Direction du Blocus, 1er Bureau, Paris, non datée.

2. Centre des archives économiques et financières : B-4950, Direction générale des études et recherches, deuxième direction. Directives générales. Renseignements divers et contre-espionnage économique, 1944-1946.

3. *Ibid.*

4. Archives départementales de la Marne, M11694, Rapport de l'Inspection générale, 31 décembre 1949.

5. Centre des archives économiques et financières : B-4950, Direction générale des études et recherches, deuxième direction, renseignements divers et contre-espionnage économique, renseignements, 1945-1947.

6. Centre des archives économiques et financières : B0047490/1 (D), Note à en-tête du « Groupe Vinicole de Résistance Commerciale – GVRC, Association de négociants en vins ayant résisté commercialement à l'ennemi pendant l'Occupation, Beaune, Côte-d'Or », Direction du Blocus, 1er Bureau, Paris, 16 octobre 1945.

7. Archives du Syndicat des négociants en vins de Bourgogne : Dossier Naudin-Varrault, lettre du 19 décembre 1944.

8. ADCO : 29U-59, Dossier d'Instruction. Cour de justice de la Côte-d'Or. Rapports d'expertise, 1945-1946.

9. Archives départementales de la Côte-d'Or : 29U-59, Rapport du ministère de l'Intérieur. Dossier d'enquête de M. le Commissaire divisionnaire, chef du Service Régional des R.G., 1945.

10. *Ibid.*

11. *Ibid.*

12. *Ibid.*

13. *Ibid.*

14. *Ibid.*

15. *Ibid.*

16. Centre des archives économiques et financières : CAEF, B-49509, Rapport du Contrôle économique de Reims. Note du contre-espionnage économique, 1945.

17. *Ibid.*

18. Centre des archives économiques et financières : CAEF, B-49509, Rapport du Contrôle économique de Reims en date du 21 septembre 1944, le vin de champagne sous l'Occupation. Contre-espionnage économique.

19. *Ibid.*

20. *Le Monde*, 12 février 1946, p.1 ; *L'Époque*, 12 février 1946, p. 1-2.

21. Gottfried Mumm se remariera avec Madeleine à Epson en Grande-Bretagne le 15 août 1963, avant d'être probablement assassiné un an plus tard à Johannisberg en Allemagne, le 22 novembre 1964 ; dans ROLLAND Denis, *Mumm, op. cit.*, p. 194.

22. Archives de la préfecture de Police de Paris, dossier 186 332.

Glossaire et abréviations

Abwehr : service de renseignement militaire allemand

BdS : Befehlshaber des Sicherheitspolizei und des SD – Commandant de la police de sûreté et du SD

Brigadeführer : grade paramilitaire d'officier du parti nazi utilisé dans la SS (général)

DAF : Deutsche Arbeitsfront Verbindung – Front allemand du travail. Association nazie des travailleurs et des employeurs

DFG : Deutsch-Französische Gesellschaft – société franco-allemande fondée en 1928 et destinée à rétablir les relations entre les deux pays

Feldgendarmerie : police militaire allemande chargée des missions d'occupation des territoires sous contrôle de la Wehrmacht

Feldgrau : couleur des uniformes de l'armée allemande désignant le soldat du IIIe Reich

Feldmarschall ou Generalfeldmarschall : grade militaire d'officier général supérieur dans l'armée allemande

FK : Feldkommandantur – Kommandantur au chef-lieu du département

Gestapo : Geheime Staatspolizei – Police secrète d'État

GFP : Geheime Feldpolizei – Police secrète de campagne

Gruppenführer : grade paramilitaire d'officier du parti nazi notamment utilisé dans la SS (général de division)

HWA : Heereswaffenamt – Bureau central pour le développement technique et la production d'armes, de munitions et de matériel de l'armée de terre allemande

Import Beauftragter : agent d'importation désigné par Berlin délégué officiel pour le commerce avec le Reich

KdS : Kommandeur des Sicherheitspolizei und des SD – Chef de la Sipo-SD dans les préfectures régionales

KGP : Kommandant Gross-Paris – Commandant du Grand-Paris

Kommandantur : commandement militaire chargé de l'administration du territoire qu'il occupe

Kriegsmarine : marine de guerre allemande

Kreiskommandantur : unité de commandement militaire au niveau d'un arrondissement

LVF : Légion des volontaires français contre le bolchevisme

Luftwaffe : aviation militaire allemande

Marketenderei : intendance militaire allemande

MBF : Militärbefehlshaber in Frankreich – Commandement militaire allemand en France domicilié à l'hôtel Majestic à Paris

NSDAP : Nationalsozialistische Deutsche Arbeiterpartei – Parti national-socialiste des travailleurs allemands

Obergruppenführer : grade paramilitaire d'officier du parti nazi notamment utilisé dans la SS (général)

Oberleutnant : sous-lieutenant de l'armée allemande

OKW : Oberkommando des Wehrmacht – Haut commandement des forces armées allemandes

Propagandastaffel : antenne régionale de la Propaganda-Abteilung Frankreich

Propaganda-Abteilung Frankreich : Département de la propagande allemande en France

Reichsführer-SS : grade d'officier général le plus élevé dans le corps des officiers généraux SS

Reichsmarschall : maréchal des forces armées du IIIe Reich

Reichsminister : ministre du IIIe Reich

Roges : Rohstoffhandelsgesellschaft – société d'État nazie pour le commerce des matières premières

RSHA : Reichsicherheitshauptamt – Office central de sécurité du Reich

SD : Sicherheitsdienst – service de renseignement du NSDAP formé par la SS

Sipo-SD : Sicherheitspolizei und Sicherheitsdienst – police de sûreté et services de renseignement de la SS

Soldatenheim : « Foyer du soldat » – établissement réservé à la détente des hommes de troupes de la Wehrmacht

Sonderführer : officier allemand utilisé en tant qu'expert à des fins militaires

SS : Schutzstaffel – échelon de protection. Organisation paramilitaire et policière nazie

Stadtkommandantur : commandement militaire chargé de l'administration de la ville qu'il occupe

Stadtkommissar : commandant militaire chargé de l'administration de la ville qu'il occupe

Standartenführer : grade paramilitaire d'officier du parti nazi notamment utilisé dans la SS (capitaine)

Sturmbannführer : grade paramilitaire d'officier du parti nazi notamment utilisé dans la SS (major)

Waffen-SS : unité de combat SS (armée)

Wehrmacht : armée du IIIe Reich composée de l'armée de terre ou Heer, de la marine de guerre ou Kriegsmarine, et de l'armée de l'air ou Luftwaffe

Westmarkische : organisme allemand en charge de la collecte de marchandises françaises de toutes sortes

Weinführer : délégués officiels désignés par Berlin dans toutes les régions viticoles de France afin de coordonner les prélèvements de vins

Weinlager : stockage de vin de l'intendance militaire allemande

Wifo : Wirtschaftliche Forschungsgesellschaft mbh – société chargée de la construction et de l'exploitation de dépôts de stockage de combustibles solides et de matières premières

Sources et bibliographie

Archives originales

Archives du ministère de l'Économie et des Finances – Centre des Archives Économiques et Financières (CAEF)

Affaires économiques – Collaboration économique

B 33931 : Commerce extérieur et relations économiques internationales

B0047494/1 : Dossiers Négociants en vins à Monaco

B0047490/1 : Ministère des Finances, Direction du Blocus, 1er Bureau, Paris, 23 juillet 1945

B-0049475/1 : Service de collaboration économique, organisation et rôle au niveau national et régional : textes, correspondance avec le ministre du Ravitaillement ; réunions des secrétaires généraux : procès-verbaux ; statistiques ; liaisons entre les ministères : correspondance, circulaires ; commissariats régionaux, recherches de crimes de guerre : rapports de police, résultats d'enquêtes régionales sur la collaboration économique – 1944-1947

B-0049476/1 : Collaboration économique, profits illicites : textes, enquêtes, affaires particulières – 1944-1945

B-0049476/2 : Marché noir allemand : correspondance avec le président du Comité d'histoire de la guerre, notes, comptes rendus sur les suites données aux affaires de trafic, liste d'individus protégés par les Allemands – 1944-1947

B-0049477/1 : Commerce avec l'ennemi, hausses illicites, liste des coupables, relevés de procédures – 1944-1945

B-0049478/1 : Collaboration économique, agriculture et ravitaillement, livraisons et réquisitions : correspondance avec le président Michel et le secrétariat d'État à l'Agriculture, notes et comptes rendus de réunions avec l'occupant – 1941-1944

B-0049478/2 : Collaboration économique, autorisations accordées à la suite d'influences allemandes : correspondance des commissaires de la République au ministre – 1944-1945

B-0049478/4 : Collaboration économique, recherches de preuves en Allemagne, mission à Berlin : correspondance avec l'Administration militaire française en Allemagne, notamment documents dits du Majestic – 1945-1946

B-0049479/1 : Collaboration économique, entreprises coupables et montant des marchés passés avec l'ennemi : liste de la préfecture, états des recherches. – 1944-1946

B-0049479/2 : Collaboration économique, suites judiciaires : liste des collaborateurs économiques – 1944-1946

B-0049480/1 à B-0049485/1 : Collaboration économique sous l'occupation allemande : répertoire des enquêtes – 1944-1945

Dossiers de particuliers, d'entreprises et de sociétés :
B-0049486/1 à B-0049497/1 – 1936-1947

Dossiers classés par départements :
B-0049498/1 à B-0049504/1 – 1941-1945

Dossiers de sociétés classés par secteur d'activité :
B-0049509/5 : vins et spiritueux, vins de Champagne : dossiers de sociétés – 1940-1946

Dossiers des contrevenants classés par département :
B-0049619/1 à B-0049653/1 – 1942-1948

B-0049712/1 : Marché noir, commerce avec l'ennemi, profits illicites en Algérie et en Tunisie : dossiers des contrevenants – 1942-1948

B-0049713/1 : Marché noir, commerce avec l'ennemi, profits illicites : états récapitulatifs des contrevenants de chaque département – 1943-1946

B-0049714/1 : Marché noir, commerce avec l'ennemi, profits illicites, fichier général économique, élaboration – 1941-1943

B-0049715/1 : Marché noir, commerce avec l'ennemi, profits illicites, fichier mécanographique : pièces annexes – 1943-1947

Fiscalité-Conseil supérieur de confiscation des profits illicites.
Remises et modérations : décisions du ministre (classement par département) :
30D-0000871/1 à 30D-0000875/1 – 1948-1963

Fiscalité-Domaines-Séquestres pour raisons politiques :
B-0060180/4 : Déchéance de la nationalité française, séquestre Philippe de Rothschild, état des biens (1940-1943) ; Société vinicole de Pauillac (1933-1945) ; domaine de Chateau-Lafite (1943-1944) – 1933-1945

Service des alcools :
B-0055754/1 : Alcool industriel : monographie – 1945

Archives de la Banques de France

1370200008/206 – Vins et alcools

Rapports économiques du directeur des succursales de Bordeaux, Cognac, Montpellier, Beaune, Dijon, Reims, Chalons-en-Champagne.

Archives de l'Organisation Internationale de la Vigne et du Vin (OIV)

Fonds Congrès internationaux, Rapports et documents annexes – 1908-1939

Dossier Congrès international de Bad-Kreuznach – août 1939

Bulletins et sources imprimées :

Bulletin de l'Office International de la Vigne et du Vin, 12e année, octobre-novembre-décembre 1939, n° 137, Paris, Librairie Félix Alcan à 17e année, mai-décembre 1944, nos 163-164, Paris, Presses universitaires de France

Archives de l'Institut National de l'Origine et de la Qualité (INOQ – INAO)

Registres des délibérations du Comité national
Registre n° 1-6 Comité National – 1939-1946
Registre n° 1-6 : Comité Directeur – 1939 – 1946
Rapports trimestriels régionaux des Ingénieurs Conseillers Techniques – 1935-1946

Bulletins et sources imprimées :

1 – Association viticole champenoise de la Champagne délimitée, Assemblées générales annuelles, comptes rendus, année 1942, Epernay, 1943.

2 – *Bulletin du Comité national des Appellations d'Origine des Vins et Eaux-de-vie*, 1937-1947.

3 – *Bulletin du Centre d'Etudes économiques et techniques de l'Alimentation*, n° 17, décembre 1938.

4 – *Rapport fait au nom de la Commission chargée de procéder à l'enquête sur la situation de la production, du transport et du commerce des vins et de proposer les mesures à prendre en vue de remédier à la situation critique de la viticulture*, par M. Cazeaux-Cazalet, député, Chambre des députés, Paris, Imprimerie de la Chambre des députés, 1909

5 – *Rapport de la Commission d'enquête parlementaire. Enquête sur la situation de la viticulture de France et d'Algérie. Rapport fait au nom de la Commission des boissons*, par M. Edouard Barthe, Chambre des députés, Paris, Imprimerie de la Chambre des députés, 1931

6 – *Rapport de la Commission d'enquête parlementaire. Enquête sur la situation de la viticulture de France et d'Algérie. Rapport fait au nom de la Commission des boissons*, par M. Edouard Barthe, Chambre des députés, Paris, Imprimerie de la Chambre des députés, 1933 (additif)

7 – *Direction des Services sanitaires et scientifiques et de la Répression des Fraudes. Protection des Appellations d'Origine, Etat des Délimitations régionales*, Paris, Imprimerie nationale, 1930-1939.

Archives Nationales

AJ40 : Archives du Militärbefehlshaber in Frankreich (MBF), dites Archives du Majestic

Vol. 600 : Biens ennemis et juifs, aryanisations, dont biens Rothschild
Vol. 779 : Matières premières, contribution de l'économie française au Reich, commandes
Vol. 796 : Livraisons françaises à l'Allemagne. Achats de marchandises et lutte contre le marché noir
Vol. 813 : Participations allemandes dans les entreprises françaises.
Vol. 820 : dossiers secrets
Vol. 825 : Rapports sur la situation économique établis d'après les renseignements fournis par les commissaires administrateurs des banques ennemies en France : région de Monte-Carlo
Vol. 879 : Commandement de la Place de Paris

Vol. 923 : Place de Bordeaux

Vol. 1106-1172 : Caisse de crédit du Reich (Reichskredit-Kasse) : virements entre l'armée allemande et la Banque de France, relevés de comptes allemands auprès de la Banque de France, correspondance relative à des chèques à payer en France, aux lettres de crédit, aux lettres de change, aux transferts de fonds vers l'Allemagne, etc.

Vol. 1354-1356 : Convention d'armistice, interventions des autorités allemandes dans la justice française, frais d'occupation, dommages de guerre

BB18 : Archives du ministère de la Justice

Vol. 7108-7221 : Collaboration économique, 1944-1957

BB30 : Archives du ministère de la Justice

Vol. 1730 : Épuration

Vol. 1756-1759 : Épuration, Dossiers François de Menthon (1945)

F1a : Objets généraux, occupation allemande (1940-1944)

Vol. 3663 : Rapports avec les autorités militaires de l'Hôtel Majestic

Vol. 3777 : Service du Travail Obligatoire (STO)

Vol. 3787 : Dommages subis par la France et l'Union française du fait de la guerre et de l'occupation allemande – 1943

Vol. 3878 : Gironde

F10 : Agriculture

Vol. 2173 : Agriculture : Vins d'appellation contrôlée (1925-1938)

Vol. 5286 : Viticulture, organisation et correspondance (1940-1944)

Vol. 5287 : Viticulture, organisation et correspondance (1943-1945)

Vol. 5362 : Rapport sur l'activité du Comité national au cours des années 1940-1941, mars 1942

Vol. 5558 : Statistiques de production (1926-1957)

Vol. 5559 : Statistiques des exportations (1926-1957)

F12 : Commission Nationale Interprofessionnelle d'Épuration (CVNIE)

Vol. 9557 : Dossiers divers, Banquets de la Table-Ronde
Vol. 9559 : Banquets de la Table-Ronde
Vol. 9561 : Comité national interprofessionnel d'épuration : dossiers généraux et dossiers des affaires traitées. Condamnations pour indignité nationale (1945-1951)
Vol. 9619 : Comité national interprofessionnel d'épuration : dossiers généraux et dossiers des affaires traitées – Entreprises et commerce d'alimentation. Épuration, contrôle et surveillance (1945-1950)

F37 : Délégation générale aux relations économiques franco-allemandes, Fonds Barnaud

Vol. 3-4 : Comptes rendus de réunions au Majestic et d'entretiens franco-allemands : agriculture
Vol. 10 : Correspondance, notes et rapports sur l'activité de l'organisme Ostland (1941-1942). Conférences et accords
Vol. 17 : Échanges économiques et projets. Installation des Commissaires allemands au commerce extérieur
Vol. 16 : Commandes allemandes
Vol. 29 : Carburants
Vol. 42 : Livraisons de vins et d'alcools (1941-1943)

Z5 : Chambres civiques de la Cour de justice de la Seine

Vol. 1 à 333 : Dossiers des affaires jugées : pièces de procédure. Fichier alphabétique des inculpés
Vol. 312 : Arrêts des Chambres civiques de la Cour de justice de la Seine permettant la réinscription sur les listes électorales. Versements non cotés : non-lieux, recours en grâce, pourvois en cassation, demandes d'amnistie

Z6 : Cour de justice du département de la Seine. Dossiers des affaires non classées

Série non inventoriée

Dossiers de procédure à l'encontre de :
M. Couprie, Secrétaire général de la Commission d'Exportation des vins de France de 1940 à 1944

M. Cruse, Directeur du « Comité 12 » intitulé « Comité d'organisation des commerces de gros des vins d'appellation contrôlée, des eaux-de-vie, apéritifs liqueurs, champagne et mousseux » à Paris de 1941 à 1944

Z6/869-870 dossier 5805 (1-2) : Roger Descas, président du Syndicat national du commerce en gros des vins, cidres et spiritueux de 1940 à 1944

Philippe Bertrand, directeur du Groupement d'Achat d'importation et d'exportation des vins et spiritueux de 1940 à 1944

Marius Clerget, négociant en vins à Pommard (Côte-d'Or)

Z6/NL dossier 501 : Pierre André, négociant en vins à Paris et à Aloxe-Corton (Côte-d'Or)

Henri Leroy, négociant en vins à Auxey-Duresses et à Cognac et à Meursault (Côte-d'Or)

Adolph Segnitz, délégué officiel du Reich pour les achats de vins en Bourgogne et pour les Côtes-du-Rhône de 1942 à 1944

Gabriel Verdier, directeur du « Comité 12bis » chargé à Paris du commerce de gros des vins de consommation courante et des cidres, de 1941 à 1944

Archives départementales : Charente, Charente-Maritime, Côte-d'Or, Gers, Gironde, Hérault, Marne

Série U : Justice, juridictions.
Tribunaux de première instance. Procédures correctionnelles. Audiences. Jugements
Série W (Ex-SM) : Fonds contemporains / de la Seconde Guerre mondiale

Relations avec les préfets, ravitaillement et économie, collaboration, séquestres, Justice, affaires générales

Archives du Syndicat des Négociants en Vins de Bourgogne

Notes et circulaires allemandes : 1940-1944
Notes et circulaires du Syndicat : 1940-1944
Directives du ministère à l'Économie nationale et aux Finances : 1940-1944
Réunions, assemblées et rapports d'activités : 1939-1945
Dossier : « affaires allemandes »

Bulletins et sources imprimées :

Bulletins du Syndicat national du commerce en gros des vins, spiritueux, cidres et eaux-de-vie de France, 1939-1945

Bulletins du Syndicat du commerce en gros des vins et spiritueux de l'arrondissement de Beaune, 1939-1944

Archives de maisons de négoce

Fonds des maisons Albert Bichot, Lupé-Cholet, Louis Latour, Seguin-Manuel, Doudet-Naudin, Pierre André, Pierre Ponnelle, Bouchard Aîné & Fils, Bouchard Père & Fils, Capitain-Gagnerot, Champy Père & Cie, Thomas-Bassot

Sources imprimées

BARTHE Édouard, *Le Combat d'un parlementaire sous Vichy. Journal des années de guerre (1940-1943)*, Introduction, notes et postface de Jean SAGNES, Gap, Éditions Singulières, 2007, 479 p.

BARTHE Édouard, *Rapport de la Commission d'enquête parlementaire. Enquête sur la situation de la viticulture de France et d'Algérie*. Rapport fait au nom de la Commission des boissons, Chambre des députés, Paris, Imprimerie de la Chambre des députés, 1931

GARÇON Maurice, *Journal, 1939-1945*, Introduction et notes de FOUCHÉ Pascal et FROMENT Pascale, Paris, Les Belles Lettres-Fayard, 2015, 702 p.

JÜNGER Ernst, *Jardins et routes, Journal, 1939-1940*, Titres 173, Lonrai, 295 p.

JÜNGER Ernst, *Premier et second journaux parisiens, 1941-1945*, Titres 174, Lonrai, 775 p.

JÜNGER Ernst, *La Cabane dans la vigne, Journal, 1945-1948*, Titres 175, Lonrai, 504 p.

Procès du maréchal Pétain. Compte rendu in extenso des audiences transmis par le secrétariat général de la Haute Cour de justice, Mise en perspective du Procès Pétain (23 juillet-15 août 1945) par Annie Lacroix-Riz, Paris, Imprimerie des Journaux officiels, Les Balustres-Musée de la Résistance Nationale, 2015, 422 p.

Canard Enchaîné (Le), n° 1235, 28 février 1940, « La journée du vin chaud sera suivie de beaucoup d'autres »

Excelsior, n° 10711, 13 avril 1940, « Neuf millions pour le vin chaud des soldats »

Figaro (Le), n° 80, 20 mars 1940, « La farine et le vin du soldat », par ROBINET Gabriel

Œuvre (L'), n° 8979, 3 mai 1940, « Le litre de vin aux armées », par DE PIERREFEU Jean

Paris-Soir, n° 72, 1er septembre 1940, « Le ravitaillement en vin à Bercy »

Petit Journal (Le), n° 6 mars 1940, « Le vin de France »

Petit Parisien, Sixième dernière (Le), n° 22970, 20 janvier 1940, « 35 millions de litres de vin donnés à titre gracieux aux soldats du front »

Petit Parisien, Sixième dernière (Le), n° 23000, 19 février 1940, « Le vin chaud du soldat », par BARTHE Édouard

Petit Parisien, Sixième dernière (Le), n° 23014, 4 mars 1940, « On a quêté pour le vin chaud du soldat »

Avenir du plateau central (L'), n° 17827, 21 octobre 1941, « La récolte du vin est déficitaire »

Illustration (L'), n° 5138, 30 août 1941, « Du vinisme à la disette de vin », par ROZET

Matin (Le), n° 20908, 4 juillet 1941, « Guerre aux stocks de vin – Des commissions vont rechercher dans les caves le vin qui s'y cache »

Matin (Le), n° 20917, 15 juillet 1941, « Cinq fois plus de vin d'Algérie en France si on le voulait bien – Le moût », par André DU BIEF

Matin (Le), n° 20932, 1er août 1941, « La vente du vin est enfin réglementée dans la Seine »

Matin (Le), n° 20934, 3 août 1941, « Les doléances justifiées des marchands de vin »

Matin (Le), n° 20944, 15 août 1941, « Du vin pour tous ! »

Matin (Le), n° 20979, 25 septembre 1941, « Au début octobre, le vin nouveau est arrivé à Paris »

Matin (Le), n° 20997, 16 octobre 1941, « Nous n'aurons pas de cartes de vin » Par André DU BIEF

Paris-Soir, n° 280, 29 mars 1941, « Fervent disciple de Bacchus, il avait vendu ses cartes d'alimentation pour un pichet de vin »

Paris-Soir, n° 283, 1er avril 1941, « Carte de vin – Ah mais non – Ah mais oui – M. Moreau, régisseur d'un vignoble bordelais et son maître de chai, deux artistes m'ont juré que la vigne de France est toujours digne de son grand renom », par Jean ALLOUCHERIE

Paris-Soir, n° 339, 3 juin 1941, « Le vin est cher, le vin est rare »

Paris-Soir, n° 385, 24 juillet 1941, « Du vin il y en a, mais on a pas su prévoir, affirme M. Barthe »

Paris-Soir, n° 392, 1er août 1941, « À partir de demain, nouvelle réglementation de la vente du vin, deux litres par semaine »

Paris-Soir, n° 430, 15 septembre 1941, « De nouvelles mesures pour assurer le ravitaillement du pays en vin et en pommes… »

Paris-Soir, n° 442, 29 septembre 1941, « Un supplément de vin pour les travailleurs de force »

Paris-Soir, n° 443, 2 octobre 1941, « Les trains de raisin »

Paris-Soir, n° 450, 8 octobre 1941, « Pour parer au manque de vin, voici de la piquette »

Petit Parisien (Le), n° 1er juillet 1941, « Le vin »

Petit Parisien (Le), n° 14 octobre 1941, « Au pays du vin », par MONTARRON

Petit Parisien (Le), n° 23486, 11 juillet 1941, « Du vin pour les moissonneurs », par Léon GROC

Petit Parisien (Le), n° 23524, 25 août 1941, « Un litre de vin par semaine »

Petit Parisien (Le), n° 23572, 20 octobre 1941, « Voyage au pays du vin »

Petit Parisien (Le), n° 23575, 23 octobre 1941, « Voyage au pays du vin… suite »

Petit Parisien édition de Paris (Le), n° 23574, 22 octobre 1941, « Au pays du vin », par Marcel MONTARRON

Petit Parisien édition de Paris (Le), n° 23580, 29 octobre 1941, « Le prix du vin subira une légère augmentation »

Amis de l'Agriculture de l'Île de France (Les), n° 51, 30 mai 1942, « Attribution de vin pour les grands travaux »

Avenir du plateau central (L'), n° 18022, 13 juin 1942, « Pour faciliter la vente du vin par les récoltants »

Avenir du plateau central (L'), n° 18026, 18 juin 1942, « Les stocks de vin des commerces en gros, de détail et du ravitaillement général sont débloqués »

Avenir du plateau central (L'), n° 18037, 1er juillet 1942, « Les viticulteurs pourront expédier du vin à leurs parents »

Avenir du plateau central (L'), n° 18159, 23 novembre 1942, « Échange du cuivre, contre du vin »

Candide, n° 944, 22 avril 1942, « Le pain et le vin », Par Ch. MAURRAS

Chronique du Libournais (La), n° 7730, 29 mai 1942, « Le mystère du vin »

Journal de Bergerac, n° 9963, 31 janvier 1942, « Déclarations de récoltes de vin »

Journal de Bergerac, n° 9966, 21 février 1942, « Le rationnement du vin »

Matin (Le), n° 21101, 17 février 1942, « On manque de vin, mais il faut détruire des vignes »

Petit Courrier (Le), n° 74, 30 mars 1942, « Un exposé de Caziot, sur le vin »

Petit Parisien édition de Paris (Le), n° 23759, 29 mai 1942, « Un supplément de vin sera distribué aux ouvriers agricoles pendant la durée des grands travaux »

Petit Parisien édition de Paris (Le), n° 23782, 25 juin 1942, « Les ouvriers agricoles auront droit à un demi-litre de vin »

Petit Parisien édition de Paris 5 heures (Le), n° 23781, 24 juin 1942, « M. Bonnafous veut apporter des solutions réalistes au problème du vin »

Petit Parisien édition de Paris 5 heures (Le), n° 23795, 10 juillet 1942, « Une revalorisation des prix est envisagée pour le lait d'hiver, le vin de la prochaine récolte, le porc et le veau », par Louis NOBLET

Petit Parisien édition de Paris 5 heures (Le), n° 23829, 20 août 1942, « Parisiens, voici comment vous pourrez obtenir des bons de vin contre du cuivre »

Petit Parisien édition de Paris 5 heures (Le), n° 23829, 20 août 1942, « Ventre de Paris 1942 : marché noir et dessous-de-table », par Léon GROC

Petit Parisien édition de Paris 5 heures (Le), n° 23840, 2 septembre 1942, « Sur les coteaux du Loir, au pays du bon vin anonyme », par Roger DEGROOTE

Petit Parisien édition de Paris 5 heures (Le), n° 23840, 2 septembre 1942, « Ventre de Paris 1942 – Suite », par Léon GROC

Petit Parisien édition de Paris 5 heures (Le), n° 23871, 8 octobre 1942, « Un entrepreneur de transport trafiquait sur le vin »

Petit Parisien édition de Paris 5 heures (Le), n° 23871, 8 octobre 1942, « Nous n'avons plus de tonneaux », par Albert SOULILLOU

Petit Parisien édition de Paris 5 heures (Le), n° 23879, 17 octobre 1942, « Le pain, la viande, le vin, M. Max Bonnafous nous donne quelques précisions sur ce que sera le ravitaillement dans les mois à venir », par Léon Groc

Petit Parisien édition de Paris 5 heures (Le), n° 23903, 14 novembre 1942, « 3 millions de quintaux de blé et 6 millions d'hectolitres de vin », par Marcel Montarron

Petite Gironde (La), n° 25532, 2 septembre 1942, « Pour le ravitaillement en vin »

Sarthe (La), n° 129, 24 juin 1942, « Une déclaration de M. Bonnafous sur la question du vin »

Action française (L'), n° 121, 22 mai 1943, « Les problèmes du pain et du vin », par Max Bonnafous

Chronique du Libournais (La), n° 7762, 22 janvier 1943, « Le scandale du vin »

Goéland (Le), n° 69, 1er octobre 1943, « Le vin mordu », par Luc Bérimont

Matin (Le), n° 21631, 4 novembre 1943, « Esprit du vin, où es-tu ? », par Miquel

Matin (Le), n° 21670, 20 décembre 1943, « Le trafic de vin en Gironde »

Moniteur (Le), n° 228, 28 septembre 1943, « Chaque jour la police traque et poursuit les trafiquants du marché noir »

Moniteur (Le), n° 228, 28 septembre 1943, « Un enfant noyé dans un foudre rempli de vin »

Moniteur (Le), n° 249, 22 octobre 1943, « Plus de vins d'appellation contrôlée dans la ration mensuelle »

Montagne (La), n° 8417, 20 mars 1943, « Des mesures pour tenter de résoudre le problème de la soudure du vin »

Montagne (La), n° 8454, 2 mai 1943, Un incendie détruit 23 000 litres de vin »

Montagne (La), n° 8457, 6 mai 1943, « Des amendes aux viticulteurs qui n'auront pas livré leur vin »

Montagne (La), n° 8494, 24 juin 1943, « La répression du marché noir : ils gardaient les voies, mais buvaient le vin des petits Parisiens dans la Creuse »

Montagne (La), n° 8529, 6 août 1943, « La ration de vin et les vacances »

Montagne (La), n° 8534, 13 août 1943, « Le ravitaillement en vin des cantines d'usines »

Nouvelliste (Le), n° 278, 26 novembre 1943, « Un litre de vin supplémentaire serait attribué à l'occasion des fêtes de fin d'année »

Nouvelliste (Le), n° 290, 10 décembre 1943, « À la ration habituelle de vin s'ajoutera une bouteille de vin d'appellation contrôlée pour les vacances de Noël »

Nouvelliste (Le), n° 299, 21 décembre 1943, « Attribution spéciale de vins d'appellation contrôlée à l'occasion de Noël »

Paris-Soir dernière édition, n° 1128, 16 décembre 1943, « Pour améliorer le ravitaillement de la région parisienne, la création d'un vin national assurerait toute l'année aux consommateurs la ration minimum indispensable », par Jean CONEDERA

Paysan de Touraine (Le), n° 21, 15 novembre 1943, « Vin nouveau – Actualité viticole – Le rendement des vins à appellation contrôlée – La qualité des vins 1943 », par Jean BARAT

Petit Courrier (Le), n° 120, 22 mai 1943, « Le vin et Max Bonnafous »

Petit Parisien édition de Paris 5 heures (Le), n° 24078, 10 juin 1943, « Blé, viande, légumes, vin et graisse, M. Bonnafous a dressé à l'hôtel de ville de Paris un bilan complet de notre ravitaillement », par Jean Benedetti

Tribune Républicaine (La), n° 255, 29 octobre 1943, « Aurons-nous bientôt 52 litres de vin par an ? »

Humanité clandestine (L'), n° 301, 3 juin 1944, « Les boches pillent la France ! »

Nouvelliste (Le), n° 61, 11 mars 1944, La consommation familiale des producteurs de vin pour la campagne 43-44 »

Petit Parisien (Le), n° 25365, 15 mai 1944, « M. Joseph Darnand prend de sévères sanctions contre des personnalités du marché du vin »

Sciences et Voyages, n° 96, 1er janvier 1944, « Le vin », par Deville

Bibliographie sommaire

Abramovici Pierre, *Monaco sous l'Occupation*, préf. d'Albert II de Monaco, Paris, Nouveau Monde éditions, 2015, 359 p.

Abramovici Pierre, *Szkolnikoff, le plus grand trafiquant de l'Occupation*, Paris, Nouveau Monde éditions, 2014, 353 p.

Abramovici Pierre, *Un Rocher bien occupé. Monaco pendant la guerre 1939-1945*, Paris, Seuil, coll. « L'Epreuve des Faits », 2001, 361 p.

Alary Éric, Vergez-Chaignon et Chauvin Gilles, *Les Français au quotidien. 1939-1949*, Paris, Perrin, 2007, 851 p.

Alary Éric, *La Ligne de démarcation*, Paris, Perrin, 2003, 429 p.

Arnoult Pierre, *Les Finances de la France et l'Occupation allemande : 1940-1944*, Paris, PUF, 1951, 410 p.

Azéma Jean-Pierre et Wieviorka Olivier, *Vichy. 1940-1944*, Paris, Perrin, 2000, 374 p.

Azéma Jean-Pierre et Bédarida François [dir.], *La France des années noires*, Paris, Seuil, 2000 (rééd. 1993), 2 vol., 736 p.

Aziz Philippe, *Tu trahiras sans vergogne. Histoire de deux « collabos »*, Bonny et Lafont, Paris, Fayard, 1969, 281 p.

BAIL René, *Les Croix de Monseigneur de Mayol de Lupé*, Paris, Christian de Bartillat Éditeur, 394 p.

BARRAL Pierre, *Les Agrariens français de Méline à Pisani*, Paris, Armand Colin, 1968, 388 p.

BERGÈRE Marc [dir.], *L'Épuration économique en France à la Libération*, Rennes, Presses Universitaires de Rennes, 2008, 343 p.

BERNARD Gilles, *Le Cognac à la conquête du monde*, Bordeaux, Presses Universitaires de Bordeaux, Coll. « Grappes et Millésimes », 2011, 412 p.

BOUSSARD Isabel, « Les corporatistes français du premier vingtième siècle : leurs doctrines, leurs jugements », in *Revue d'histoire moderne et contemporaine*, 40 (4), 1993, p. 643-665.

BOUSSARD Isabel, *La Corporation paysanne : une étape dans l'histoire du syndicalisme agricole français*, Publications de l'AUDIR, Paris, Hachette, 1973.

BOUSSARD Isabel. *Cent ans de ministère de l'Agriculture*, Paris, BTI, 1982.

BOUSSARD Isabel, « Les négociations franco-allemandes sur les prélèvements agricoles : l'exemple du Champagne », *Revue d'histoire de la Deuxième Guerre mondiale*, n° 95, juillet 1974, p. 3-24.

BURRIN Philippe, *La France à l'heure allemande*, Paris, Gallimard, coll. Folio histoire, 1995, 559 p.

CALVI Fabrizio et MASUROVSKY Marc J., *Le Festin du Reich. Le pillage de la France occupée 1940-1945*, Paris, Fayard, 2006, 719 p.

D'ALMEIDA Fabrice, *La Vie mondaine sous le nazisme*, Paris, Perrin, 2006, 418 p.

DELARUE Jacques, *Trafics et crimes sous l'Occupation*, Paris, Fayard, 1993 (rééd. 1968), 505 p.

DE ROCHEBRUNE Renaud et HAZERA Jean-Claude, *Les Patrons sous l'Occupation*, Odile Jacob, Paris, 1995, 874 p.

DUBOIS Edmond, *Paris sans lumière*, Payot, Lausanne, 1946, 246 p.

DURAND Sébastien, « Pétain, maréchal vigneron ? », *in* KOSCIELNIAK Jean-Pierre et SOULEAU Philippe [dir.], *Vichy en Aquitaine*, préf. Denis PESCHANSKI, Paris, Éditions de l'Atelier, 2011, p. 176-195.

DURAND Sébastien, « Vichy, la Révolution nationale et la viticulture en Gironde : réception, intégration, dissociation », *in* HINNEWINKEL Jean-Claude [dir.], *Faire vivre le terroir. AOC, terroirs et territoires du vin. Hommage au professeur Philippe Roudié*, Bordeaux, Presses universitaires de Bordeaux, 2010, p. 129-148.

GARRIER Gilbert, « Vignes et vins dans la Deuxième Guerre mondiale (1939-1945) », *Revue des œnologues*, n° 98, p. 35-36.

GRENARD Fabrice, « La soulte, une pratique généralisée pour contourner le blocage des prix », *in* EFFOSSE Sabine, DE FERRIÈRE LE VAYER Marc, JOLY Hervé [dir.], *Les Entreprises de biens de consommation sous l'Occupation*, Condé-sur-Noireau, Presses universitaires François-Rabelais, Coll. Perspectives historiques, 2010, p. 29-43.

GRENARD Fabrice, *La France du marché noir (1940-1949)*, Paris, Payot, 2008, 352 p.

GUILLON Éric, *Abel Danos. Le Mammouth. Entre Résistance et Gestapo*, Paris, Fayard, 2006, 448 p.

HUMBERT Florian, *L'INAO, de ses origines à la fin des années 1960. Genèse et évolutions du système des vins d'AOC*, thèse de doctorat d'Histoire, sous la direction de Serge WOLIKOW, Université de Bourgogne, 2011, 2 vol., 1255 p.

HUSSON Jean-Pierre, « Le vin de Champagne à l'épreuve de l'Occupation allemande, 1940-1944, *in* DESBOIS-THIBAULT Claire, PARAVICINI Werner et POUSSOU Jean-Pierre [dir.], *Le Champagne. Une histoire franco-allemande*, Paris, Presses Universitaires de Paris-Sorbonne, 2011, p. 325-347.

HUSSON Jean-Pierre, *La Marne et les Marnais à l'épreuve de la Seconde Guerre mondiale*, Presses Universitaires de Reims, 2 vol., Reims, 1998, 489-182 p.

JACKSON Julian, *La France sous l'Occupation, 1940-1944*, Paris, Flammarion, 2004, 853 p.

JOLY Hervé, « L'économie française sous l'Occupation (1940-1944). Tentative de bilan », Université de Genève, 25 novembre 2014, en ligne : https://www.unige.ch/sciences-societe/inhec/files/4514/1650/5991/Joly_2014.pdf

JOLY Hervé [dir.], *L'Économie de la zone non occupée. 1940-1942*, Éditions du Comité des travaux historiques et scientifiques, Condé-sur-Noireau, CTHS, 2007, 378 p.

JOLY Hervé [dir.], *Faire l'histoire des entreprises sous l'Occupation. Les acteurs économiques et leurs archives*, Comité des travaux historiques et scientifiques, Bonchamp-lès-Laval, 2004, 371 p.

KERSAUDY François, *Hermann Goering*, Paris, Perrin, 2009, 800 p.

KLADSTRUP Don et KLADSTRUP Petie, *La Guerre et le vin. Comment les vignerons français ont sauvé leurs trésors des nazis*, Paris, Perrin, 247 p.

LACROIX-RIZ Annie, *Les Élites françaises entre 1940 et 1944. De la collaboration avec l'Allemagne à l'alliance américaine*, Paris, Armand Colin, 2016, 496 p.

LACROIX-RIZ Annie, *Industriels et banquiers français sous l'Occupation*, préf. Alexandre JARDIN, Paris, Armand Colin, 2013, 815 p.

LAMBAUER Barbara, *Otto Abetz et les Français ou l'envers de la Collaboration*, Paris, Fayard, 2001, 895 p.

LE BRAS Stéphane, *Le Négoce des vins en Languedoc. L'emprise du marché, 1900-1970*, préf. de Geneviève Gavignaud-Fontaine, Tours, Presses universitaires François-Rabelais, 2019, 495 p.

LE BRAS Stéphane, *Négoce et négociants en vins dans l'Hérault : pratiques, influences, trajectoires (1900-1970)*, thèse de doctorat d'Histoire, sous la direction de Geneviève GAVIGNAUD-FONTAINE, Université de Montpellier III, 3 vol., 1279 p.

LUCAND Christophe, *Le Vin et la guerre. Comment les nazis ont fait main basse sur le vignoble français*, Paris, Armand Colin, 2017, 427 p. (Édition EKHO, 2019, 334 p.)

LUCAND Christophe, « Les paradoxes de Vichy et de l'Occupation. L'INAO entre contradictions et singularité (1940-1944) *in* WOLIKOW Serge et HUMBERT Florian [dir.], *Une histoire des vins et des produits d'AOC. L'INAO, de 1935 à nos jours*, Dijon, Éditions Universitaires de Dijon, 2015, p. 59-67.

LUCAND Christophe, *Le Pinard des Poilus. Une histoire du vin durant la Grande Guerre (1914-1918)*, préf. de Jean VIGREUX, Dijon, Éditions Universitaire de Dijon, coll. Histoire, 2015, 172 p.

LUCAND Christophe, « La Champagne et la Bourgogne à l'épreuve de la Seconde Guerre mondiale. Deux itinéraires comparés de territoires vitivinicoles durant l'Occupation (1940-1944) », *in* WOLIKOW Serge [dir.], *La Construction des territoires du Champagne (1811-1911-2011)*, Dijon, Éditions Universitaires de Dijon, 2013, p. 185-195.

LUCAND Christophe, HUMBERT Florian et JACQUET Olivier, « Jeux d'échelles, luttes et pouvoirs dans la genèse d'une interprofession bourguignonne », Territoires du vin [en ligne], 2010 – Privé et public ou l'enchevêtrement des pouvoirs dans le vignoble, 16 septembre 2009. Disponible sur Internet : http://revuesshs.u-bourgogne.fr/territoiresduvin/document.php? id=715 ISSN 1760-5296

LUCAND Christophe, *Les Négociants en vins de Bourgogne. De la fin du XIXe siècle à nos jours*, préf. de Serge WOLIKOW, Bordeaux, Éditions Féret, 2011, 522 p.

LUCAND Christophe, « Le vin de Champagne sous l'Occupation (1940-1944) » in *Champagne! De la vigne au vin. Trois siècles d'histoire*, Paris, Éditions Hazan, 2011, p. 129-135.

LUCAND Christophe et VIGREUX Jean, « Viticulture et commerce du vin durant la Seconde Guerre mondiale : l'exemple de la Côte bourguignonne », *in* EFFOSSE Sabine, DE FERRIÈRE LE VAYER Marc et JOLY Hervé, *Les Entreprises de biens de consommation sous l'Occupation*, Condé-sur-Noireau, Presses universitaires François-Rabelais, Coll. Perspectives historiques, 2010, p. 145-160.

LUCAND Christophe, « Négoce des vins et propriété viticole en Bourgogne durant la Seconde Guerre mondiale », Ruralia, *Revue de l'Association des ruralistes français*, n° 16-17, 2005, p. 201-232.

MAYAUD Jean-Luc, *Gens de la terre. La France rurale (1880-1940)*, Paris, Ed. du Chêne, 2003, 311 p.

MAYAUD Jean-Luc, *Gens de l'agriculture. La France rurale (1940-2005)*, Paris, Ed. du Chêne, 2005, 311 p.

MELETTA Cédric, *Jean Luchaire. L'enfant perdu des années sombres*, Paris, Perrin, 2013, 450 p.

NOIRIEL Gérard, *Les Origines républicaines de Vichy*, Paris, Hachette, 1999, 335 p.

ORY Pascal, *La France allemande (1933-1945)*, Paris, Gallimard, coll. Folio histoire, 1995, 371 p.

PARZYCH Cynthia et TUNER John, avec la collaboration de Edwards Michael, *Pol Roger & Cie*, Épernay, Grande-Bretagne, Cynthia Parzych Publishing et Pol Roger & Cie, 2000, 172 p.

PAXTON Robert, *Le Temps des chemises vertes. Révoltes paysannes et fascisme rural (1929-1939)*, Paris, Seuil, 1996, 312 p.

PELLERIN-DRION Sylvie, De la "goutte" au Calvados. Le singulier parcours d'un produit d'appellation, Rouen, Presses universitaires de Rouen et du Havre, 2015, 260 p.

PESCHANSKI Denis, *Vichy, 1940-1944*, Paris, éditions Complexe, 1997, 208 p.

PIGOREAU Olivier, *Un espion nazi à Paris. Interrogatoire du SS Roland Nosek*, Paris, Histoire & Collections, 301 p.

RONSIN Francis, *La Guerre et l'oseille. Une lecture de la presse financière française (1938-1945)*, Editions Syllepse, 2003, 281 p.

Roudié Philippe, *Vignobles et vignerons du Bordelais : 1850-1980*, Bordeaux, Féret, 2014 (rééd. 1994), 526 p.

Rousso Henry, *Les Années noires : vivre sous l'Occupation*, Paris, Gallimard, « La découverte », Paris, 1992.

Rousso Henry, « Les paradoxes de Vichy et de l'Occupation. Contraintes, archaïsmes et modernités », *in* Fridenson Patrick et Strauss André [dir.], *Le Capitalisme français 19e-20e siècle. Blocages et dynamismes d'une croissance*, Paris, Fayard, 1987, p. 67-82.

Sergg Henry, *Paris Gestapo, Rue Lauriston : la bande Bonny-Lafont*, Coulommiers, Dualpha, 2002, 247 p.

Sergg Henry, *Joinovici. L'empire souterrain du chiffonnier milliardaire*, Saint-Amand-Montrond, Le Carrousel, 1986, 204 p.

Souleau Philippe, *La Ligne de démarcation en Gironde : 1940-1944. Occupation, résistance et société*, Bordeaux, 2003, 362 p.

Vigreux Jean, *Le Clos du maréchal Pétain*, Paris, Presses universitaires de France, 2012 (rééd. 2005), 161 p.

Vigreux Jean et Wolikow Serge [dir.], « Vignes, vins et pouvoirs », *Territoires contemporains, Cahiers de l'IHC*, n° 6, 2001, 153 p.

Wolikow Claudine et Wolikow Serge, *Champagne ! Histoire inattendue*, Paris, Éditions de l'Atelier, 2012, 287 p.

TABLE

Composition Maury-Imprimeur

PAPIER À BASE DE FIBRES CERTIFIÉES

Grasset s'engage pour l'environnement en réduisant l'empreinte carbone de ses livres. Rendez-vous sur www.grasset-durable.fr
L'empreinte carbone en éq. CO_2 de cet exemplaire est de 800 g

Dépôt légal : mars 2023

Achevé d'imprimer en France en décembre 2024
par Dupliprint à Domont (95)
N° d'impression : 2024122702 - N° d'édition : 4564430/04